Regina Meißner

Der Fluch der sechs Prinzessinnen – 1

Der Fluch der sechs Prinzessinnen (Band 1): Schwanenfeuer

Am Tag ein Schwan, in der Nacht ein Mensch, gefangen an einem einsamen See mitten im Wald. Das ist das Schicksal der verwunschenen Prinzessin Estelle. Es erscheint ihr aussichtslos, den Fluch zu brechen. Der Sinn der rätselhaften Worte auf einem geheimnisvollen Pergament, das der einzige Schlüssel ist, bleibt ihr verborgen. Erst als der junge Jäger Ayden am Schwanensee auftaucht, erhält sie neue Hoffnung. Womöglich gelingt es mit seiner Hilfe, das Rätsel zu lösen und den Weg zu beschreiten, der Estelles Dasein als Schwanenprinzessin beenden könnte? Doch was wird dann aus ihren Schwestern, die ebenfalls von einem Fluch befallen zu sein scheinen?

Die Autorin

Regina Meißner wurde am 30.03.1993 in einer Kleinstadt in Hessen geboren, in der sie noch heute lebt. Als Autorin für Fantasy und Contemporary hat sie bereits viele Romane veröffentlicht. Weitere Projekte befinden sich in Arbeit.

Regina Meißner studiert Englisch und Deutsch auf Lehramt in Gießen. In ihrer Freizeit liebt sie neben dem Schreiben das Lesen, Nähen und ihren Dackel Frodo.

Regina Meißner

Der Fluch der sechs Prinzessinnen

Schwanenfeuer

Fantasy

STERNENSAND VERLAG

www.sternensand-verlag.ch
info@sternensand-verlag.ch

3. Auflage, Oktober 2018

Umschlaggestaltung: Alexander Kopainski | Kopainski Artwork
Illustrationen: Melis Art | redbubble.com/de/people/melisart
Kapitelillustrationen: Fotolia.de | berdsigns
Lektorat / Korrektorat: Martina König | Sternensand Verlag GmbH
Satz: Sternensand Verlag GmbH
Druck und Bindung: Smilkov Print Ltd.

ISBN-13: 978-3-906829-45-6
ISBN-10: 3-906829-45-6

Für Mona.

Du bist so viel besser, als du glaubst.

Fang an, zu schreiben … und hör nie wieder auf.

1

Ayden

Der Mond warf seinen Schein auf die Lichtung, in deren Mitte der Schwanensee thronte. Leise ging der Wind durch die kahlen Äste der Bäume, spielte eine Melodie, die nur diejenigen vernehmen konnten, die genau hinhörten. Hoch oben auf den Bergen lag noch Schnee, aber im Tal hatte das Tauwetter Einzug gehalten. Vereinzelt standen Sterne am Firmament, winzige Lichtpunkte, Wegweiser im Labyrinth des Lebens.

Ayden zog den Schal enger um seinen Hals. Seit vielen Stunden war er unterwegs, mittlerweile peitschte die Kälte derart auf ihn ein, dass er sich nach einem warmen Bett und trockener Kleidung sehnte. Glücklicherweise hatte der Regen aufgehört.

Seufzend ging er weiter, die Armbrust geschultert. Sein Atem zeichnete sich in kleinen Dampfwolken ab. Fröstelnd schlang er die Arme um seinen Körper und schüttelte den Kopf über seine eigenen törichten Gedanken. Aufgeben durfte für ihn nicht infrage kommen. Der König von Talario zählte auf ihn, einen seiner besten Jäger.

Entschlossen griff Ayden nach der Armbrust und legte einen Bolzen in das Holz. Irgendwo musste es doch etwas zu schießen geben! Doch die Vögel waren noch in den warmen Sommerlanden und würden erst in einigen Monaten wiederkommen.

Der Jäger weigerte sich, daran zu denken. Der König hatte ihm aufgetragen, einen Vogel zu schießen, also würde er auch einen finden. Seine Majestät zu enttäuschen, wäre eine Schmach, der er sich niemals freiwillig ergeben würde.

Tapfer lief er weiter, auch wenn seine Hände vor Kälte klamm waren und die Waffe in seinem Griff kaum Halt fand. Der Wind peitschte ihm unbarmherzig ins Gesicht. Grimmig strich Ayden sich mit der freien Hand eine Strähne seines braunen Haares hinters Ohr.

In Talario gab es Vögel, die sich nur in der Nacht zeigten. Der Eiszar, dessen Fleisch zart war und äußerst delikat schmeckte, war einer von denen, auf die der Jäger hoffte. Trotz der kalten Temperaturen würde er sich noch in seiner Heimat aufhalten, da er zu den Wesen gehörte, denen Wind und Wetter nichts ausmachten.

Ayden kniff die Augen zusammen, den Himmel absuchend, doch dichte Wolken hatten sich vor den Mond geschoben, die ihm die Sicht erschwerten. Einen Fluch unterdrückend, stampfte er mit seinen braunen Winterstiefeln auf dem Boden auf, als er plötzlich eine Bewegung aus dem Augenwinkel wahrnahm.

Blitzschnell blickte er wieder nach vorn – und tatsächlich: Ayden konnte sein Glück kaum fassen, als sich unmittelbar vor ihm ein Schwan in die Höhe wagte. Sein Gefieder war so hell, dass der Jäger es sogar im Dunkel sah.

Ayden war wie gebannt von der Anmut des Tieres, besann sich aber schnell wieder seines Auftrags und machte die Armbrust bereit. Er wusste genau, was er tat – daher war es kein Wunder, dass der Bolzen kurze Zeit später zielsicher das Gefieder des Schwans durchbohrte, die Stelle, wo die Federn in das Bein übergingen. Schwer sank das Tier zu Boden und landete außerhalb von Aydens Blickfeld.

Ohne Zeit zu verlieren, setzte er sich in Bewegung und rannte auf den großen Busch zu, hinter dem er seine Beute vermutete. Innerlich sah er sich bereits an der Tafel des Königs sitzen, von dem kostend, was er seiner Majestät geschossen hatte. Sein Puls ging schneller bei der Vorstellung. Er hatte den Befehl ausgeführt und konnte voller Stolz an den Hof zurückkehren.

Suchend schaute der Jäger in den kahlen Busch, der nur noch wenige Blätter trug, konnte den Schwan aber nicht ausmachen. Auch in der näheren Umgebung fehlte jede Spur von ihm.

Ayden runzelte die Stirn. Irgendetwas ging nicht mit rechten Dingen zu, immerhin hatte er doch gesehen, dass der Schwan zu Boden gestürzt war. Nachdenklich biss er sich auf die Lippe und ließ den Blick schweifen. Doch sosehr er sich auch anstrengte, umgab ihn nichts als Dunkelheit.

Voller Zorn warf er die Armbrust zu Boden, als er auf einmal ein sonderbares Geräusch vernahm. Ayden spitzte die Ohren und war sich sicher, das Wimmern einer Frau zu hören. Noch nie hatte er an diesem gottverlassenen Ort eine Menschenseele gesehen! Die Lichtung lag so tief in den Wäldern, dass er sich immer völlig allein gefühlt hatte. Aber je angestrengter er lauschte, desto sicherer war er sich, dass er Gesellschaft bekommen hatte.

Kurz entschlossen schulterte er seine Armbrust und folgte dem Geräusch. Er war erst wenige Schritte gegangen, als er über ein Hindernis stolperte.

»Verdammt«, entfuhr es ihm, während er sich die Zehenspitzen rieb. Dann schaute Ayden sich seinen Fund an.

Ein Mädchen, dachte er und schluckte. *Eine junge Frau.*

Im Nu war er auf den Knien und strich über den bebenden Körper. Die Frau wimmerte leise.

»Ganz ruhig«, murmelte er, nicht sicher, was zu tun war.

Der Jäger wühlte sich durch seinen Rucksack und entzündete die kleine Laterne, die er für Notfälle dabeihatte. Im warmen Schein des Lichts konnte er das Gesicht der jungen Frau erkennen. Sie hatte langes hellblondes Haar, das ihr strähnig über die Schultern hing. Ihre leuchtend blauen Augen starrten ihn verwirrt an – eine Mischung aus Schmerz und Angst lag in ihnen.

Beim näheren Hinsehen wurde Ayden bewusst, dass der gesamte Körper der Frau bebte, selbst ihre Unterlippe zitterte. Die Unbekannte trug ein schlichtes weißes Kleid und lag seltsam verdreht auf dem Waldboden. Ihre Beine waren angewinkelt, die Arme hingen schlaff über ihren Oberkörper.

»Was ist passiert?«, fragte der Jäger tonlos.

Seine Augen wurden groß, als die Frau zu weinen begann und er den Bolzen entdeckte, der in ihrem Unterschenkel steckte. Eine Lache aus Blut breitete sich darum aus.

»Oh mein Gott«, stieß Ayden hervor und presste sich die Hand vor den Mund. »Wer ... wer hat auf dich geschossen?«

Mühsam versuchte sich die junge Frau an einer Antwort, aber der Jäger spürte nichts als den Hauch ihres Atems auf seinem Gesicht.

Ayden verstaute die Laterne wieder in seinem Gepäck, bevor er sanft die Arme um den zarten Körper der Fremden schlang. Er musste ihr helfen, bevor sich ein anderer ihrer bemächtigte.

Die Frau gab einen überraschten Laut von sich, protestierte aber nicht, als sie hochgehoben wurde. Ayden kam es so vor, als trüge er eine Feder in seinen Armen, so leicht war sie.

Vorsichtig bewegte er sich auf den See zu, an dessen Ufer er eben entlanggegangen war. Zunächst musste er sich um den Bolzen kümmern, aber danach sollte die Wunde gereinigt werden.

Der Jäger setzte die Fremde am Ufer ab. Er hatte keine Erfahrung damit, sich um Verletzte zu kümmern. Normalerweise war es der Tod, dem er ins Auge sah.

Er zog das Geschoss aus der Wunde, warf es achtlos ins Gras und erkannte, dass die Unbekannte in Ohnmacht gefallen war. Stirnrunzelnd fragte er sich, wer sie so verwundet haben konnte. Welch ein Mensch schoss auf eine unschuldige Frau? Überhaupt: Woher kam der Bolzen? Ayden war sich sicher gewesen, der einzige Mensch auf der Lichtung zu sein.

Ein leises Stöhnen unterbrach seine Gedanken und sein Blick fiel wieder auf die junge Frau, die selbst in ihrer Bewusstlosigkeit Schmerzen zu haben schien.

Erleichtert erkannte der Jäger, dass die Wunde nicht sehr tief war. Das Holz hatte sich zwar im Fleisch verfangen, war aber nicht so weit vorgedrungen, dass die Fremde mit bleibenden Schäden würde kämpfen müssen.

Weil er nichts zum Reinigen der Wunde bei sich trug, riss er ein Stück Stoff vom unteren Teil seines Hemdes und tauchte es in den See. So würde er die Verletzung zumindest auswaschen können, damit sie sich nicht entzündete.

Sehnsüchtig wünschte er sich eine der Zauberquellen herbei, die vereinzelt in Talario existierten. Ihr Wasser half gegen alle möglichen Arten von Gebrechen und konnte bei korrekter Anwendung sogar hartnäckige Krankheiten heilen. Aber bisher hatte sein Weg ihn nie an ein solches Gewässer geführt.

Erneut riss er ein Stück Stoff seines Hemdes ab. Beim Verbinden der Wunde fiel sein Blick auf die langen, marmorfarbenen Beine der Unbekannten. Sie sah unberührt aus, rein und unschuldig. Wer hatte sie verletzen wollen? Und wieso hatte der Angreifer sie einfach so im Gras liegen gelassen?

Kopfschüttelnd schlang Ayden den Stoff um die Wunde und sicherte den Verband mit einem Knoten. Innerlich fluchte er über denjenigen, der auf eine junge Frau schoss und sie ihrem Schicksal überließ.

Nun, da die Unbekannte eingeschlafen war, konnte er die Anmut ihres Gesichts erkennen. Der Schmerz und die Angst waren vollständig aus ihren Zügen gewichen.

Ayden betrachtete die Fremde fasziniert, die selbst in der Bewusstlosigkeit noch rosafarbene Lippen hatte. Ihr Gesicht wurde von hohen Wangenknochen eingerahmt, die Augenbrauen waren so hell, dass man sie kaum erkennen konnte.

Behutsam streichelte Ayden ihr Gesicht. Dabei verhakten sich seine Finger in ihren Haaren.

»Schlaf ruhig, meine Schöne«, flüsterte er. »Ich werde bei dir bleiben, bis du wach wirst.«

Der Jäger warf einen Blick zu dem hellen Mond.

Die Wolken waren mittlerweile weitergezogen. Er fragte sich, wo die Fremde wohnen mochte. Was hatte sie mitten in der Nacht auf der Lichtung gesucht? War sie vom rechten Weg abgekommen?

Einerseits hoffte er, dass es Menschen gab, die sich nach ihr auf die Suche machen würden, andererseits wollte er nicht, dass sie ihm gleich wieder weggenommen wurde. Obwohl er sie nicht kannte, faszinierte sie ihn. Sie strahlte etwas aus, das ihn neugierig machte. Außerdem fühlte er sich für sie verantwortlich. Er musste einfach wissen, dass es ihr gut ging.

Die Augen der Frau waren so friedlich geschlossen, als befände sie sich in einem Traum. Noch einmal überprüfte Ayden den Verband, den er fest um die Wunde gebunden hatte. In wenigen Tagen würde die Heilung hoffentlich so weit fortgeschritten sein, dass die Fremde das Bein wieder normal benutzen konnte.

Während der Blick des Jägers erneut über sie glitt, erkannte er eine dünne Silberkette an ihrem Hals. Ein Saphir baumelte in der Mitte, der das Mondlicht zu reflektieren schien.

Ayden suchte in der Dunkelheit seinen Rucksack, dann zündete er abermals die Laterne an. Spätestens wenn die junge Frau aufwachte, würde sie frieren, daher war es besser, vorzusorgen.

Er breitete seine Decke aus, die er auf Reisen immer bei sich hatte, hob die Unbekannte sanft an und platzierte sie auf dem warmen Stoff. In seinem Rucksack fand er zudem ein altes Hemd, mit dem er sie notdürftig bedecken konnte. Seine Finger zitterten, wenn er die junge Frau unabsichtlich berührte. Eine Situation wie diese war Neuland für ihn. Dann setzte er sich neben die Unbekannte an den Rand des Sees und lauschte ihren gleichmäßigen Atemzügen.

Estelle

Wo bin ich?, fragte sich Estelle, als sie die Augen aufschlug. Sie lag auf einer Decke, die sie nie zuvor gesehen hatte, gleich neben dem See.

Verwirrt runzelte sie die Stirn und versuchte sich aufzurichten. Schmerzverzerrt biss sie die Zähne zusammen.

Was ist das?

In einer einzigen schnellen Bewegung zog sie das zerschlissene Hemd zur Seite und untersuchte ihr pochendes Bein. Da, um ihren Unterschenkel war ein Verband angebracht. Was war geschehen?

Ihr Kopf dröhnte, während sie die letzten Stunden zu rekapitulieren versuchte. Auf einmal hielt sie in ihren Gedanken inne. Sie war ein Schwan gewesen, als sie verletzt wurde. Wie war das möglich, wenn sie in der Nacht doch ihre menschliche Gestalt zeigen durfte? Nun hatte sie Arme, Beine, ein hübsches, wenn auch etwas ausgemergeltes Gesicht und einen zu schlanken Körper … aber wieso vorher nicht? Wie spät mochte es sein? Wie viel Zeit blieb ihr, bevor …

»Hallo«, hörte sie auf einmal eine fremde Stimme.

Verwirrt drehte sie ihren Kopf in die Richtung, aus der diese gekommen war. Im Schein des Mondes sah sie einen jungen Mann mit dunklem, lockigem Haar, der neugierig auf sie hinabblickte.

Ihr erster Impuls war es, zu fliehen, aber allein der Gedanke daran ließ ihre schmerzende Wade explodieren.

»Du musst keine Angst vor mir haben«, sprach der Fremde weiter und beugte sich zu ihr hinab. Er roch nach Erde und Wald. Es war ein ungewöhnlicher Duft, aber nicht unangenehm. »Mein Name ist Ayden.«

Ayden. Kein seltener Name.

Kritisch beäugte Estelle den Mann, versuchte, ihn einzuschätzen. Was machte er mitten in der Nacht am Schwanensee? Nie zuvor hatte sie eine menschliche Seele zu so später Stunde hier gesehen.

»Ich habe dich verletzt gefunden«, ergänzte er. Seine Stimme hatte etwas Tröstendes, sodass Estelle nicht die Chance dazu bekam, ängstlich zu werden. »Du lagst dort hinten«. Ayden deutete auf eine Stelle etwas weiter entfernt.

Estelle zuckte zusammen, als sich ein Erinnerungsfenster in ihren Gedanken öffnete. *Der Schwan.* Sie war angeschossen worden. Dann hatte sie ihre Gestalt gewechselt, aber noch vor ein paar Stunden war sie …

Ayden unterbrach sie. »Willst du mir nicht deinen Namen sagen?« Ein Paar kastanienbraune Augen musterte sie.

Die junge Frau senkte den Blick. »Ich heiße Estelle«, antwortete sie leise.

»Estelle«, sinnierte der Fremde. »Ein schöner Name. Recht untypisch für ein Mädchen aus diesen Gefilden.«

»Danke, dass du mir geholfen hast.« Estelle wich seinem Blick weiterhin aus. Seine Augen waren so durchdringend, als könnten sie auf den Grund ihrer Seele schauen.

»Wo kommst du her? Was hast du hier so spät gemacht?«, fragte Ayden weiter.

Estelle mochte seine Neugierde nicht, konnte sie ihm aber nicht übel nehmen. Wäre sie in seiner Situation, hätte sie sich ähnlich verhalten. Man sah schließlich nicht alle Tage eine einsame Frau an einem See, den niemand besuchte.

»Ich komme zurecht«, murmelte sie statt einer Antwort. Um ihren Worten Nachdruck zu verleihen, richtete sie sich auf, verzog aber sogleich schmerzvoll das Gesicht.

»Nicht aufstehen«, meinte Ayden und richtete sich auf. »Du musst dich noch ein bisschen ausruhen, bevor du wieder laufen kannst.«

»Ich … habe keine Zeit«, stieß Estelle erstickt hervor. Ängstlich sah sie zum Mond hinauf. Bis sie ihre Gestalt wechselte, musste der Fremde auf jeden Fall verschwunden sein.

»Ist jemand auf der Suche nach dir? Ich warte gern, bis ...«

Schnell schüttelte sie den Kopf. »Ich kenne mich in dieser Gegend aus«, unterbrach sie ihn hastig und lächelte ihn an. »Ich bin oft hier.«

»Aber wieso wurdest du angeschossen? Wer hat das getan?«

Estelle zögerte mit ihrer Antwort. Einerseits war sie froh, dass der Fremde nicht gesehen hatte, wie aus dem Schwan eine junge Frau geworden war, andererseits wusste sie nicht, wie viel sie ihm verraten durfte. Ob sie ihm überhaupt etwas verraten *konnte*.

»Ich ... kann mich nicht erinnern«, wich sie aus, weil es ihr am unverfänglichsten erschien.

Damit er ihr die Lüge nicht an den Augen ablesen konnte, senkte sie abermals den Blick und zupfte an ihrem Kleid, das durch all die Zeit am Schwanensee mitgenommen aussah. Zu Hause in Brahmenien hätte sie damit als liederliche Dirne gegolten. Aber ihre Heimat war weit, weit weg.

Bevor Trauer in ihr aufsteigen und ihren Körper lähmen konnte, setzte sie sich aufrecht hin. »Ich danke dir noch einmal, Ayden. Du hast dich gut um meine Verletzung gekümmert. Nun darfst du wieder deiner Wege gehen.«

Wieso tat er nicht einfach, was sie sagte? Wieso sammelte er nicht seine Sachen zusammen und ging davon? Estelle seufzte leise.

»Ich werde dich hier nicht einfach liegen lassen«, erwiderte Ayden bestimmt.

Unter anderen Umständen hätte sie sich über seine Anteilnahme gefreut, doch jetzt war ihr genau diese ein Dorn im Auge. Verzweifelt sah sie sich um. Wie konnte sie ihn nur überzeugen?

»Es ist tiefste Nacht«, begann sie. »Deine Familie macht sich sicher Sorgen um dich. Ich komme gut allein klar.«

»Meine Eltern habe ich schon lange verlassen und gebunden bin ich nicht«, hielt Ayden entgegen und verschränkte die Arme vor der Brust.

Wieso ist er nur so störrisch!?

Nach kurzem Überlegen kam Estelle eine Idee. Vielleicht würde er sich überzeugen lassen, zu gehen, wenn sie ihm ihre Höhle zeigte. Er würde sehen, dass es ihr gut ging und ... Ja, das würde sie versuchen!

Entschlossen sah sie ihn an. »Ich bin öfter am See«, startete sie das Gespräch und lächelte. »Manchmal verbringe ich meine Nächte hier und werde auch heute in der Nähe des Schwanensees bleiben. Nicht weit von hier gibt es eine Höhle, in der ich unterkrieche.«

»Eine Höhle?« Ayden hob seine Augenbrauen.

»Wenn du mir aufhilfst, kann ich sie dir zeigen.«

Estelle war es unangenehm, als Ayden sich hinter sie stellte und ihr half, aufzustehen. Außer ihrem Vater hatte nie zuvor ein Mann sie berührt. Schweiß brach auf ihrer Stirn aus, aber sie versuchte, sich nichts anmerken zu lassen.

Ayden schlang seinen Arm um Estelles Hüfte. Sobald sie sich auf ihr verletztes Bein stützte, hätte sie vor Schmerz aufschreien können. Gleichzeitig wusste sie aber, wie wichtig es war, dass sie sich nichts anmerken ließ. Nur wenn sie jetzt die Starke mimte, würde er sie allein lassen.

Tapfer setzte sie mithilfe des jungen Mannes einen Schritt vor den anderen. Glücklicherweise war es bis zur Höhle nicht weit. Je näher sie der Behausung kamen, desto mulmiger wurde Estelle zumute. Sie hatte ihr kleines Reich noch niemandem gezeigt und Ayden jetzt dorthin zu führen, kostete sie viel Überwindung.

»Tut das Laufen weh?«, erkundigte er sich vorsichtig.

»Ich habe es mir schlimmer vorgestellt«, meinte Estelle und lächelte, obwohl ihre Wunde wie verrückt pochte.

Im Geiste schätzte sie die Entfernung bis zur Höhle ab. Wenn sie erst angekommen und allein war, würde sie Ruhe haben, damit die Wunde heilen konnte.

»Wie kommt es, dass du hier eine Höhle hast?«, fragte Ayden neugierig. Für Estelles Geschmack wollte er eindeutig zu viel wissen.

»Ich mag diesen Ort«, wich sie seiner Frage aus und konzentrierte sich weiterhin auf den Weg. Nur noch den kleinen Steinpfad würden sie beschreiten müssen, dann wären sie schon angekommen.

»Es ist ungewöhnlich, eine Frau in deinem Alter an so einem Ort zu treffen. Noch dazu in der Nacht. Ganz allein.« Er ließ nicht locker.

Auch wenn er gerade keine direkten Fragen stellte, wollte er doch einiges wissen. Hinzu kam, dass er sie immer wieder von der Seite ansah. Estelle wurde dieses Gespräch zunehmend unangenehmer, weswegen sie ihrem Impuls nachkam und den Spieß umdrehte.

»Was hattest du denn am See zu suchen? Denn soweit ich weiß, ist es auch nicht normal, sich als Mann hier so spät allein aufzuhalten.«

Für einen Moment flackerte es in seinen Augen. Estelle feierte einen kleinen Triumph. Je mehr er über sich erzählte, desto mehr Zeit würde vergehen und desto schneller würde sie wieder allein sein.

»Ich bin Jäger Seiner Majestät«, erzählte er nicht ohne Stolz. »Mir wurde aufgetragen, einen Vogel zu schießen und die Beute mit ins Schloss zu bringen.«

Estelle schauderte, als sie daran dachte, wie sich der Bolzen durch ihr Federkleid gebohrt hatte, und richtete den Blick weiterhin auf den Boden.

Endlich erreichten sie die Höhle. Sie lag verborgen hinter einem dichten Busch, der grüne Blätter trug. Auf eine besondere Weise schien dieser Ort verzaubert zu sein, denn selbst im ausklingenden Winter gab es Blattwerk zu bestaunen.

»Wir müssen hier durch«, erklärte Estelle und bückte sich.

Nacheinander schoben sie sich durch den Busch und landeten kurz darauf in Estelles bescheidener Behausung.

»Und hier schläfst du manchmal?« Skepsis haftete Aydens Stimme an. Ihr Plan, ihn zu überzeugen, war noch nicht aufgegangen.

Entschieden befreite sie sich aus seinem Griff und humpelte zur linken Seite der Höhle. Dort bewahrte sie auf einer Anhöhe Kerzenreste und Streichhölzer auf. Da Aydens Laterne die einzige Lichtquelle war, entzündete sie einen weißen Stumpen, der die Höhle zusätzlich erleuchtete.

Seit nunmehr fünfzehn Monaten war dies ihr Zuhause. Estelle zählte jeden einzelnen Tag, malte in jeder Nacht mit Kohle einen Strich an die Höhlenwand. Schon bald würde sie die rechte Seite hinzunehmen müssen, auf der ihr Bett stand. Zumindest nannte sie es so, in Wahrheit war es nicht mehr als eine warme, trockene Stelle, die sie mit Gräsern ausgelegt hatte. Aber Estelle schlief ohnehin selten, wenn sie in Menschengestalt war. Zu gut tat es, ihre Beine zu gebrauchen. Zu schön war es, in der Spiegelung an der Wasseroberfläche des Sees ein menschliches Gesicht zu erspähen.

Estelle bemerkte, wie Ayden sich in der Höhle umsah. Mit interessierten Blicken betrachtete er jeden Winkel und bewegte sich im Raum hin und her. Er machte nicht einmal vor ihrem Schmuckkästchen Halt. Estelle hatte es auf einem ihrer Ausflüge gefunden. Es war aus Holz, ohne jegliche Verzierungen, aber es erfüllte seinen Zweck.

»Hübsche Schachtel«, meinte der Jäger und griff danach. Doch bevor Ayden eine Chance hatte, sie zu öffnen, humpelte Estelle auf ihn zu.

»Darin ist nichts Interessantes«, sagte sie mit freundlicher, aber entschiedener Stimme.

Ayden blieb unschlüssig stehen und schaute sie nachdenklich an. Als sich Stille zwischen den beiden auszubreiten drohte, straffte Estelle die Schultern.

»Wie gesagt, Ayden, ich danke dir vielmals, dass du dich um meine Verletzung gekümmert hast. Ohne dich wäre es mir schlecht ergangen. Der See ist den Menschen zwar recht unbekannt, aber im Wald lauern Feinde tierischer Natur.«

Ihr Blick fiel auf den goldenen Ring, der nicht weit entfernt vom Schmuckkästchen lag. Ein paar Tage hatte sie ihn in der Schachtel aufbewahrt, doch er kam ihr nicht kostbar genug vor. Sie hatte ihn vor sechsundsechzig Tagen im Schnee gefunden, an einem Ort nicht weit vom See entfernt. Er musste einem Edelmann gehört haben.

Entschlossen nahm Estelle ihn in die Hand und reichte ihn Ayden. »Nimm das als Zeichen meiner Dankbarkeit.«

»Ich habe nur getan, was jeder getan hätte«, entgegnete der Jäger, ohne nach ihrem Geschenk zu greifen. »Dafür musst du mich weder mit Gold noch mit Gut entlohnen.«

»Es wäre mir eine Ehre, wenn du ihn annehmen würdest«, hielt sie entgegen, aber mit dem Jäger war nicht zu feilschen. Er ging ein paar Schritte zurück und hob die Hände, um ihr seine Entscheidung zu verdeutlichen.

Seufzend zog Estelle ihren ausgestreckten Arm zurück und legte den Ring neben das Schmuckkästchen.

»Du bist sicher, dass du allein klarkommst?«, fragte Ayden nun stirnrunzelnd, woraufhin Estelle übertrieben nickte und sich an einem Lächeln versuchte.

»Ganz sicher. Ich werde noch ein wenig ausruhen und mich morgen um meine Heimreise kümmern.«

Noch immer sah er nicht überzeugt aus, aber immerhin gab er keine Widerworte mehr. »Na schön«, meinte er in Aufbruchstimmung. »Es hat mich gefreut, dich kennenzulernen, Estelle.«

»Ebenfalls, Ayden.«

Erst als sie sich die Hand gegeben und der groß gewachsene Jäger die Höhle verlassen hatte, erlaubte Estelle dem Schmerz, ihre Gesichtszüge zu verziehen.

2

Ayden

Ayden stahl sich aus der Höhle in die Nacht. Ein seltsames Gefühl, das er nicht einordnen konnte, hatte von ihm Besitz ergriffen. Vorsichtshalber spähte er über die Schulter, aber Estelle war ihm nicht gefolgt.

Was hatte es mit der mysteriösen jungen Frau auf sich, die allein in einer Höhle die Nächte verbrachte? Estelles Haut war so rein, die Hände so zart, dass sie unmöglich schon öfter in der rauen Natur unterwegs gewesen sein konnte.

Sie hatte etwas an sich, das ihn stutzig machte. Auf den ersten Blick wirkte sie sicher, wusste genau, was sie tat, aber Ayden glaubte, hinter ihre Fassade blicken zu können. Je länger er sie angesehen hatte, desto deutlicher war ihm etwas in den blauen Augen aufgefallen: Traurigkeit.

Was war geschehen, das die Fremde so unglücklich gemacht hatte? Und wieso erlaubte sie sich nicht, ihre Gefühle zu zeigen, sondern hatte eine Mauer aus Stärke errichtet?

Ayden musste sich regelrecht überwinden, zum See zu gehen und Estelle zu verlassen.

Nach einer Weile, die er nachdenkend verbracht hatte, sammelte er sein Gepäck ein und schulterte die Armbrust. Erst da fiel ihm wieder der Schwan ein, den er abgeschossen hatte. Irgendwo musste der Vogel doch noch liegen.

Weil er nicht mit leeren Händen zurückkehren wollte, suchte er abermals den großen Busch und die Umgebung ab. Hatte sich möglicherweise schon ein wildes Tier über den Schwan hergemacht? Wahrscheinlich würde Ayden nichts anderes übrig bleiben, als sich auf den Heimweg zu begeben.

Ihm wurde übel, als er an die Reaktion des Königs dachte. Zwar zeigte sich Seine Majestät nur selten wütend, aber sicher würde der Jäger Enttäuschung in seinen alten Augen sehen.

Frustriert stieß er einen Stein mit seinem Fuß weg und verschränkte die Arme vor der Brust. Es war ein Fehler gewesen, zu diesem See zu gehen! Hätte er sich doch auf den befestigten Wegen gehalten. So wäre er zwar auch ohne Beute, aber immerhin einige Stunden früher zu Hause gewesen.

Während Ayden am See entlanglief, um diesen Ort für immer zu verlassen, blieb sein Blick mit einem Mal an einem Gegenstand im Gras hängen. Fast wäre er achtlos daran vorbeigegangen, aber ein unbestimmtes Gefühl sorgte dafür, dass er ihn genauer in Augenschein nahm.

Kurz darauf kniete er am Boden, den Bolzen in seiner rechten Hand. Es handelte sich um denjenigen, der sich in Estelles Bein gebohrt hatte. Ayden ließ das Geschoss durch seine Finger gleiten, schaute es sich von allen Seiten an und schüttelte ungläubig den Kopf.

Das … kann nicht sein.

Er war sich beinahe vollkommen sicher, dass ihn seine Wahrnehmung trog.

Aber es bestand kein Zweifel. Hierbei handelte es sich um einen seiner Bolzen.

Der König selbst hatte deren Fertigung für ihn in Auftrag gegeben, als Dank für seine gute Arbeit und Zuverlässigkeit. Seine persönlichen Geschosse verfügten über ein Brandzeichen, das oberhalb der Spitze in das Holz eingelassen war und welches eine Krone zeigte – als Zeichen dafür, dass Seine Majestät ihn respektierte.

Wie gebannt starrte Ayden auf den Bolzen, während sich seine Gedanken überschlugen. Überstürzt zählte er nach, wie viele Geschosse er noch bei sich trug. Als er losgezogen war, hatte er acht von ihnen bei sich getragen. Nun waren es … sieben.

Er zählte noch einmal und ein drittes, viertes und fünftes Mal. Das konnte nicht sein! Irgendetwas lief hier gehörig schief! Aber er war nicht in der Lage, zu leugnen, dass das Holz, das die Haut der jungen Frau durchbohrt hatte, ihm gehörte.

Wie aber sollte das geschehen sein? Er hatte doch auf den Schwan geschossen! War es so dunkel gewesen, dass seine Augen ihm einen Streich gespielt hatten? Konnte er womöglich nicht mehr Mensch von Tier unterscheiden?

Anklagend sah Ayden zum Vollmond hinauf, als wäre die Kugel der Auslöser all seiner Probleme. Dann verstaute er den Bolzen bei den anderen.

Er war im Begriff, den See zu verlassen, aber die letzten Schritte wollten seine Füße nicht gehen. Wie angewurzelt stand er auf dem kalten Boden und konnte sich nicht mehr bewegen.

Das schlechte Gewissen hatte sich in ihm breitgemacht. Sosehr Ayden es auch versuchte, er konnte den Gedanken nicht aus seinem Kopf verbannen, dass er etwas mit Estelles Verletzung zu tun haben musste. Wenn dem so war, sollte er hierbleiben. Es war nicht nur seine Pflicht, sich um die Verletzte zu kümmern, sondern zeugte auch von Ehrgefühl.

Dennoch wollte er sie nicht stören. Wahrscheinlich schlief sie bereits, was in ihrer Situation wohl das Beste war.

Kurzerhand schlug Ayden sein Lager an einem verborgenen Platz unter einem Busch nahe Estelles Höhle auf. Die Decke legte er gefaltet auf den Boden, sodass er notfalls darunter schlüpfen konnte, wenn der Wind zu stark wurde.

Dort verharrte er und wartete.

Estelle

Die Nacht war bereits fortgeschritten, als Estelle zwischen zitternden Fingern das schmale Stück Papier hielt. Sie kannte die Worte, die darauf geschrieben standen, mittlerweile auswendig und doch wurde sie nicht schlau aus ihnen. Sie hatte gedacht, dass der Vers ihre Eintrittskarte in die Freiheit sein könnte, und verzweifelt versucht, einen Sinn hinter den Begriffen zu erkennen.

Aber mittlerweile war sie es leid und wurde nur noch traurig, wenn sie die Nachricht las.

Das Papier war neben ihrer Kette ihr kostbarster Besitz – denn exakt diese zwei Dinge waren es, die sie an ihr altes Leben erinnerten. Ein Leben, das sie nie vergessen, aber in dem sie wahrscheinlich nie mehr eine Rolle spielen würde.

Seufzend faltete sie das Pergament in der Mitte und verstaute es wieder in dem Schmuckkästchen.

Heute wollte sie sich nicht damit befassen. Heute wollte sie ihre menschliche Gestalt genießen, die ihr nur noch wenige Stunden vergönnt war.

Mit einem Stofffetzen säuberte sie das Glas des kleinen Spiegels, der auf einer Steinreihe lehnte. Sie musste sich ein wenig bücken, um ihr Gesicht in der unförmigen Scherbe zu erkennen.

Sanft fuhr sie sich durch das Haar, das einen zerzausten und wilden Eindruck machte. In all der Zeit, die sie nun schon hier leben musste, war es ihr nie gelungen, eine Bürste herzustellen. Daher blieb ihr nichts anderes übrig, als die Knoten mit den Fingern zu lösen. Mit einem Band frisierte sie sich einen Zopf und genoss den Augenblick, in dem ihr Haar über ihren Rücken fiel. Dann nahm sie auf ihrer Schlafstätte Platz, löste den Verband und besah sich die Wunde näher. Die Verletzung tat noch immer weh, aber es war auszuhalten.

Sowieso musste sie sich keine Gedanken über die Beschaffenheit ihrer Haut machen. Sobald sie sich zurückverwandeln würde, wäre ihr Körper wieder geheilt.

Die Schwanengestalt barg keine Wunden, das hatte sie herausgefunden, als sie ihre Finger an einem Dornenbusch verletzt hatte. Schon in der nächsten Nacht war davon nichts mehr zu sehen gewesen.

Dies war ein kleiner Vorteil, wenn man nur zur Hälfte ein Mensch war. Der Körper begann zu heilen, sobald sie ihn wechselte. Nicht unbedingt vollständig, aber je öfter sie die Gestalt änderte, desto schneller ging der Heilungsprozess vonstatten. Wenn sie sich wieder in einen Menschen verwandelte, würde die Wunde sicher nicht mehr so tief sein.

In den letzten Stunden, die ihr als Prinzessin blieben, dachte Estelle an Ayden.

Dutzende Wochen schon hatte sie keinen Mann mehr gesehen; sie lebte allein und abgeschieden von allem gesellschaftlichen Leben.

Die Präsenz des Jägers verzauberte sie auf eine Weise, die sie schon beinahe vergessen hatte. Es war ein Gefühl, das einem anderen Leben angehörte.

Für einen Moment dachte die junge Frau an kastanienbraune Augen, in denen sie versinken würde, wenn sie es zuließe. Doch genau das durfte nicht geschehen. Er durfte nicht hinter ihr Geheimnis kommen, weil sie streng genommen nicht in diese Welt gehörte.

Aber wieso machte sie sich überhaupt Gedanken darüber? Der Jäger war längst über alle Berge – und das war gut so.

Melis ♥ Art

Ayden

Der kalte Wind machte es ihm unmöglich, einzuschlafen. Gleich, wie Ayden sich hinlegte, an Schlummer war nicht zu denken.

Irgendwann sah er, wie der Mond langsam einer aufgehenden Sonne Platz machte, und blickte auf die wachen Stunden zurück.

Er gähnte ausgiebig, starrte wiederholend auf den Eingang zu Estelles Höhle. Erst raschelten die Blätter des Busches, dann sah Ayden, wie die junge Frau durch den Eingang trat. Obwohl sie ihn nicht sehen konnte, rutschte er ein Stück zurück.

Angestrengt die Augen zusammengekniffen, beobachtete er Estelle, die sich in Richtung des Sees aufmachte.

Die junge Frau drehte sich nicht um, sah weder nach links noch nach rechts. Zielsicher steuerte sie das Gewässer an, an dessen Ufer er vor wenigen Stunden ihre Wunde verbunden hatte. Sie hinkte noch immer, aber das Bein schien ihr keine allzu großen Probleme zu bereiten.

Gut, das war sehr gut. Falls er tatsächlich für den Unfall verantwortlich war, hatte Ayden sie zumindest nicht so schlimm verletzt. Obwohl er immer noch nicht ganz verstand, wie das möglich sein sollte.

Mit angehaltenem Atem sah er, wie die blonde Frau nicht vor dem See anhielt, sondern langsam in das Wasser watete. Schritt um Schritt tauchte sie weiter ein, bis sie von der Hüfte abwärts komplett verschwunden war.

Ayden musste gegen das Licht der aufgehenden Sonne anblinzeln. Mit immenser Kraft schienen die Strahlen direkt auf den kleinen See und erhellten Estelles Körper, sodass dieser zu schimmern schien.

Die junge Frau hatte ihm den Rücken zugewandt, daher wagte Ayden es, aufzustehen, und ging ein paar Schritte auf das Gewässer zu. Für einen kurzen Moment dachte er, dass Estelle sich waschen wollte, und er wäre alles andere als ein Ehrenmann, wenn er nicht den Blick senkte. Aber wer stieg schon komplett angezogen in einen See?

Estelle tauchte ihre Finger in das Wasser und zog sanfte Kreise mit den Armen. Als sie sich ruckartig umdrehte, erstarrte Ayden mitten in der Bewegung. Hatte sie ihn gesehen? Lohnte es sich noch, sich zu verstecken?

Gerade als er hinter einem Baum Zuflucht suchen wollte, sah er, wie Estelles ausgestreckte Arme sich veränderten. Zunächst schienen sie blasser zu werden, beinahe weiß, bevor sich eine feine Schicht ... *Federn* auf sie legte.

Federn?

Aydens Herz schlug wie verrückt, seine Fingernägel bohrten sich in den Stoff der Hose.

Mittlerweile waren Estelles Arme komplett von Federn bedeckt.

Ayden schluckte schwer, als er Sekunden später einen Schwan auf dem See schwimmen sah. Es dauerte nicht lange, bis sich auch Estelles anmutiges Gesicht in das eines Vogels verwandelt hatte. Anstelle einer Nase thronte ein langer Schnabel in der Mitte ihres Antlitzes. Der Jäger beobachtete staunend, wie sich ihre mandelförmigen blauen Augen in kleine schwarze Schlitze verwandelten.

Der Schwan strahlte Eleganz aus, aber als er den Schnabel tief im Gefieder vergrub, hatte der Anblick etwas derart Trauriges, dass es Ayden beinahe das Herz brach.

Zwei Dinge wurden ihm gleichzeitig bewusst:

Zum einen war sehr wohl er derjenige gewesen, der Estelle angeschossen hatte. Nur war sie zu diesem Zeitpunkt in ihrer Schwanengestalt gewesen und hatte sich höchstwahrscheinlich kurz darauf in einen Menschen verwandelt.

Zum anderen barg die junge Frau ein tiefes Geheimnis. Es musste mit schwarzer Magie zu tun haben, vielleicht mit einem Bann, der sie gefangen hielt, sie dazu zwang, die Gestalt eines Schwans anzunehmen.

Ayden wurde schwer ums Herz. Gleichzeitig war er so fasziniert von der Schwanenfrau, dass er immer näher an den See herantrat.

Würde sie ihn erkennen? Konnte sie überhaupt noch menschliche Gedanken fassen, wenn sie ein Schwan war? Fragen über Fragen häuften sich und brachten seinen Kopf beinahe zum Platzen.

Auf Zehenspitzen schlich er immer weiter, stets darauf achtend, dass der Schwan seinen Kopf noch immer im Gefieder vergraben hatte. Er wollte keinen unnötigen Lärm verursachen.

Irgendwann war er dem Gewässer so nah, dass er es beinahe mit den Füßen berühren konnte. Aus der Nähe wirkte die verzauberte Frau noch sehr viel bekümmerter. Hätte Ayden es nicht besser gewusst, hätte er angenommen, dass sie im Sterben lag.

Je näher er kam, desto mehr Details erkannte er. So fiel ihm jetzt erst auf, dass der Schwan noch immer die Kette trug, die auch Estelle um den Hals gehangen hatte: das dünne silberne Band mit dem Saphir als Anhänger.

Als der Schwan seinen Kopf hob und die Flügel ausbreitete, erstarrte Ayden. Noch sah der Vogel ihn nicht an, aber wenn er sich umdrehte …

Kurzerhand versteckte der Jäger sich hinter einem Baumstamm und spähte zu dem Tier. Anmutig reckte der Schwan den Hals, bevor er die Flügel abermals spannte und sich in die Höhe wagte. Nur wenige Sekunden später hatte er die Lichtung verlassen.

Estelle

Normalerweise verbrachte Estelle die Hälfte ihres Tages als Schwan damit, sich auszuruhen und zu schlafen. Wenn die Stunden im Schlummer an ihr vorbeizogen, war es nicht so schlimm, zu akzeptieren, dass sie nicht mehr sie selbst war. Wenn sie träumte, sah sie sich als Frau und nicht als Vogel. Am liebsten war es ihr, wenn sie direkt nach der Verwandlung einschlief und die Augen erst kurz vor dem Gestaltwechsel öffnete.

Aber an Schlummer war heute nicht zu denken. Sie wusste nicht, woran es lag – vielleicht schien die Sonne zu hell, vielleicht hatte sich etwas anderes verändert. Jedenfalls spürte sie zum ersten Mal den Drang in sich, wegzufliegen, den Wolken entgegenzuschweben, den Himmel zu betrachten, der immer blauer wurde.

Kraftvoll schlug sie mit ihren Flügeln und gewann an Höhe. So früh am Morgen waren noch keine Menschen unterwegs und Vögel traf man zu dieser Jahreszeit ohnehin nur selten. Stolz reckte Estelle den Schnabel. Als Schwan hatte sie keine Verletzung mehr.

Sie flog eine ganze Weile, über Berge, auf denen noch Schnee lag, und über Wälder, die sie an ihre Heimat denken ließen, aber irgendwann schwand ihre Ausdauer und sie sehnte sich nach einem ruhigen Plätzchen. Sie würde sich ein Gewässer suchen, das nicht so weit entfernt war wie der Schwanensee. Ihre Kräfte verließen sie und sie wollte sich ausruhen.

Bald entdeckte sie einen Tümpel, der auf den ersten Blick verlassen wirkte. Kurzerhand drosselte sie ihr Tempo und steuerte den Teich an. Das Wasser zog Kreise, als sie darauf landete.

Noch ehe sie dazu kam, die Umgebung näher zu inspizieren, überfiel sie auf einmal eine bleierne Müdigkeit, die sich – an ihren Flügelspitzen beginnend – über ihren ganzen Körper legte.

»Estelle, wieso kommst du so spät? Wir haben auf dich gewartet!«, sagte die junge Frau mit den braunen Haaren und stemmte die Hände

in die Hüften. Gespielte Entrüstung fand sich in ihren Augen wieder, aber Estelle wusste, dass Tatjana nie wirklich böse auf sie sein konnte.

Neugierig sah sie sich in der durchsichtigen Glaskuppel um, die keinen einzigen Gegenstand barg, und entdeckte ihre anderen drei Schwestern. Stets waren sie fünf – nicht sechs, wie es in Brahmenien der Fall gewesen war. Eine hatte den Weg nicht gefunden, sie war verschwunden – und niemand wusste, wieso.

»Wie lange seid ihr schon hier?«

»Eine Weile«, antwortete Estelles jüngste Schwester keck und reckte das Kinn. Sie trug ein sonnengelbes Kleid, das bis zum Boden reichte und sich in mehreren Schichten Tüll bauschte.

Estelle lächelte ihr zu. Es war immer eine Freude, ihre Valyra zu sehen. In einer Welt voller Dunkelheit war sie das Licht, das alles etwas weniger schlimm machte.

Mit sorgenvoller Stimme fragte sie: »Gibt es etwas Neues? Hat irgendjemand etwas herausgefunden?«

Neugierig blickte sie in den Kreis ihrer Schwestern. Tatjana schüttelte den Kopf, Genevieve zupfte verlegen an ihrem Kleid und die anderen beiden schauten sie mit betretenen Gesichtern an.

Natürlich, wieder nichts.

Estelle seufzte.

»Hat sich bei dir etwas geändert?«, ergriff Tatjana die Initiative und fasste ihre Schwester bei der Hand.

»Du siehst verändert aus«, stellte Genevieve fest und kam ebenfalls auf sie zu.

»Verändert?«, wiederholte Estelle verwundert und schaute an sich herab.

»Nicht das Kleid, du Dummerchen«, erwiderte Tatjana und lachte. »Deine Art. Dein Blick. Irgendetwas hat sich geändert.«

Gern hätte sich Estelle von der Euphorie ihrer Schwestern anstecken lassen, aber sie schüttelte den Kopf. »Ich muss euch enttäuschen. Es gibt nichts Neues. Absolut nichts.«

Valyra, der Jüngsten, fiel das Lächeln aus dem Gesicht. »Du bist die Klügste von uns allen, Estelle. Wenn du das Rätsel nicht lösen kannst, wer dann?«

»Wir dürfen nicht aufgeben«, meinte Estelle entschlossen.

Was sie ihren Schwestern verschwieg, war die Tatsache, dass sie schon lange keine Hoffnung mehr hatte. Dafür waren zu viele Tage vergangen. Dafür war sie zu lange an diesem vermaledeiten Ort, der sich Schwanensee nannte.

»Hat schon einer daran gedacht, dass wir das Rätsel vielleicht gar nicht lösen können?«, meldete sich auf einmal Penelopé, die Drittjüngste, zu Wort, die sich bisher im Hintergrund gehalten hatte. »Dass diese Fetzen, diese Wörter gar nichts bedeuten und wir einfach für immer verloren sind?«

Als Estelle sah, wie Valyra die Tränen kamen, schaltete sie sich ein. »Kein Fluch ist so stark, dass es nicht einen Umkehrzauber dafür gibt. Auch keiner von Rania.«

»Aber vielleicht tragen wir das Gegenmittel nicht bei uns«, hielt Penelopé entgegen und schürzte die Lippen. »Vielleicht muss uns jemand von außen befreien. Das Problem ist, dass es da niemanden gibt.« Sie senkte den Blick und wirkte fortan abwesend.

»Vater würde uns befreien, da bin ich mir sicher«, meinte Valyra und klang nicht mehr ganz so traurig. »Das würde er doch, Estelle, oder?«

Die junge Frau schaute ihre Schwester an. Nicht eine Sekunde ihres Lebens hatte sie an der Liebe ihres Vaters gezweifelt, aber auch an ihm war die Zeit nicht einfach so vorübergegangen. Der Verlust ihrer Mutter hatte aus ihm einen alten Mann gemacht.

»Vater liebt uns, da bin ich mir sicher«, beteuerte sie nun und nahm Valyra in den Arm.

Mit erschrockener Klarheit wurde ihr bewusst, dass aus ihrer Schwester eine junge Frau geworden war. Nur zu gut erinnerte sie sich an die Zeit, als Valyra ihr kaum bis zur Brust gereicht hatte. Nun blickte sie in die Augen einer Sechzehnjährigen, die schon sehr viel Leid gesehen hatte.

»Irgendwie schaffen wir es schon«, beteuerte Estelle nochmals.

»Mir kommt es vor, als würde ich jeden Tag das Gleiche machen. Es ist wie ein Teufelskreis, aus dem ich nicht herauskomme«, beklagte sich Penelopé und hielt sich den Rücken.

Genevieve, die das Gespräch eher schweigend verfolgt hatte, trat nun in die Mitte. Heute trug sie ein fliederfarbenes Kleid, das um die Taille eng geschnürt und mit Perlen am Saum bestickt war. Sie fuhr sich durch die rötlichen Haare und verkündete: »Wir müssen uns gegenseitig versprechen, dass wir noch einmal versuchen, das Rätsel zu lösen. Ab morgen setzen wir uns alle an unseren Pergamentschnipsel und grübeln. Ich weigere mich, zu glauben, dass er keine Bedeutung hat, wenn jede von uns einen bekommen hat.«

Tatjana wollte gerade protestieren, als Genevieve fortfuhr.

»Ich weiß, dass ihr das alles Abertausende Male versucht und jedes Wort so oft untersucht habt, dass ihr sie auswendig kennt. Aber irgendetwas muss es bedeuten. Wir dürfen nicht aufgeben, sonst haben wir

schon verloren.« Sie sah ihre Schwestern so bedeutend an, dass sich keine von ihnen mehr traute, zu widersprechen.

Nur Tatjana seufzte tief. »Ich vermisse Brahmenien«, sagte sie, einen sehnsüchtigen Blick in den Augen. »Ich vermisse die rauschenden Feste, das weite Land und unseren Vater. Ich würde ihn so gern wiedersehen.«

»Und aus diesem Grund müssen wir alles tun, damit es klappt«, bestätigte Genevieve.

Valyra nickte, auch Penelopé stimmte zu.

Schlussendlich meldete sich Estelle: »Na schön. Versuchen wir es noch einmal. Vielleicht ist dieses Mal ja etwas anders.« Sie erwähnte nicht, dass sie die Chancen als gering einschätzte.

Noch einmal schaute sie an sich hinunter, strich das traumhafte dunkelblaue Reifrockkleid glatt und drehte sich um die eigene Achse. Dann war es Zeit, sich zu verabschieden.

Nacheinander verschwanden ihre Schwestern, Valyra zuerst, gefolgt von Penelopé, Genevieve und Tatjana. Für einen kurzen Moment verharrte Estelle allein in der gläsernen Kuppel, schließlich wurde auch sie in ihre Welt zurückkatapultiert.

Ayden

Er wusste, dass das, was er tat, verboten war, und doch konnte er es nicht lassen. An diesem Ort geschahen seltsame Dinge und

Estelle war ein Teil davon. In Ayden brannte die Neugierde, mehr über sie und ihr Schicksal herauszufinden. Aus welchem Grund musste sie ihren Körper mit dem eines Schwans teilen?

Als Estelle davongeflogen war, hatte Ayden ihr so lange nachgeschaut, bis sie nur noch ein kleiner Punkt am Morgenhimmel gewesen war. Dann war er zurück zu seinem Versteck gelaufen, hatte die Decke zusammengefaltet und sie in seinem Rucksack verstaut.

Nun hieß es, keine Spuren zu hinterlassen. Solange Estelle weg war, hätte er Zeit, die Höhle zu untersuchen. Aber da er nicht sagen konnte, wann sie zurückkehren würde, musste er vorsichtig sein.

Wie ein Dieb stahl er sich durch den Busch in Estelles Höhle. Mehrmals blickte er sich um, aber der Ort lag genauso verschlafen da, wie er ihn vorgefunden hatte. Es dauerte eine Weile, bis er den Kerzenstumpen fand, den Estelle benutzt hatte, um Licht zu machen. Kurz darauf erhellte ein sanfter Schein die Behausung.

Von Neugier getrieben, sah sich Ayden um, inspizierte jede Ecke. Zunächst maß er jeglichen Gegenständen, die er fand, große Bedeutung bei: Tücher, Tannenzapfen, Ringe, ein zerfleddertes Buch – all das fand er wahnsinnig interessant. Andererseits wusste er selbst bei genauerem Betrachten nicht, was er davon halten sollte, und stempelte es schließlich als unwichtig ab. Doch so schnell wollte er die Hoffnung nicht aufgeben.

Immerhin hatte er sich Estelles Herzstück noch nicht angeschaut: das Schmuckkästchen. Ayden erinnerte sich daran, wie sie reagiert hatte, als er einen Blick hineinwerfen wollte.

Seine Anspannung stieg, als er den Verschluss öffnete, um den Inhalt zu inspizieren. Er wusste nicht, womit er gerechnet hatte, war aber überrascht, als er nur einen kleinen Zettel aus Pergament vorfand.

Irritiert runzelte er die Stirn und nahm das Papier zwischen die Finger. Schnell entfaltete er es. Einige Zeilen waren darauf geschrieben, die Ayden wachsam las. Doch sosehr er sich auch konzentrierte, der Inhalt ergab für ihn keinen Sinn. Er konnte die Worte *Schlund, Zittern* und *Facetten* einfach nicht kombinieren.

Unverrichteter Dinge faltete er den Zettel wieder zusammen und stellte das Schmuckkästchen an seinen Ort zurück.

Ayden fuhr sich durch die braunen Haare und schüttelte den Kopf. Wieso gab es hier nichts, das auf Estelles Herkunft hindeutete? Nichts, das ihr Verhalten erklärte? Wieso hatte sie ihn so schnell loswerden wollen? Wieso versteckte sie sich hier im Nirgendwo?

Noch einmal besah er sich den Inhalt der Höhle, gab aber bald seufzend auf. Er würde so nicht weiterkommen. Demnach blieb ihm nichts anderes übrig, als abzuwarten, bis sie sich wieder in einen Menschen verwandelte.

Er beschloss, in der Nähe der Höhle auf Estelle zu warten.

Weil er langsam Hunger bekam, pflückte er ein paar der roten Beeren, die an einem Strauch in der Nähe hingen und von denen er wusste, dass sie nicht giftig waren. Er hatte sie schon Dutzende Male gegessen und schätzte an ihnen vor allem, dass sie immun gegen alle Temperaturen waren und sogar im Winter wuchsen.

3

Estelle

Noch immer schläfrig, wachte Estelle schließlich auf. In ihrer Schwanengestalt trieb sie noch immer auf dem Wasser, das durch die Sonne ein wenig erwärmt worden war. Es musste später Nachmittag sein.

Eine große Schwäche von ihr war schon immer gewesen, dass sie niemanden, den sie mochte, enttäuschen wollte. Daher kam es oft dazu, dass sie Versprechen abgab, ohne zu wissen, ob sie sie halten konnte.

Ihre Schwestern waren so verschieden wie Mond und Sonne und dennoch hatte sie stets versucht, allen gerecht zu werden und ihre Zeit mit ihnen zu verbringen. Auch hatte sie sich bemüht, ihrem Vater jeden Wunsch von den Augen abzulesen. Dabei hatte sie manchmal so viel auf sich genommen, dass sie unmöglich alle Erwartungen erfüllen konnte.

Düster erinnerte sie sich an Valyras zwölften Geburtstag, als sie versprochen hatte, ihr eine Torte zu backen, gleichzeitig sich mit Arabella, der Drittältesten, ein besonderes Geschenk ausdenken und mit Tatjana einen Strauß Wildrosen im Wald pflücken wollte. Das Ende der Geschichte war, dass Estelles Torte aufgrund Zeitmangel misslang, sie die Verabredung mit Tatjana gänzlich vergaß und keine Ideen für ein besonderes Geschenk hatte.

Seufzend streckte sie die Flügel aus und flog in kräftigen Stößen zum Schwanensee zurück. Wenn sie doch nur einen Hinweis mehr hätte! Mit dem Pergament allein konnte sie nichts anfangen – darüber hinaus besaß sie nichts.

Estelle wäre gern in das Königreich zurückgekehrt, in dem sie und ihre Schwestern aufgewachsen waren und über das ihr Vater seit vielen Jahren herrschte. Doch erstens hatte sie Angst vor der Reaktion der Dorfbewohner, falls sie etwas von ihrer anderen Gestalt mitbekämen, und zweitens wusste sie den Weg nicht. Den Schwanensee hatte sie nie zuvor gesehen, bevor sie verflucht worden war, daraus schloss sie, dass er sich an einem weit entfernten Ort befand.

Schweren Herzens dachte Estelle an Valyras bittende Augen. Sie wusste, dass ihre Schwestern auf sie zählten. Es würde ihr das Herz brechen, wenn sie sie enttäuschte.

Als Estelle den See erreicht hatte, reckte sie ihren schlanken Hals und erkannte, dass die Sonne schon nicht mehr so hell schien. Es würde nicht mehr lange dauern, bis die Nacht anbrach. Schon jetzt verzehrte sie sich nach der Zeit, in der sie wieder ihren menschlichen Körper besitzen durfte.

Ihre Schwestern waren allesamt an unterschiedlichen Orten gefangen, so viel wusste sie. Manchmal, wenn sie sich schlafen gelegt hatte, traf sie sie in einer großen Glaskuppel, die alle äußerlichen Einflüsse abschirmte. Meistens sprachen sie über den Fluch und dessen Auswirkungen, aber ihre Zungen waren gelähmt, sobald es darum ging, wo sie sich aufhielten oder was auf den Papierschnipseln stand. Estelle konnte ihren Schwestern zwar sagen, wie sie sich fühlte, aber jegliche Details, die mit ihrem neuen Leben verbunden waren, verschluckte der Fluch. Unzählige Male hatten sie versucht, sich über ihren Aufenthaltsort auszutauschen, aber nie brachten sie auch nur ein Wort über die Lippen.

Alles in Estelle schrie danach, ihren Schwestern mitzuteilen, welches Schicksal sie heimgesucht hatte. Sie wollte ihnen davon erzählen, dass sie die Hälfte ihres Lebens als Schwan verbrachte und am Tag, nachdem der Fluch über sie gelegt worden war, an einem verlassenen See aufgewacht war, den kaum eine Menschenseele je besuchte. Sie würde ihren Schwestern so gern mitteilen, wie sehr sie litt und wie sehr ihr alles fehlte, das sie zurücklassen musste. Aber ihre Zunge schlief ein, sobald sie etwas von ihrem neuen Leben preisgeben wollte.

Ebenso dringend verzehrte sich Estelle nach Informationen aus dem Leben ihrer Schwestern. Je genauer sie Tatjana ansah, desto deutlicher wurde ihr bewusst, dass ihren Zügen neuerdings etwas Strenges anhaftete, das sie nicht recht einordnen konnte. In welches Leben war sie befördert worden, das ihr Kummer und Gram bereitete?

Und wie stand es um Valyra, die jüngste ihrer Schwestern? Musste sie schon im zarten Alter von sechzehn Jahren ihre eigene Bürde tragen? Estelle konnte nur hoffen, dass man gut zu ihr war, ganz gleich, wo sie sich aufhielt. Sie hatte es nicht verdient, bestraft zu werden.

Doch die größte Angst hatte sie nicht um Tatjana oder Valyra. Nein, am meisten fürchtete sie sich vor dem Schicksal Arabellas, denn diese Schwester war noch in keinem der Träume erschienen. Die Prinzessinnen hatten schon viel über ihr Verbleiben gesprochen, aber letztlich konnte niemand sagen, wohin sie gegangen war und gegen welche Dämonen sie nun kämpfen musste.

Jedes Mal, wenn sich die Gespräche um Arabella drehten, biss sich Estelle auf die Lippen und schwieg beharrlich. Sie wollte es nicht zugeben – aber sie hatte ein schlechtes Gefühl, wenn es um ihre verschwundene Schwester ging.

Am Anfang war es Estelle schwergefallen, abzuschätzen, wann sich die Verwandlung vollziehen würde. Sie wusste mittlerweile, dass sie mit dem Sonnenaufgang und -untergang zusammenhing, doch Talario hielt sich nicht an die gängigen Zeiten. Alles in diesem Land kam ihr fremd vor. Hinzu kam, dass sie sich, als sie angeschossen worden war, noch in der Gestalt des Schwans befunden hatte, obwohl es dunkel gewesen war und der Mond am Himmel gestanden hatte. Erst danach hatte sie ihr Aussehen gewechselt. Ob es dafür einen Grund gab?

Heute jedoch vollzog sich die Verwandlung wie gewohnt. Ihr Gefieder verschwand, an seine Stelle trat Estelles schlanker Körper. Schon bald sah sie ihre langen Beine und war glücklich, endlich wieder sie selbst zu sein.

Sie eilte zu ihrer Höhle. Normalerweise verbrachte sie die ersten Minuten nach ihrer Verwandlung damit, ihren Körper in der Spiegelung des Sees zu betrachten, aber heute wollte sie etwas anderes tun. Immerhin hatte sie ihren Schwestern versprochen, dass sie sich noch einmal das Rätsel anschauen würde. Der Zettel hatte neben ihr gelegen, als sie vor fünfzehn Monaten zum ersten Mal am See aufgewacht war, daher konnte sie nicht sagen, woher er kam. Aber da jede ihrer Schwestern ein solches Pergament gefunden hatte, wusste sie, dass es wichtig war.

Obwohl sie die Worte auswendig kannte und nicht klüger war als noch vor einem Tag, stieg ihre Aufregung. Vielleicht würde ihr heute etwas einfallen, das sie bislang nicht bedacht hatte. Vielleicht gab es etwas, das sie übersehen hatte.

Mit fliehenden Bewegungen lief Estelle über die Wiese. Wie erwartet war die Wunde an ihrer Wade beinahe vollständig geheilt. Wenigstens eine gute Sache hatte dieser Fluch.

Gerade kämpfte sich die junge Frau durch das Buschwerk, als sie zwischen den Blättern ein Licht vernahm. Ertappt blieb sie stehen. Ihr Atem ging flach, sie wagte es nicht, sich zu rühren.

Aus zusammengekniffenen Augen linste sie zwischen zwei Blättern hindurch und erhaschte einen Blick auf … *Ayden*. Estelles Herz setzte aus, als sie den groß gewachsenen Jäger vor ihrer Höhle erkannte.

Was fiel ihm ein?! Wieso war er nicht nach Hause gegangen? Was hielt ihn noch hier? Sie wollte nicht mit ihm reden, wollte endlich wieder allein sein.

Aus der Entfernung betrachtete sie ihn. Ayden hatte ihr den Rücken zugekehrt und sie scheinbar noch nicht gehört. Estelle seufzte, aber auf einmal breitete sich ein weiteres Gefühl in ihr aus: Wut.

All die Anspannung, die Estelle eben noch empfunden hatte, verschwand auf einen Schlag. Entschlossen trat sie auf Ayden zu und tippte ihm an die Schulter. Der Jäger zuckte zusammen, drehte sich nach ihr um.

»Ayden, was machst du hier?«, fragte sie mit fester Stimme.

»Estelle«, sagte er, doch das Lächeln fiel ihm aus dem Gesicht, als er die junge Frau erblickte.

»Was machst du noch hier?«, rief sie aufgebracht und funkelte ihn an.

War er in der Höhle gewesen? Hatte er irgendetwas angefasst oder gar gestohlen?

Estelle ging an ihm vorbei in ihre Behausung. All die Gegenstände, die sie in ihrer Zeit am Schwanensee gefunden oder selbst hergestellt hatte, schienen noch da zu sein. Das Herz der jungen Frau schlug schneller, als ihr Blick auf das Schmuckkästchen fiel.

Hatte er …?

»Keine Angst, ich habe nichts entwendet«, beteuerte Ayden, der ihr gefolgt war. Beruhigend kam er auf Estelle zu, die Mühe hatte, ihre Gefühle unter Kontrolle zu bringen.

Die Hände zu Fäusten geballt, fragte sie durch zusammengebissene Zähne: »Was machst du noch hier?« Als er sie nur stumm ansah, fügte sie hinzu: »Ich möchte allein sein.«

Energisch schob sie sich an ihm vorbei und griff nach dem Schmuckkästchen. Leise atmete sie auf, als sie erkannte, dass sich der Zettel noch darin befand. Was auch immer Ayden getan hatte, immerhin existierte das Rätsel noch.

Da Estelle sich beobachtet fühlte, schloss sie die Box und drehte sich zu dem Jäger um. Im Kerzenlicht wirkten seine Züge sanfter.

»Es tut mir leid, Estelle«, beteuerte er und presste die Lippen aufeinander. »Ich weiß, dass es falsch war, hier einfach einzudringen.«

Abwartend sah die junge Frau ihn an. Obgleich sie ihn am liebsten aus der Höhle geworfen hätte, wollte sie ihm eine Chance geben. Eine Möglichkeit, sich zu erklären.

Der Jäger schwieg und maß die Höhle mit seinen Blicken. Suchte er etwas Bestimmtes oder fand er keine Worte, um sich auszudrücken?

»Ich möchte dich nicht belästigen, das musst du mir glauben«, begann er schließlich leise und trat einen Schritt auf Estelle zu. »Ich will dir helfen.«

»Helfen?«, stieß sie hervor. »Ich brauche keine Hilfe.«

»Ich habe gesehen, wie du dich verwandelt hast«, fuhr Ayden fort.

Estelle schluckte schwer, während ihr Atem nur noch stoßweise ging. Das durfte nicht sein! Sie hatte darauf geachtet, dass sie niemand bei ihrer Verwandlung sah! Wie konnte es sein, dass er sie trotzdem …?

»Hab keine Angst«, flüsterte Ayden und versuchte, Estelles Hand zu ergreifen, die sie ihm jedoch entzog. »Ich kenne nun dein Geheimnis.«

»Du kennst nicht einmal einen Bruchteil davon«, hielt sie ihm entgegen und blickte verzweifelt zu Boden.

»Und genau deshalb will ich dir helfen«, fuhr der Jäger fort. Entschlossen kam er noch ein Stückchen näher auf sie zu. Mit einem Mal spiegelte sich Betroffenheit auf seinem Gesicht wider. »Ich weiß jetzt, dass ich derjenige war, der dich angeschossen hat«, murmelte er. »Das tut mir wahnsinnig leid und ich bitte aufrichtig um Verzeihung.«

»Ist nicht so schlimm«, wiegelte Estelle ab. »Meine Wunden heilen schneller, sobald ich die Gestalt wechsele«, erklärte die junge Frau. Erschrocken hielt sie sich die Hand vor den Mund, weil sie selbst nicht wusste, wieso sie das verraten hatte.

»Wirklich?« Der Jäger legte den Kopf schief. Neugierde zeichnete sich in seinen Augen ab, die in ehrlichem Interesse zu fußen schien.

Obwohl Estelle diesen Eindruck hatte, blieb sie vorsichtig. An ihren Prinzipien würde er nichts ändern, das hatte sie sich geschworen. Der Fluch war etwas, womit sie allein fertigwerden musste.

»Erwartet dein König dich nicht, Ayden?«, fragte sie ungeduldig.

Er legte den Kopf schief. »Du kannst mir vertrauen«, sagte er mit sonorer Stimme.

Estelle seufzte und wandte den Blick ab. »Wieso lässt du mich nicht einfach allein?«

»Um ehrlich zu sein, weiß ich es nicht. Ich habe einfach im Gefühl, dass ich dir helfen kann. Und hierbleiben sollte.«

Estelle setzte all ihre Überzeugungskraft ein. »Ayden, hör zu«, begann sie und suchte dieses Mal seinen Blick. »Ich komme wirklich gut allein klar. Das mit dem Schwan … es ist keine große Sache. Wirklich nicht.«

»Also ist das hier das Leben, das du dir gewünscht hast? Mit allem Drum und Dran? Wenn du wählen könntest, würdest du dich genau dafür entscheiden?«

Estelle lief Gefahr, Ayden zu verdeutlichen, dass man im Leben nicht immer alles bekam, was man wollte, aber vermutlich würde sie damit zu viel verraten. Oder ihn zumindest so weit bringen, dass er weitere neugierige Fragen stellte.

»Ayden, es ist schon spät«, wich sie stattdessen aus. »Ich bin müde und würde gern schlafen.«

Er gab nicht auf. Wie ein Berg stand er vor ihr.

»Und morgen früh?«, hakte er nach. »Verwandelst du dich dann wieder in einen Schwan? Was machst du den ganzen Tag? Bist du immer hier am See oder …?«

Estelle begann, die Geduld zu verlieren. Langsam, aber sicher wurde der Jäger unverschämt. Hätte sie noch ihre Autorität als Prinzessin besessen, wäre es ihr ein Leichtes gewesen, ihn zurechtzuweisen. Aber hier, mitten im Dickicht der Wälder, war sie nur eine einfache junge Frau, die verzweifelt versuchte, einen aufdringlichen Mann loszuwerden.

»Es tut mir leid, dass ich forsch werden muss, aber all das geht dich nicht im Geringsten etwas an«, stieß sie hervor. »Es ist mein Leben und …« Sie stoppte, da Ayden sich einschaltete.

»Ich werte deine Lebensweise nicht, sie macht mich nur nachdenklich. Welche Frau verbringt ihre Zeit freiwillig im Wald, wenn sie genauso gut an einem Ort voller Leben und Menschen sein könnte? Wer ist freiwillig ein Schwan?« Sie hatte den Mund schon zur Antwort geöffnet, als er ergänzte: »Sollte das Ganze allerdings nicht freiwillig geschehen, muss etwas anderes dahinterstecken. Böse Magie vielleicht.«

Für einen Moment hatte Estelle sich nicht unter Kontrolle und ihr entgleisten die Gesichtszüge. Aydens Aussage ließ sie an Rania denken. An ihre Schwestern.

»Du wirkst nicht so, als würdest du dich mit schwarzer Magie sonderlich gut auskennen«, hielt sie ihm dennoch entgegen.

»Das nicht«, stimmte Ayden zu. »Aber ich kann mir nicht vorstellen, dass du ein Schwan bleiben willst. Du möchtest den Fluch doch brechen, oder? Es sieht nicht so aus, als hättest du dein Ziel schon erreicht. Vielleicht kann ich dir helfen, auch wenn mein Wissen begrenzt ist. Manchmal hilft es, wenn man einen Außenstehenden zurate zieht. Außerdem ... stehe ich in deiner Schuld, Estelle. Ich habe auf dich geschossen und ...« Auf einmal wirkte Ayden sehr unsicher.

Es war lange her, seit Estelle das letzte Mal mit einem realen Menschen gesprochen hatte. Schmerzlich dachte sie an ihre Schwestern, die sie darum gebeten hatten, dem Rätsel eine weitere Chance zu geben.

Eine zweite Meinung wäre nicht verkehrt, aber wie wahrscheinlich war es, dass ausgerechnet Ayden ihr helfen konnte? Er verdiente seinen Lebensunterhalt als Jäger, kannte sich mit der Armbrust, aber nicht mit der dunklen Seite der Zauberei aus. Außerdem konnte sie sich nicht vorstellen, dass er sonderlich gut im Rätselraten war. Als Jäger befasste man sich selten mit Worten.

Ihre größte Angst allerdings war, von ihm verraten zu werden. Es sprach nichts dagegen, dass er irgendwann in seine Lande zurückkehrte und von der jungen Frau erzählte, die sich in einen Schwan verwandelte. Man würde Jagd auf sie machen, sie noch einmal abschießen und …

Wie lange kannte sie Ayden? Wenige Stunden, nicht einmal einen ganzen Tag hatte sie mit ihm verbracht.

Mitten in diesem Gedanken hielt Estelle inne, als ihr bewusst wurde, dass Ayden schon jetzt Macht über sie hatte. Ihm war bereits aufgefallen, dass sie die Gestalt wechseln konnte – nur wenige Worte Fremden gegenüber würden genügen, um ihr gut gehütetes Geheimnis zu lüften. Um sie von dem einzigen Ort zu vertreiben, an dem sie sich sicher gefühlt hatte.

Fröstelnd schlang sie die Arme um ihren Körper. Die Temperatur in der Höhle schien gesunken zu sein.

»Estelle.« Ayden fasste sie leicht an der Hand. Seine Berührung war zart wie ein Atemhauch und doch fest genug, um ihre Aufmerksamkeit zu erlangen. »Ist es gefährlich, wenn du darüber sprichst? Oder traust du mir nicht?«

»Ich kenne dich ja kaum«, entgegnete sie leise.

»Ich bin kein schlechter Mensch …«

Seufzend gestand sie sich selbst ein: »Wahrscheinlich liegt es an mir. Ich brauche lange, um jemandem zu vertrauen.« Entschuldigend lächelte sie ihn an.

»Ich verstehe dich, sogar sehr gut. Ich habe auf dich geschossen und …« Er kam näher auf sie zu und hielt sie mit seinem

Blick so gefangen, dass sie nicht mehr wegschauen konnte. »Aber ich bin auch bei dir geblieben, um dein Bein zu heilen. Wenn du mit jemanden darüber reden willst, bin ich da.«

Estelle wurde abwechselnd warm und kalt. Die Kerzen schienen die Höhle aufzuheizen, aber der Wind von draußen war eisig. Genauso hin- und hergerissen fühlte sich die junge Frau. Und zum ersten Mal fragte sie sich, was sie zu verlieren hatte, wo ihr doch schon alles genommen worden war, was ihr etwas bedeutete.

»Ich muss ein Rätsel lösen«, stieß sie mühsam hervor und deutete auf die Schmuckschatulle.

4

Estelle

Zögernd griff sie nach dem Schmuckkästchen.

Es war das erste Mal, dass sie es für jemand anderen öffnete. Das erste Mal, dass sie jemanden in ihr Geheimnis einweihte.

Aber sie würde nicht alles sagen. Nur so viel, dass es ihm möglich war, zu helfen.

Wie oft hatte sie schon nach dem Papier gegriffen, es auseinandergefaltet und die Wörter in sich aufgenommen? Obwohl sie in ihrer Muttersprache geschrieben waren, kam es ihr so vor, als würde sie fremde Begriffe verstehen müssen.

Estelle war so in Gedanken versunken, dass sie gar nicht merkte, wie unruhig der Jäger wurde.

»Estelle?«, fragte er schließlich und fasste sie am Arm. Die Prinzessin ließ das Schmuckkästchen los und drehte sich zu ihm um.

»Was ist?«, fragte sie und presste sich beinahe zeitgleich die Hand vor den Mund. »Ayden, was ist mit deinem Gesicht passiert?«

Der Jäger, dessen Wangen rot geschwollen waren und der sich unaufhörlich mit den Fingernägeln die Haut kratzte, zuckte mit den Schultern. »Ich habe keine Ahnung. Es hat gerade erst angefangen.«

Estelle trat einen Schritt auf ihn zu und kniff die Augen zusammen. Es sah aus, als hätte der Jäger von jetzt auf gleich einen heftigen Ausschlag bekommen. Sein gesamtes Gesicht war krebsrot, teilweise war auch schon der Hals betroffen.

»Hast du irgendetwas Komisches gegessen?«, wollte sie wissen.

Der Jäger, der sich noch immer wie wild kratzte, meinte: »Nur Beeren. Vor ein paar Stunden. Aber das waren Schattenblüher, die kenne ich von zu Hause. Verflixt, juckt das!« Er stampfte mit dem Fuß auf dem Boden auf.

»Ich denke eher, du hast von den Beeren gegessen, die nicht weit von der Höhle an einem Strauch wachsen. Sie sind leider nicht genießbar«, sagte Estelle schlicht.

»Das waren Schattenblüher, da bin ich mir absolut sicher!« Die Haut des Jägers hatte die Farbe einer Tomate angenommen.

Estelle seufzte. »Schattenblüher sind klein, rot und haben an der Spitze eine schwarze Stelle. Das haben diese Beeren nicht. Der Geschmack ist ähnlich, das weiß ich, weil ich ihnen auch schon zum Opfer gefallen bin.«

»Und … was hast du getan? Was richten diese Beeren an?« Ayden sah sie so verzweifelt an, dass Estelle beinahe gelacht hätte.

»Nun ja, zuerst bekommt man schrecklichen Juckreiz. Der hält etwa drei Stunden an. Danach zeigen sich Vergiftungssymptome, man muss sich übergeben und im schlimmsten Fall ...«

»Hör auf!« Ayden hob die Hand. »Hast du etwas, das dagegen hilft?«

Für einen kurzen Moment überlegte Estelle, ob sie ihn weiter zappeln lassen sollte, schließlich war er unerlaubt in ihre Höhle eingedrungen, doch dann entschied sie sich dagegen. Er hatte genug gelitten.

»Komm mit«, sagte sie also und führte ihn aus der Höhle zum Schwanensee.

Sie gingen weiter nach Süden, bis zu einem angrenzenden Wald.

»Siehst du den kleinen Hügel?«, fragte Estelle und deutete in dessen Richtung. Als Ayden nickte, bückte sich die Prinzessin, lockerte die Erde mit den Händen und förderte eine Feldflasche zutage. Diese hatte sie auf einem ihrer Ausflüge gefunden und war seither dankbar für ihre Dienste.

»Was ist das?« Argwöhnisch sah Ayden die Flasche an.

»Kennst du die heißen Quellen? Die, die magisches Wasser spenden?«

»Meinst du die Zauberquellen? Du hast eine gefunden?« In diesem Moment schien der Jäger seine juckende Haut vergessen zu haben. Seine ganze Aufmerksamkeit galt Estelle.

»Ja, aber es ist schon lange her.«

»Wo?« Begierig sah er sie an, doch die junge Frau zuckte mit den Schultern.

»Ich kann mich nicht mehr erinnern. Ich habe damals in Menschengestalt zwei Frauen belauscht, die sich über die Heilkraft des Wassers unterhalten haben. Zufällig hatte ich die Flasche dabei und dachte, ein kleiner Vorrat würde nicht schaden. Damit ihn niemand findet, habe ich ihn hier vergraben.«

»Unfassbar.« Ayden blickte wie gebannt auf die Flasche.

»Ich hatte die magische Quelle bereits gefunden, als ich die Beeren probiert habe. Daher war ich zum Glück gewappnet.« Estelle lachte.

»Wieso benutzt du das Wasser nicht, um deine Wunde zu heilen?«, wollte Ayden wissen und runzelte die Stirn.

»Wie gesagt, wenn ich meine Gestalt wechsele, beschleunigt die Verwandlung den Heilungsprozess. Von meiner Wunde ist fast nichts mehr zu sehen.«

Ungläubig schaute Ayden Estelle an, die mild lächelte.

»Ich habe die Zauberquelle gefunden, bevor ich wusste, wie mein Körper auf Wunden reagiert. Um ehrlich zu sein, habe ich ewig nicht mehr an die Flasche gedacht. Erst als ich deinen Ausschlag sah, wurde ich wieder daran erinnert.«

»Darf ich dann etwas von dem Wasser benutzen?«

»Wieso habe ich die Flasche wohl sonst ausgegraben?« Sie löste den Korken und reichte Ayden das Gefäß. »Du brauchst gar nicht viel. Ein paar Tropfen reichen schon, um deine Haut zu beruhigen. Dann trinkst du noch einen Schluck, um deinen Körper von dem Gift zu befreien.«

Ayden schien nicht lange über Estelles Worte nachzudenken. Begierig rieb er sich mit dem Wasser über die Wangen und setzte die Flasche an den Mund.

»Und, was sagst du?«, fragte Estelle, die wusste, wie schnell das Zauberwasser wirkte. Und tatsächlich lichtete sich Aydens Blick.

»Unglaublich«, murmelte er, »das Jucken hat aufgehört.« Ayden schüttelte verwirrt den Kopf. Dann verzog er das Gesicht. »Ich befürchte allerdings, ich habe deinen Vorrat aufgebraucht. Die Flasche ist leer.«

Estelle jedoch zuckte nur mit den Schultern. »Das macht nichts. Ich bin ja ohnehin nicht darauf angewiesen.« Sie nahm ihm die Flasche aus der Hand. Sie würde sie in ihrer Höhle aufbewahren. Vielleicht brauchte sie irgendwann ein Behältnis.

Anschließend ging sie schweigend zu ihrem Unterschlupf zurück. Sie wusste, dass Ayden ihr folgte. Nun, wo seine Vergiftung besiegt war, stand ihrem Gespräch nichts mehr im Wege. Estelle seufzte. Ihr war immer noch unwohl dabei, einen Fremden in ihr Leben einzuweihen.

Ayden schaute Estelle über die Schulter, als diese den Papierschnipsel aus dem Kästchen zutage förderte. Kurz überlegte sie, ob sie den Wortlaut lediglich vorlesen sollte, entschied sich aber dafür, ihm das Pergament ganz zu zeigen.

Mit stockendem Atem entfaltete sie das Papier. Tatsache war, dass sie sich keine wirkliche Hoffnung machte. Dafür hatten die letzten Monate sie viel zu sehr enttäuscht. Und dennoch konnte Estelle nicht leugnen, dass es einen winzigen Teil in ihr gab, der zumindest so etwas wie einen Funken Hoffnung verspürte.

»Kannst du es lesen?«, hauchte sie und sah Ayden aus den Augenwinkeln an.

Der Jäger beugte sich über das Papier und begann mit stockender Stimme vorzutragen.

»Im Schlund des Zitterns
Findet nur ein Sprung
Erlösung in beiderlei Facetten
Am Ort, wo Sterne bluten.«

Noch bevor Ayden endete, drehte sich Estelle so zu ihm um, dass sie seine Reaktion in seinem Gesicht ablesen konnte. Jedoch sah sie lediglich, wie er die Lippen fest aufeinanderpresste und die Augen zu Schlitzen verengte.

»Sagt dir das irgendwas?«, fragte sie vorsichtig.

Noch eine Weile starrte Ayden auf den Zettel, schüttelte dann aber den Kopf, während er ihr das Pergament zurückgab. »Tut mir leid.«

Na wunderbar.

Sie hatte ihn also ganz umsonst in ihr Geheimnis eingeweiht. Ihre Schwestern würden stolz auf sie sein.

Als Estelle das Papier ruckartig zusammenfaltete und es wieder in die Schatulle stecken wollte, merkte sie, dass sie sich doch mehr Hoffnungen gemacht hatte, als sie sich hatte eingestehen wollen. Nun musste sie wieder mit ansehen, wie sie wie Seifenblasen im Wind zerplatzten.

»Warte doch mal«, sagte Ayden und griff erneut nach dem Zettel. Estelle war nicht schnell genug, ihn daran zu hindern. Der Jäger setzte sich auf den Boden der Höhle und runzelte die Stirn. »Ein Schlund ist etwas Tiefes. Vielleicht eine Schlucht oder ein Abgrund«, fing er an.

»So weit war ich auch schon«, gab Estelle zurück.

Ayden fuhr mit seinem Finger über die mit schwarzer Tinte beschriebenen Linien. Estelle bemerkte, dass er kräftige Hände hatte, die nicht frei von Schmutz waren. Man sah ihm an, dass er oft in der Natur unterwegs war.

»*Findet nur ein Sprung* … Anscheinend musst du in den Abgrund springen«, murmelte er vor sich hin. »Allerdings habe ich keine Ahnung, was mit beiderlei Facetten gemeint ist. Oder mit dem *Ort, wo Sterne bluten.*«

Schweren Herzens nahm Estelle neben ihm Platz. »Ich bin als Schwan herumgeflogen, habe mir die Umgebung angeschaut und an jeder Schlucht angehalten, die ich fand. Aber es kam mir immer … falsch vor. Es war ein gewöhnlicher Abgrund, nicht mehr, nicht weniger.«

Der Jäger sah sie nachdenklich an. »Wer hat dieses Rätsel geschrieben? Und wieso musst du es lösen? Wirst du wieder ein Mensch, wenn …«

»Ayden …«, unterbrach Estelle ihn. »Ich … muss dieses Rätsel lösen. Das ist alles.«

Sie hoffte inständig, dass er verstand, dass sie ihm nicht mehr verraten wollte. Dass er ihr Schweigen akzeptierte.

Ayden nickte. »Na schön. Ein Abgrund also, in den du springen musst. Aber wo ist dieser Abgrund? *Wo Sterne bluten* … Wo soll das sein?« Nachdenklich kaute er auf seiner Unterlippe und blickte wieder zu Estelle.

»Wie gesagt, ich habe nicht die geringste Ahnung.« Sie hob beide Hände. »Blut ist rot. Das heißt, dass die Sterne irgendwie rot …«, überlegte sie und zuckte zusammen, denn Ayden war vom Boden aufgesprungen.

»Oh mein Gott, Estelle, das ist es«, rief er und sah sie aufgeregt an. »Damit muss der blutrote Himmel gemeint sein!« Euphorisch lief er in der Höhle auf und ab.

»Blutroter Himmel?«, wiederholte Estelle. »Es gibt so etwas wie einen blutroten Himmel?« Ihre Stimme überschlug sich beinahe. Die Aussicht auf den ersten Hinweis seit … überhaupt … machte sie nervös, beinahe ekstatisch.

»Er gilt als einer der fünf magischen Plätze in diesem Land«, erwiderte Ayden, der sich wieder etwas beruhigt hatte und sich neben Estelle sinken ließ.

»Warst du schon einmal da?«, wollte sie wissen, die nun an seinen Lippen hing.

»Einmal. Daher weiß ich, wo der Ort liegt.«

»Oh mein Gott«, stieß Estelle hervor und klatschte in die Hände.

Ihr kam es vor, als wäre ihr Körper viele Monate wie eingefroren gewesen und taute nun allmählich auf. Gleichzeitig zwang sie sich dazu, ruhig zu bleiben. Es konnte genauso gut sein, dass Ayden auf der falschen Spur war und sie zu viel in seine Idee hineininterpretierten.

»Der Weg ist nicht frei von Gefahr«, fuhr der Jäger fort.

In seiner Stimme schwang etwas mit, das sie zuvor noch nicht gehört hatte. Es war beinahe so, als würde er sie davor warnen, einen Fehler zu begehen.

»Magie ist nie einfach«, gab Estelle mutig zurück. »Ich habe so lange über diesem Rätsel gesessen, ohne auch nur einen Anhaltspunkt zu haben. Jetzt, wo es zumindest eine Chance gibt, muss ich sie beim Schopf ergreifen.«

Ayden nickte langsam.

»Wie weit ist es?«, wollte Estelle wissen. Gedanklich hatte sie schon ihre sieben Sachen zusammengepackt.

Ayden ließ sich mit seiner Antwort Zeit. »Es ist eine weite Strecke«, sagte er dann und fuhr sich über eine zackenförmige Narbe, die sich über seinen rechten Handrücken zog. »Wir werden mehrere Tage unterwegs sein.«

Schon wollte Estelle nicken, als sie innehielt. »Wir?«

»Ich habe doch gesagt, dass ich dir helfe, oder?«

»Ja – und das hast du. Nun ist es an mir …«

Beharrlich schüttelte Ayden den Kopf und unterbrach sie damit. »Was ich anfange, möchte ich auch zu Ende bringen. Außerdem ist mir unwohl dabei, dich allein losziehen zu lassen. Der Weg ist kompliziert – und die Gefahren lauern überall.«

»Was für eine Art von Gefahren?«

Aydens Gesichtszüge wurden so ernst wie noch nie. »Dunkle Kreaturen, steinige Wege, magische Gestalten. Ich bin nicht gern in dieser Gegend unterwegs.«

»Vielleicht schaffe ich es, wenn ich vorsichtig …«, begann Estelle.

Noch während sie sprach, wurde ihr aber bewusst, dass sie sich selbst ungern allein auf eine lange und beschwerliche Reise begeben würde. Ihre Erfahrung mit Magie war begrenzt – die mit dunklen Kreaturen schlichtweg nicht vorhanden. Ayden seinerseits hatte täglich mit Gefahren zu tun.

»Wieso willst du mir helfen?«, fragte Estelle daher und sah dem Jäger direkt in die braunen Augen.

Seine Iriden zogen sich zusammen, als er den Blick erwiderte. Er sah nachdenklich aus, beinahe etwas abwesend. »Ich bin nun schon seit vielen Jahren Jäger und mache meine Sache recht gut. Dennoch habe ich nicht das Gefühl, etwas zu *leisten.* Etwas *Gutes* zu tun, jemandem zu *helfen.* Vielleicht ist das die Chance, auf die ich immer gewartet habe.«

»Die Chance, ein Held zu werden?«, hakte sie nach.

»Nein. Die Chance, etwas richtig zu machen«, erwiderte er schlicht.

Estelle gönnte sich einen langen Augenblick, in dem sie ihn nur musterte. In dem sie jede Facette seines Gesichts in sich aufnahm. Am Hof zu Brahmenien hatte man ihr eine gute Menschenkenntnis nachgesagt, weswegen sie sich auf ihr Bauchgefühl verlassen wollte.

»Wenn wir zusammen losziehen«, fuhr sie vorsichtig fort, »muss ich dich vorwarnen. Es ist nicht …«

Er unterbrach sie. »Wie oft verwandelst du dich in einen Schwan? Jeden Tag?«

Sie nickte. »In den hellen Stunden bin ich ein Schwan, während der dunklen eine Frau.«

Ayden runzelte die Stirn. »Du warst ein Schwan, als ich dich … angeschossen habe. Obwohl es Nacht war. «

Estelle seufzte und gab zu: »Genau das verstehe ich nicht. Bisher hat sich die Verwandlung genau an dieses Muster gehalten, bis zu diesem Vorfall.«

Ayden machte zunächst ein nachdenkliches Geräusch, dann glitt ein Lächeln über sein Gesicht. »Es ist doch vielleicht gar nicht so unpraktisch, wenn du ein Schwan bist. Dann kannst du fliegen. Wenn der Weg versperrt ist …«

Estelle erwiderte sein Lächeln. »Vielleicht hast du recht.«

»Dann darf ich also mitkommen?«

Sie nickte, wenn auch zögernd. Aber zum ersten Mal seit vielen Monaten hatte sie das Gefühl, dass sich vielleicht etwas verändern würde.

Ayden

Ayden strahlte Estelle an und erfreute sich an dem wohligen Gefühl, das sich in ihm ausbreitete. Interessiert musterte er die blonde Frau von der Seite und erkannte, dass sie um einiges fröhlicher aussah als noch vor einigen Minuten. Es gefiel ihm, wie sich ihre sinnlichen Lippen zu einem Lächeln verzogen.

Angespornt von Estelles Euphorie sagte er: »Lass uns gleich aufbrechen. Mein Gepäck liegt noch draußen, nicht weit von der Höhle entfernt. Ich werde es zusammenpacken.«

Die junge Frau nickte langsam. »Ich habe gar nichts, was ich für die Reise beisteuern kann. Höchstens die Feldflasche, in der das Zauberwasser war«, erwiderte sie dann.

Ayden winkte ab. »Die brauchst du nicht, ich habe selbst eine.«

Er war schon im Begriff, die Höhle zu verlassen, als Estelle sich erneut an ihn wandte.

»Danke«.

Der Klang ihrer Stimme ließ ihn sich umdrehen. Estelle hatte die Hände vor ihrem Bauch verschränkt.

»Noch musst du mir für gar nichts danken«, erwiderte Ayden. »Das kannst du tun, wenn wir das Rätsel gelöst haben.«

Entschlossen wandte er sich wieder dem Ausgang der Höhle zu und ging zu seinem provisorischen Lager.

Es brauchte nicht viel Zeit, seine Sachen zusammenzupacken, darin war er geübt. Zuletzt legte er sich die Armbrust über die Schulter und strich den Schmutz von seiner Jacke.

Nur wenige Minuten später folgte Estelle ihm. Unsicher trat sie aus der Höhle – dieses Mal trug sie Schuhe, aber das Kleid war viel zu dünn für die herrschenden Temperaturen. Noch dazu bedeckte es kaum ihre Beine. Über der Schulter trug die junge Frau einen bräunlichen Beutel, der an manchen Stellen ausgebeult war.

Sie schaute sich suchend um, dann lächelte sie, als sie Ayden erblickte. Der Jäger überbrückte die Distanz zu ihr mit wenigen Schritten.

»So willst du los?«, fragte er mit hochgezogenen Augenbrauen, auf Estelles nackte Beine deutend.

Die Frau sah an sich hinab und zuckte mit den Schultern. »Es wird schon gehen«, antwortete sie tapfer.

Aber Ayden war nicht blind und hatte längst die Gänsehaut erkannt, die sich über Estelles gesamten Körper zog. »Hast du nichts, das du überziehen kannst? Einen Mantel vielleicht?«

Beinahe bereute er seine Frage, denn die junge Frau sah so … beschämt aus, dass es ihm in der Seele wehtat.

Stockend erklärte sie: »Ich habe … nichts dergleichen an diesem Ort.« Verlegen fuhr sie sich durch die hellblonden Haare.

Ohne darüber nachzudenken, legte Ayden Rucksack und Armbrust ab und schälte sich aus seinem Mantel.

»Zieh das über.« Er reichte ihr das braune Kleidungsstück.

Ihre Augen wurden groß und obgleich sie sichtlich fror, machte sie keine Anstalten, den Mantel entgegenzunehmen.

Ayden seufzte. »Es ist mitten in der Nacht. Vor wenigen Tagen lag noch Schnee. Du wirst dir den Tod holen, wenn du so leicht bekleidet durch die Wälder streifst.«

Er merkte, dass Estelles Widerstand Risse bekam.

»Was ziehst du an, wenn ich den Mantel nehme?«, fragte sie leise und betrachtete die Jacke.

»Ich friere nicht so schnell«, wiegelte Ayden ab. »Außerdem trage ich ein warmes Hemd und kann noch ein zweites überziehen, wenn es kälter wird.«

»Ganz sicher?«, hakte sie vorsichtig nach, aber Ayden nickte entschieden.

Zufrieden beobachtete er, wie Estelle endlich nach dem braunen Mantel griff, ihren Beutel ablegte und in die viel zu großen Ärmel schlüpfte. Sie schien in der Jacke regelrecht zu versinken, doch Ayden sah sie aufmunternd an.

»Siehst du, viel besser«, meinte er wohlwollend und ignorierte dabei, dass der Wind ihn schon jetzt frieren ließ.

Estelles nackte Arme waren nun geschützt, allein die Beine bereiteten dem Jäger noch Kopfzerbrechen, da sein Mantel die

Haut nicht ganz überdecken konnte. Fieberhaft überlegte er, ob er etwas Passendes in seinem Rucksack dabeihatte, aber ihm fiel nichts ein.

»Weißt du was? Wir werden morgen in ein Dorf gehen und dir etwas Anständiges zum Anziehen kaufen«, schlug er vor.

»Ich habe ... kein Geld«, flüsterte Estelle und senkte den Blick.

Ayden biss sich auf die Zunge. Er hatte sie nicht in Verlegenheit bringen wollen.

»Um das Geld musst du dir keine Sorgen machen, dafür komme ich schon auf«, sagte er großzügig und beobachtete, wie Estelle die Knöpfe des Mantels schloss.

»Auch wenn ich es dir vielleicht nie wiedergeben kann?«, fragte sie, woraufhin Ayden nickte.

Seine Stellung bei Hofe hatte aus ihm einen relativ wohlhabenden Mann gemacht. Die Reise zum blutroten Himmel würde ihn nicht ruinieren.

»Danke, Ayden, das ist sehr nett von dir«, beteuerte Estelle und lächelte ihn an, was den Jäger animierte, seinen Vorschlag weiterzuführen.

»Also, sobald es hell ist, gehen wir gemeinsam in das nächstgelegene Dorf und kaufen dir Kleidung für die Reise ...« Als er Estelles gequälten Blick sah, hielt er abrupt inne und legte den Kopf schief. »Was ist denn los?«, murmelte er, während er das Bedürfnis niederkämpfte, seine Hand nach ihr auszustrecken.

»Ich werde nicht in das Dorf gehen können, Ayden. Sobald es hell ist, verwandele ich mich.«

Kurz schaute er sie an, dann kam ihm eine Idee. »Ich werde mich morgen um alles kümmern. Und dann sehen wir weiter.«

»In Ordnung.« Ihr Lächeln war aufrichtig.

Ayden seufzte erleichtert. »Dann machen wir uns auf den Weg«, verkündete er.

Melis ♥ Art

5

Estelle

Sie wollte es sich nicht anmerken lassen, aber sie fühlte sich unwohl, als sie den See hinter sich ließ. In einem fremden Land war dieser Ort das Einzige gewesen, das ihr vertraut vorkam. Nun musste sie sich in eine unbekannte Welt wagen, mit einem Mann an ihrer Seite, den sie erst seit ein paar Stunden kannte.

Unsicher vergrub sie ihre schlanken Finger in den tiefen Manteltaschen. Seine Jacke zu tragen, hatte etwas Befremdliches. Wenn die Nachtluft nicht so kalt gewesen wäre, hätte sie sich dagegen entschieden, aber selbst im Mantel zitterte sie noch wie Espenlaub.

Jedes Mal, wenn Ayden sie von der Seite betrachtete, schenkte Estelle ihm ein Lächeln. Er sollte nicht merken, wie unwohl sie sich fühlte und was für eine große Angst ihr das alles bereitete.

Mit jedem Schritt entfernte sie sich mehr von dem, was sie kannte. Jeder Schritt bedeutete für sie eine riesige Überwindung.

Schon bald änderte sich die Struktur des Bodens. Um den See herum war Gras gewachsen, aber hier trafen ihre Schuhe auf einen steinigen Untergrund. Vor ihnen offenbarte sich ein enger, langer Pfad, der in einen Wald mündete. Letzteren hatte Estelle schon das eine oder andere Mal als Schwan überflogen, aber sich *in* ihm aufzuhalten, war sicher etwas anderes, als ihn aus der Ferne zu begutachten.

»Wenn wir uns beeilen, werden wir es heute Nacht noch durch den Wald schaffen«, berichtete Ayden in diesem Moment und riss Estelle aus ihren Gedanken.

Sie nickte abwesend.

»Bis zum Dorf ist es dann nicht mehr sehr weit«, fuhr der Jäger fort. »Du kannst solange als Schwan im Wald bleiben oder …«

»Du wirst auch schlafen müssen, Ayden«, unterbrach ihn Estelle und stieß einen kleinen Stein zu ihren Füßen weg. »Außerdem verlange ich nicht von dir, die ganze Nacht lang zu laufen, ohne dir Ruhe zu gönnen.« Entschieden schüttelte sie den Kopf und strich sich eine Strähne aus dem Gesicht, die der Wind vor ihre Augen geweht hatte.

Ayden, der mit verschränkten Armen den Weg beschritt, meinte nach kurzem Überlegen: »Du bist nur in der Nacht ein Mensch. Ich glaube, es ist einfacher, wenn ich mich an deinen Rhythmus anpasse. Das heißt, wir werden uns hauptsächlich im Dunkeln fortbewegen und wenn wir etwas einkaufen müssen, übernehme ich das im Morgengrauen.«

Estelle leuchtete Aydens Argumentation ein, dennoch wollte sie von ihm nicht verlangen, dass er seinen geregelten Tagesablauf aufgab. Ihr war schon unwohl dabei, dass er ihr überhaupt half.

Schon wieder musterte der junge Jäger sie von der Seite und seufzte schließlich. Als hätte er ihre Gedanken gelesen, meinte er: »Mir macht das nicht aus, Estelle, wirklich. Ich bin oft in der Nacht unterwegs und solange ich ab und an ein bisschen Schlaf bekomme, ist das kein Problem für mich.«

Seiner Stimme haftete Überzeugung an, dennoch blieb ein Teil ihres schlechten Gewissens bestehen.

Für eine Weile schwieg Estelle und auch Ayden setzte zu keinem neuen Gespräch an. Gut zwei Drittel des Pfades lagen bereits hinter ihnen und die junge Frau kam nicht umhin, immer wieder einen Blick über ihre Schulter zu werfen und zurück zum See zu schauen. Wie einfach wäre es, umzudrehen, dem Neuen den Rücken zu kehren und so weiterzumachen wie bisher. Aber der leichte – und das hatte ihr Vater ihr schon früh gelehrt – war nicht immer der richtige Weg. Manchmal musste man Hindernisse akzeptieren, um sein Ziel zu erreichen.

Seufzend drehte Estelle sich wieder um, nun lag der Wald vor ihren Augen. Sie presste die Lippen aufeinander und senkte den Blick. Unaufhaltsam peitschte ihr der Wind ins Gesicht. In ihrer Höhle war es zwar nicht unbedingt warm gewesen, aber sie hatte sich dort wenigstens an einem geschützten Ort aufhalten können. Wo sie wohl heute schlafen würde?

»Worüber denkst du nach?«, riss Ayden sie aus den Gedanken.

Erschrocken sah Estelle ihn an und erhaschte einen Blick auf kastanienbraune Augen, die sie fragend musterten.

»Nichts«, beteuerte sie schnell.

»Nach nichts sieht das aber nicht aus«, hielt Ayden mit forschendem Blick dagegen.

»Wie sehe ich denn aus?«

»Als würde dich etwas bedrücken.«

»Es ist alles in Ordnung. Lass uns einfach weitergehen und den Wald so schnell wie möglich hinter uns bringen.«

Ihre Antwort klang barscher, als sie es beabsichtigt hatte, und gleichzeitig fragte sie sich, wieso sie so unfreundlich zu ihm war, wo er doch offensichtlich alles tat, um ihr zu helfen.

»Das habe ich so nicht …«, fing sie an, aber Ayden drehte sich zu ihr um und blieb für einen Moment stehen.

»Vielleicht ist es besser, zu schweigen«, schlug er vor, woraufhin Estelle betreten den Kopf senkte.

Leise gingen sie weiter, aber in der Prinzessin wütete noch immer das schlechte Gewissen. Ayden musste ihr nicht helfen und doch tat er genau das.

Unsicher verschränkte sie die Arme vor ihrem Bauch und suchte nach einem Gesprächsthema, das sie auf unverfängliches Terrain führen würde. Hilflos blickte sie gen Himmel, als ihr plötzlich eine Idee kam.

»Ich weiß so wenig über dieses Land.«

Gleichzeitig hätte sie ihre Aussage am liebsten zurückgenommen, denn nun sah Ayden sie überrascht von der Seite an.

»Du kommst nicht von hier?«, fragte er.

Obwohl sie es selbst nicht wirklich wollte, gab sich Estelle einen Ruck und sagte: »Wenn ich ehrlich bin, wusste ich bis eben nicht mal, wie diese Gefilde heißen.«

Statt ihre indirekte Frage zu beantworten, runzelte Ayden die Stirn. »Wo kommst du denn her?«

Kurz haderte Estelle mit sich, entschied sich aber dann dafür, dass nichts dabei war, ihm auch im Bezug darauf die Wahrheit zu sagen.

»Ich komme aus Brahmenien«, verkündete sie und sah ihn an, um zu ergründen, wie er auf ihre Offenbarung reagierte. Aber seine Miene blieb reglos. »Kennst du Brahmenien?«, bohrte Estelle weiter. Zu gern hätte sie erfahren, wie weit es von hier nach Hause war.

»Ich habe noch nie etwas davon gehört«, erwiderte Ayden und zerstörte mit diesem einen Satz all ihre Hoffnung. »Es muss ein kleiner Landstrich sein«, mutmaßte er.

»Oh nein«, fiel Estelle ihm ins Wort und schüttelte den Kopf.

Voller Sehnsucht dachte sie an ihr Heimatland, das sich über viele Meilen erstreckte und eigentlich jedem ein Begriff sein müsste. Ihr wurde schwer ums Herz, als sie die verwinkelten Gänge des Schlosses vor ihrem inneren Auge sah, in denen sie mit ihren Schwestern viele Male Verstecken gespielt hatte. Estelle erinnerte sich an den riesigen Palastgarten. Sie kämpfte mit den Tränen. All diese Bilder, die ein Leben offenbarten, das es nicht mehr gab, machten sie traurig.

»Mein Heimatland ist unglaublich groß. Selbst in vielen Tagen könnte man es nicht ganz durchqueren«, flüsterte sie mit Schwermut in der Stimme.

»Wie kommt es dann, dass ich davon noch nie etwas gehört habe?«, hakte der Jäger nach.

»Vielleicht bist du einfach nie weit genug gereist«, startete Estelle einen halbherzigen Versuch, aber Ayden schüttelte den Kopf.

»Ich komme viel herum und wenn dein Heimatland tatsächlich so groß ist, wäre es mir zumindest ein Begriff.«

Die Prinzessin ging nicht auf seine Äußerung ein, stattdessen richtete sie den Blick auf den Boden.

Pfützen säumten den Weg in unregelmäßigen Abständen.

Vor ein paar Tagen waren sie noch gefroren gewesen. Nun erkannte Estelle ihr Spiegelbild darin. So gern sie sich als Mensch sah, so sehr erschreckte sie sich immer, wenn sie sich zu Gesicht bekam.

In Brahmenien hatte sie eine schöne, frauliche Figur besessen, aber hier glich sie einem Gerippe. All die weiblichen Kurven und Facetten waren weg, fortgeweht in alle Winde, verschwunden, als wären sie nie da gewesen.

Traurig fuhr sich Estelle über das ausgemergelte Gesicht. Der Fluch war nicht nahtlos an ihr vorübergegangen.

Sie zuckte zusammen, als sie Aydens Hand an ihrem Arm spürte. Erschrocken entzog sie sich seinem Griff.

»Ist alles in Ordnung mit dir?«, fragte der Jäger sanft.

Die junge Frau aber ging nicht darauf ein, sondern starrte auf die Stelle, die er mit seinen Fingern berührt hatte. Ein mittlerweile verblasstes Mal zog sich über ihren rechten Arm. Es war nicht groß, hatte mit etwas Fantasie die Form eines Halbmondes und tat Estelle auch nicht mehr weh.

Doch die Erinnerung, die damit verknüpft war, raubte ihr noch immer den Atem.

Feuer.

Flammen überall.

Hitze, die sie niederdrückte.

Estelle entwich ein leiser Klagelaut. Manchmal war es schwer, stark zu sein. Manchmal wünschte sie sich, zusammenbrechen zu dürfen. Doch mit ihrer Rolle als älteste Schwester hatte sie Verantwortung zu übernehmen. Ihre Mutter war gestorben und nun musste sie auf ihre Geschwister aufpassen, weil ihr Vater das allein nicht schaffte.

»Estelle«, sagte Ayden sanft.

»Mir geht es gut«, beteuerte sie und es kam ihr vor, als wäre dieser Satz die größte Lüge ihres Lebens.

Sie durchquerten den Wald. Das Dämmerlicht ließ die Äste der Bäume schaurig aussehen. Ayden zündete seine Laterne an, aber auch die spendete nur wenig Licht. Mehr als einmal erschrak Estelle, als sie ein knorriges Gebilde aus Stöcken sah, das sie an die Schrecken der bösen Magie erinnerte. Ihr Herz klopfte unregelmäßig und sie spürte die nackte Angst, die sich in ihrem Körper festsetzte.

Ayden schien sich nicht vor dem Wald zu fürchten. Sicher durchkämmte er die Tiefen und wich Ästen aus. Sein Gang sprach von Entschlossenheit.

Estelle hatte Mühe, mit ihm mitzuhalten. Das Bedürfnis, nach seiner Hand zu greifen, wurde immens, aber für eine Prinzessin schickte sich das nicht. Also biss sie die Zähne zusammen und redete sich ein, dass die schaurigen Formationen bei Tag lächerlich wirkten und die Nacht nicht mehr war als das Fehlen von Licht. Außerdem sah man selbst hier im Wald noch genug, um die Wege zu erkennen.

Gerade als Estelle sich eingeredet hatte, dass sie keine Angst zu haben brauchte, hörte sie ein seltsames Geräusch. Es klang wie ein Säuseln, eine unbekannte Melodie, und je weiter sie voranschritt, desto lauter wurde es. Abrupt blieb Estelle stehen. Ayden sah sie verwundert an.

»Hörst du das auch?«, wisperte sie und lauschte angestrengt. »Es klingt wie ein Lied.«

Ohne Aydens Antwort abzuwarten, ging Estelle weiter, sprang über eine Wurzel und lief an einem Busch vorbei. Die seltsame Stimme wurde deutlicher. Als Estelle nach unten blickte, sah sie eine feine Spur funkelnder Partikel, die sich über den Waldboden zog.

Ayden rief ihr etwas hinterher, aber sie verstand es nicht. Wie gebannt starrte sie noch immer auf den Weg, der sich in der Dunkelheit vor ihr offenbarte. Hinzu kam die Stimme, die zu ihr zu sprechen schien. Estelle war fasziniert von der fremden Melodie, die sie noch nie gehört hatte.

Auf einmal wurden ihre Schritte schneller, sicher bewegte sie sich durch den Wald, auch wenn sie ihn nie zuvor betreten hatte. Ihre Augen waren auf den Boden gerichtet, so schien es unmöglich, den Weg zu verlieren.

Als sie einen kleinen Berg hinauflief, bekam sie Seitenstechen. Doch das machte ihr nichts aus. Ihre ganze Aufmerksamkeit galt dem funkelnden Weg und der hohen Stimme, die nach ihr zu rufen schien. Es war, als hätte jemand einen Schleier über ihre

Gedanken gelegt. Gleichzeitig fühlten sich ihre Sinne viel schärfer an.

Als die Prinzessin auf der Hügelkuppe angekommen war, hörte die Spur plötzlich auf und auch die Stimme verstummte. Verwundert sah Estelle auf.

Vor ihr lag eine Lichtung, auf der Fackeln aufgestellt waren, die einen Kreis bildeten. In seiner Mitte stand eine fremde, groß gewachsene Frau, deren schwarzes Haar im Mondlicht funkelte. Sie trug ein dunkelblaues Kleid, das mit den Perlen und Stickereien zu fein für die Umgebung wirkte. In ihrer Hand hielt sie eine Harfe, aber das Spielen hatte sie eingestellt.

Es dauerte nur wenige Sekunden, da hob die Fremde ihren Kopf. Mit einer Mischung aus Verwunderung und Neugier sah sie Estelle an, doch dann schlich sich ein Lächeln auf ihr Gesicht.

»Komm zu mir, mein Kind«, sagte sie leise und streckte ihre feingliedrigen Finger nach Estelle aus.

Die junge Frau schien unter einem Bann zu stehen, der ihr jegliches Denken verbot. Mit langsamen Schritten trat sie auf die Fremde zu und fühlte sich seltsam … beschwingt? Schon hatte sie die erste Fackel erreicht.

»Soll ich für dich singen?«, fragte die mysteriöse Frau.

Estelle nickte und als die Schwarzhaarige zu singen begann und dabei die Harfe spielte, breitete sich tiefe Ruhe in der Prinzessin aus.

Estelle summte eine Melodie, die sie nicht kannte, deren Töne sich aber wie von selbst auf ihre Lippen stahlen. Sie ließ sich von der sanften Stimme einlullen und tanzte vor den Fackeln.

»Komm zu mir«, sagte die Frau, als sie das Lied unterbrochen hatte. »Ergreife meine Hand und ich singe weiter.«

Estelle tat wie geheißen, ging ein paar Schritte nach vorn und wollte sich gerade durch den Fackelkreis begeben, als eine Hand sie hart an der Schulter packte. Verwirrt drehte sie sich um und sah Ayden, der ihr gefolgt war.

»Du musst hier weg, Estelle!«, rief er. Panik stand in seinen Augen, er wirkte gehetzt.

In diesem Moment fing die Frau wieder an zu singen, woraufhin sich Estelle prompt von Ayden wegdrehte. Doch dieser gab nicht auf, überbrückte die Distanz und stellte sich vor den Fackelkreis.

»Estelle, das ist eine böse Fee. Sie verzaubert dich, wir müssen weg.«

Die Prinzessin sah ihn nur kurz an, seine Anwesenheit schien sie nicht zu kümmern. Wie schön diese Melodie war! Wie leicht sie sich fühlte!

Das Nächste, was sie mitbekam, war Aydens Hand, die ihre fest umschloss.

»Du kommst mit mir!«, sagte er bestimmt und bevor sie protestieren konnte, zog er sie mit sich. Er riss derart an ihrer Hand, dass Estelle nicht imstande war, sich zu wehren.

Durch ihre immer noch verklärten Augen sah sie, wie sich ihre Füße geschwind über den Waldboden bewegten, und spürte, wie die schöne Sängerin immer weiter zurückblieb.

Schon bald zog Ayden Estelle den Berg hinunter. Die Melodie war jetzt nur noch ein Summen in ihren Ohren. Stattdessen nahm sie den Wald wieder deutlicher wahr. Um mit Aydens

Tempo mitzuhalten, musste sie nicht nur auf den Boden schauen, sondern auch ihre Umgebung in Augenschein nehmen. Ein Ast peitschte ihr unbarmherzig ins Gesicht.

»Vorsicht, da vorn liegt ein Stamm!«, rief Ayden gerade rechtzeitig, sonst wäre sie darübergefallen.

Sie rannten eine halbe Ewigkeit. Estelles Lungen drohten zu kollabieren und sie sehnte sich nach einer Pause. Doch der Jäger ließ nicht nach und führte sie weiter in den Wald hinein, bis sie gänzlich die Orientierung verloren hatte. Erst sehr spät blieb er stehen – und zwar so abrupt, dass Estelle schmerzhaft mit ihm zusammenprallte.

»Was fällt dir ein, Ayden?«, schrie die Prinzessin und ließ die Hand des Jägers los. Zorn machte sich in ihr breit.

Ayden holte tief Luft, auch sein Atem ging abgehackt. »Was mir einfällt?«, wiederholte er perplex. »Was mir einfällt, dein verdammtes *Leben* zu retten?«

Estelle runzelte die Stirn. Ihr Verstand war mittlerweile wieder klar und doch konnte sie sich keinen Reim auf die Ereignisse der letzten Minuten machen.

Ayden lehnte sich an einen Baumstamm und wischte sich die Schweißtropfen von der Stirn. Sein Gepäck stellte er auf dem Waldboden ab.

»Estelle, diese Frau war eine schwarze Fee!«, rief er und klang sichtlich aufgebracht. »Ich habe von ihnen gehört, aber bis heute nie eine gesehen. Ich hielt es für ein Gerücht, doch jetzt kann ich das wohl widerlegen.«

Estelle verstand noch immer nicht. Mittlerweile hatte sich ihr Seitenstechen gelegt und sie konnte wieder normal atmen.

»Schwarze Feen sind tödlich«, erklärte Ayden mit stockendem Atem. »Sie haben die Kraft, mit ihrer Stimme zu verführen und Mädchen und Frauen in ihren Bann zu schlagen. Du warst wie verzaubert und bist der Melodie so schnell gefolgt, dass ich kaum mit dir mithalten konnte. Es war, als hätte die schwarze Fee dir Kräfte verliehen.«

»Aber … sie hat doch gar nichts gemacht. Was soll so gefährlich an ihr sein?«, fragte Estelle, deren Stimme nun fast ein Flüstern war.

Ayden seufzte und strich sich den Schmutz von der Hose. »Ich kam gerade rechtzeitig. Schwarze Feen können dir nichts anhaben, bis du sie anfasst. Daher wollte die Frau dich unbedingt berühren. Es reicht schon, wenn sie dich mit den Fingerspitzen streift.«

»Was passiert dann?«, erkundigte sich Estelle und blickte auf den Boden, weil sie Aydens aufgebrachtem Blick nicht standhalten konnte.

Sie hörte den Jäger sprechen: »Wenn sie dich erst in ihrer Gewalt hat, macht sie dich zu ihrem Sklaven. Mit einem starken Zauber beraubt sie dich deiner Seele und setzt dich für ihre dunklen Machenschaften ein.«

Obwohl Estelle die Frau nicht gefährlich vorgekommen war, sondern viel eher faszinierend, machte sich ein Gefühl der Angst in ihr breit.

»Bist du dir sicher, dass es eine schwarze Fee war?«, hauchte sie und Ayden nickte.

»Du warst nicht mehr du selbst, wie gebannt von ihrem Gesang. Ich dagegen habe sie kaum gehört. Daher war es so wichtig, dass ich dich aus ihrem Magiefeld herausbringe. Ich weiß nicht genau, wie ihr Zauber funktioniert, aber eine alte Frau aus meinem Dorf hat mir erzählt, dass Feen immer nur einen Teil ihrer Umgebung beherrschen können. Diesen Teil haben wir verlassen.«

Estelle war noch immer durch den Wind, aber langsam erkannte sie, dass sie nur knapp einer Gefahr entkommen war.

»Danke, Ayden«, murmelte sie. »Ich hatte ja keine Ahnung.«

»Es ist ja noch einmal gut gegangen. Aber nun lass uns weiterziehen. Nicht, dass eine zweite schwarze Fee in dieser Gegend ihr Unwesen treibt. Oder brauchst du eine Pause?«

Estelle schüttelte den Kopf. Auf keinen Fall wollte sie länger als unbedingt nötig in diesen Gefilden bleiben.

»Ich mag ... Wälder nicht besonders«, gab sie schließlich zu und folgte Ayden, der ihr schon vorausgegangen war.

Sie bewegten sich schneller fort als am Anfang ihrer Reise, doch Estelle war das forsche Tempo recht, da ihr der Schreck wie eine kalte Hand im Nacken saß. Je mehr Strecke sie zwischen sich und die Fee brachten, desto sicherer fühlte sie sich.

»Du musst keine Angst mehr haben«, versprach Ayden, der ihre Unsicherheit zu spüren schien. »Ich kenne den Wald und es dauert nicht mehr lange, bis wir ihn durchquert haben.«

Estelle nickte abwesend und betrachtete den Jäger von der Seite. Ihre Augen glitten über seinen muskulösen Körper. Im Zweifelsfall würde er sie bestimmt zu beschützen wissen.

»Du brauchst dir wirklich keine Gedanken zu machen«, versicherte er erneut und drosselte sein Tempo etwas, sodass sie besser Schritt halten konnte.

Obwohl der Weg schmal war, wollte sie nicht hinter ihm gehen. Neben ihm fühlte sie sich zumindest etwas sicherer.

»Brahmenien also«, durchbrach Ayden auf einmal die Stille und knüpfte nahtlos an das Thema an, das sie vor dem Zwischenfall mit der schwarzen Fee besprochen hatten.

Überrascht darüber, dass er sich den Namen ihres Heimatlandes gemerkt hatte, sah Estelle ihn an.

»Erzähl mir etwas über deine Heimat.«

Nur kurz schloss die junge Frau die Augen, aber es reichte, um das Land in ihrer Vorstellung lebendig werden zu lassen. Sanft lächelte sie und glaubte, die Strahlen der aufgehenden Sonne auf ihrem Gesicht zu spüren. Der Gedanke an ihre Heimat beruhigte sie.

»In Brahmenien ist es immer warm«, fing sie mit sehnsüchtiger Stimme an. »Die Sonne scheint die ganze Zeit, das Wetter ist angenehm. Ich habe selten Regen erlebt. Die Felder sind weit und schimmern golden. Wir mussten nie Hunger leiden. Und Krieg gab es auch nicht.«

»Hört sich wie in einem Märchen an«, kommentierte Ayden.

»Das war es«, stimmte Estelle ihm mit trauriger Stimme zu.

»Warum bist du weggegangen?«

Schon hatte sich ihr Mund zu einer Antwort geöffnet, als sie stumm den Kopf schüttelte. Das tat nichts zur Sache. Entschuldigend sah sie Ayden an, der beschwichtigend die Hände hob.

»Schon gut«, murmelte er und sprang über eine Wurzel. »Ich habe schon verstanden: keine persönlichen Fragen.«

»Ich …« Nervös nestelte die Prinzessin an seiner Jacke. »Es tut mir wirklich leid, aber …«

»Du musst dich nicht entschuldigen.« Er sah sie von der Seite an, ohne seine Schritte zu verlangsamen.

»Aber du darfst mir gern etwas über dich erzählen«, bot Estelle an, um das Thema zu wechseln.

Ein leichtes Lächeln erschien auf seinem Gesicht. »Was willst du denn wissen?«

Sie zuckte mit den Schultern. »Du bist Jäger?«, fing sie an und sah, dass er nickte.

»Seit vielen Jahren schon.« Ayden trat einen kleinen Ast aus dem Weg und betrachtete sie dann wieder.

Estelle legte den Kopf schief. »Gefällt es dir?«

»Es ist eine Aufgabe, die es zu erfüllen gilt. Ich werde gut entlohnt und kann mich daher nicht beschweren.« Er zuckte mit den Schultern und richtete seinen Blick wieder auf den Pfad vor ihnen.

»Das ist doch … schön.«

Sie wollte es sich nicht eingestehen, aber Estelle fühlte sich schrecklich unsicher. Ihr Umgang mit jungen Männern beschränkte sich auf Bekanntschaften ihrer Schwester Tatjana und arrangierte Treffen vonseiten ihres Vaters. Sie selbst hatte das andere Geschlecht zwar nicht gemieden, aber wandte sich ihm nicht mit so großer Affinität zu wie ihre Schwester.

Fieberhaft überlegte sie, was Tatjana in so einer Situation sagen würde. Sie hatte nie ein Problem damit gehabt, Konversation zu betreiben.

»Und was machst du sonst so? In deiner Freizeit?«, erkundigte sie sich in einem weiteren Anlauf, das Gespräch in Gang zu halten, woraufhin sie prompt einen zweifelnden Blick erntete.

»Falls du meinst, wie ich meine Abende verbringe: Ich treffe mich gern mit meinen Freunden in einem Gasthaus.« Er grinste.

Estelle mochte es, wenn er lächelte, dann wirkte er weniger bedrohlich. Aber jetzt hatte sie das Gefühl, dass er sie auslachte.

Sie nickte, während sie sich eine Närrin schalt.

Welche Antwort hatte sie erwartet? Dass in ihm ein Literaturliebhaber steckte, er heimlich Gedichte schrieb oder Violine spielte?

Er war ein Jäger und kein Poet.

»Über mich gibt es nicht viel zu wissen, Estelle«, schloss Ayden. »Ich bin ein offenes Buch und bei Weitem langweiliger als eine Frau, die sich in einen Schwan verwandeln kann.«

Nachdenklich nickte sie, weil Tatjana sie auch einmal als ein offenes Buch bezeichnet hatte. Ihr wurde oft nachgesagt, dass sie ein Gesicht hatte, in dem man ihre Gedanken und Gefühle lesen konnte. Vielleicht senkte sie aus diesem Grund so oft den Blick.

Die Zeit war ein seltsames Konstrukt. Wenn man schöne Dinge erlebte, flog sie dahin. Wenn man sich jedoch in einer unangenehmen Situation befand, zogen sich die Minuten so künstlich in die Länge, dass es beinahe schien, als wären die Uhren stehen geblieben.

Irgendwann, nach einer viel zu langen Zeit, warf Estelle den Blick gen Himmel, der sich ihr zwischen den Baumkronen offenbarte, und erkannte, dass die Sonne im Begriff war, aufzugehen.

»Es wird Tag«, verkündete sie, froh, etwas Unverfängliches sagen zu können.

Der Jäger folgte ihrem Blick und nickte. »Heißt das, dass du dich gleich verwandelst?«

Sie biss sich auf die Unterlippe. »Ja.«

»Nun gut. Bis zum Dorf ist es nicht mehr weit. Ich werde dort alles besorgen, was wir brauchen. Dann komme ich zurück. Da vorn ist eine kleine Höhle, in der du dich ausruhen kannst. Ich habe dort schon oft gerastet und weiß, dass sie unbewohnt ist.«

Mit dem Zeigefinger deutete er auf einen Punkt weiter nördlich. Estelle erkannte eine Felsformation, in deren Mitte sich eine Öffnung befand.

»In Ordnung«, erwiderte sie und nickte. Ihre Angst vor dem unbekannten Wald würde verschwinden, sobald sie die Gestalt gewechselt hatte. »Du weißt nicht zufällig, ob es hier einen See gibt? Es reicht auch ein Tümpel, irgendetwas in der Art.«

Ayden zog die Augenbrauen zusammen, bevor er den Kopf schüttelte. »Nein, nicht hier. Aber wir können morgen einen aufsuchen, wenn du willst.«

»Das wäre schön.«

»Bist du als Schwan auf das Wasser angewiesen?«, wollte Ayden wissen.

»Nicht angewiesen. Aber es ist ein schönes Gefühl, auf einem See zu schlafen. Das Wasser beruhigt mich.«

»Morgen wirst du welches haben«, versprach der Jäger und hob die Mundwinkel.

Er sagte noch etwas anderes, aber das bekam Estelle nicht mehr mit. In ihren Fingerspitzen kribbelte es, wie immer, wenn sie kurz vor der Verwandlung stand. Sie warf einen letzten Blick in den orangeroten Himmel, dann spürte sie, wie sie in sich zusammensank.

Es schmerzte sie, wie er sie ansah. Nicht offensichtlich und auch nicht voller Abscheu, aber im Geheimen erkannte sie, dass er sie nicht mit dem Tier verbinden konnte. Dass er von einer Sekunde auf die andere Abstand hielt.

Innerlich seufzte Estelle und blickte auf den Boden. Ayden kam ihr riesig vor, wie ein Koloss stand er vor ihr. Sie sah ihn nicht an, wollte seinen wertenden Blicken nicht ausgesetzt sein. Als sie ihre platten Füße sah, hätte sie am liebsten geweint. Noch nie war sie sich so schamhaft vorgekommen. Noch nie so nackt.

»Verstehst du mich eigentlich, wenn du ein Schwan bist?«, fragte Ayden und verletzte sie damit mehr als beabsichtigt.

Da sie nicht in der Lage war, ihm verbal zu antworten, schnappte sie mit ihrem Schnabel nach seiner Hose. Vielleicht würde er diese Geste ja verstehen. Dann wandte sie sich ab und watschelte auf die Höhle zu, in der sie hoffentlich Schlaf finden würde.

»Estelle! Estelle, wach auf!«

»Was ist mit ihr los? Sie rührt sich nicht!«

»Sie liegt auf dem Boden, als wäre sie tot.«

»ESTELLE, hör mich an! Du musst aufwachen!«

»Stelli, bitte wach auf!«

Perplex öffnete die Prinzessin erst ihr linkes, dann das rechte Auge. Ihr Sichtfeld war verschwommen, beinahe so, als wäre sie zu lange unter Wasser geblieben. Zuerst sah sie nur den steinernen Boden zu ihren Füßen, dann drehte sie sich mühsam um und blickte in die Augen ihrer Schwestern. Sichtlich besorgt hatten sie sich in einem Kreis um sie versammelt.

»Na endlich!«, meinte Tatjana und sah sie streng an. »Wurde auch Zeit.«

Verwirrt blinzelte Estelle. »Was war los?«, murmelte sie und versuchte zeitgleich, Ordnung in ihre wirren Gedanken zu bringen. Die Decke der Kuppel kam ihr heute meilenweit entfernt vor, der Raum wirkte wie eine undurchdringbare Weite.

Estelle griff nach Penelopés Hand und ließ sich von ihr hochziehen. Das Kleid, das sie trug – ein Traum aus rosa Tüll –, war am Saum völlig zerknittert. Wiederholt strich sie über die Falten, aber auch nach mehrmaligen Versuchen blieb es voller Knicke.

Wieso war sie am Boden aufgewacht? So etwas hatte es noch nie gegeben. Normalerweise traf sie in wachem Zustand auf ihre Schwestern.

Suchend schaute sich Estelle im Raum um und musterte jede der jungen Frauen mit einem kurzen Blick.

Valyra strahlte, wenn ihr auch noch der Schock ins Gesicht geschrieben stand. Tatjana hatte die Hände in die Hüften gestemmt und sah Estelle mit einer Mischung aus Skepsis und Neugierde an. Penelopé, die ihr eben die Hand gereicht hatte, hielt sich im Hintergrund. Neben ihr stand Genevieve und zwirbelte eine Haarsträhne zwischen ihren Fingern.

Obwohl Estelle damit gerechnet hatte und ihre Hoffnung, dass ihre sechste Schwester doch wieder zu ihnen stoßen würde, längst gestorben war, versetzte es ihr einen Stich, als sie erkannte, dass sie wieder nur zu fünft waren.

»Geht es dir gut?«, erkundigte sich Genevieve in diesem Moment und trat auf Estelle zu, die schnell nickte.

»Ja, alles in Ordnung. Ich weiß auch nicht, was passiert ist.«

Nach einer Pause durchdrang Tatjanas Seufzen den Raum. »Ich fürchte, niemand von euch hat etwas Neues zu berichten?«

Ihre Frage war wahrscheinlich gar nicht als solche gemeint und keine der Schwestern machte Anstalten, sie zu beantworten.

Estelle selbst biss sich auf die Unterlippe. Streng genommen hatte sich etwas in ihrem Leben verändert. Sie dachte an die Stunden zurück, die sie mit Ayden im Wald verbracht hatte, erinnerte sich an die Gefahr der schwarzen Fee, aber auch an die aufmunternden Worte des Jägers.

»Ich habe meinen See verlassen«, wollte sie ihren Schwestern sagen, doch ihre Zunge war wie gelähmt. Das erste Wort konnte sie noch artikulieren, danach war es, als wären ihre Stimmbänder tot.

»Ein Jäger hat mich gefunden«, formte sich in ihren Gedanken, aber kein Ton verließ ihre Lippen.

»Wir dürfen die Hoffnung nicht aufgeben«, verkündete Valyra schließlich, so wie sie es immer tat. Anfangs hatte ihr kindlicher Optimismus den anderen gutgetan, heute wurde er nur noch milde belächelt.

»Ich könnte ausrasten!«, meinte Tatjana mit vor Zorn bebender Stimme. »Wir sind Gefangene und können nichts dagegen tun!« Wütend stampfte sie mit dem Fuß auf.

»Ich wünschte so sehr, ich könnte euch alles erzählen«, brachte Penelopé hervor. Estelle sah, dass Tränen in ihren Augen schimmerten. Genevieve wollte sie in den Arm nehmen, doch Penelopé wich ihr aus.

»Jeder Fluch hat einen Gegenzauber!«, machte Valyra ihren Schwestern Mut, doch Estelle bemerkte sie gar nicht, weil ihr von der Art und Weise, wie sie in die Zwischenwelt gelangt war, noch immer der Kopf schwirrte.

6

Ayden

Die Sonne kämpfte sich ihren Weg durch die Baumwipfel und nahm einen neuen Tag in Empfang. Ayden hatte den Wald gerade hinter sich gelassen und steuerte auf das kleine Dorf zu, in dem er schon öfter seine Einkäufe getätigt hatte.

Die Vorstellung, dass Estelle sich gerade allein und schutzlos in der Höhle aufhielt, behagte ihm nicht. Gleichzeitig wusste er aber auch, dass es das Richtige war, sie in Ruhe zu lassen. So bald wie möglich mussten sie weiterziehen und Müdigkeit würde sie nur hindern.

Wie auf Kommando gähnte Ayden ausgiebig. Zwar kam er längere Zeit ohne Schlaf aus, dennoch durfte er nicht ganz darauf verzichten, musste jeden Tag zumindest ein paar Stunden ausruhen. Momentan fühlte er sich aber noch bei Kräften, weswegen er die Erledigungen im Dorf in Angriff nehmen konnte.

Glücklicherweise hatte er genug Geld mitgenommen, um eine Weile zu überleben. Bis zum blutroten Himmel würden sie einige Tage unterwegs sein.

Das Dorf war klein, urig und vermittelte Ayden ein Gefühl von Heimat, obwohl diese meilenweit entfernt lag.

Schon in den frühen Morgenstunden herrschte ein reges Treiben in den Gassen, die ersten Marktstände waren bereits aufgestellt. Hier bot ein Fischer seine Waren feil, da duftete es verlockend nach Brot. Eine große Kutsche mit zwei Pferden überquerte den Weg, sodass Ayden zur Seite springen musste.

Nun, wo er sich auf all die neuen Eindrücke konzentrieren konnte, verschwand seine Müdigkeit. Geschäftig schulterte er den Rucksack und sah sich die Marktstände an.

Kaum hatten die Verkäufer realisiert, dass er nicht abgeneigt war, ein paar Kronen hierzulassen, kamen sie auf ihn zugelaufen oder warfen schreiend mit Preisen um sich. Ayden wusste gar nicht, wohin er als Erstes schauen sollte, aber ein dicker Bäcker ließ nicht locker, zog unaufhaltsam an seinem Arm.

Seufzend folgte Ayden ihm zu seinem Stand. Was vielleicht nicht die schlechteste Idee war, denn sein Magen grummelte schon eine ganze Weile.

Der Bäcker war ein groß gewachsener, fetter Mann mit Halbglatze. Auf seinem Gesicht stand der Schweiß, auch unter seinen Achseln zeigten sich Flecken. Obwohl es kalt war, hatte sein Oberteil nur kurze Ärmel.

»Brot, Brötchen, Kuchen, alles frisch gebacken«, schrie er, woraufhin Ayden sich automatisch fragte, ob er glaubte, dass er schwerhörig sei.

Mit seinen Wurstfingern deutete der Mann auf die Köstlichkeiten, die sich über den gesamten Markstand verteilten. Dem Jäger lief das Wasser im Mund zusammen. Kein Wunder, schließlich war das Letzte, was er gegessen hatte, eine Handvoll Beeren gewesen.

»Du siehst hungrig aus, mein Freund«, erkannte auch der Bäcker und lachte schallend. Belustigt sah Ayden, wie sein dicker Bauch auf und ab hüpfte. »Warte nur, ich stelle dir eine Auswahl zusammen«, murmelte der Mann dann, griff nach einem langen, spitzen Messer und schnitt von einem Laib Brot eine dicke Scheibe ab.

Gierig nahm Ayden sie entgegen und biss hinein. Ein Strahlen glitt über sein Gesicht, als er den Geschmack des frischen Brotes in sich aufnahm. Viel zu schnell war die Scheibe aufgegessen.

»Ich nehme einen Laib«, sagte Ayden begeistert und deutete auf ein braun gebackenes Exemplar. Estelle musste unbedingt auch davon kosten, vor allem, solange es noch frisch war. Im Augenblick kam Ayden das Brot wie das Köstlichste vor, was er je gegessen hatte.

Beherzt griff der Bäcker danach und wickelte es in Papier ein. »Außerdem noch einen Wunsch?«, fragte er in bester Kaufmannsmanier, ließ den Jäger aber gar nicht zu Wort kommen, da er schon auf ofenfrische Teilchen deutete. »Diese Apfelwecken gibt es nur heute zum halben Preis«, sagte er. »Mein Lehrling ist extra eine Stunde früher aufgestanden, um sie zu backen.«

Ayden war noch am Überlegen, da hatte der Bäcker zwei der Teilchen bereits in Papier eingeschlagen.

»Ähm, ich weiß nicht, ob …«, protestierte der Jäger, aber auch hier kam ihm der wohlgenährte Mann zuvor.

»Du wirst es nicht bereuen«, sagte er mit einem Zwinkern.

Ayden schaffte es erst, den Stand zu verlassen, als noch sechs Brötchen zu seinem Einkauf dazugekommen waren. Gierig hatte der Bäcker seine Kronen entgegengenommen. Wahrscheinlich war es das beste Geschäft seit Langem für ihn gewesen.

Seufzend verstaute Ayden die Teigwaren in seinem Rucksack und schüttelte den Kopf. Diese Marktschreier waren Abschaum, eine Schande für alle ehrenwerten Menschen! Dennoch konnte er nicht leugnen, dass er sich auf die Apfelwecken freute – und auf Estelles Gesicht, wenn sie diese sah.

Der junge Jäger hatte kein Problem damit, Gebrauchsgegenstände einzukaufen – ein spitzeres Messer, ein Seil, außerdem ein Zelt und eine weitere Decke für die Nacht. Doch als ihm einfiel, dass er versprochen hatte, Estelle etwas zum Anziehen zu besorgen, kam er ins Schwitzen. Auf dem Markt gab es mehrere Stände, die Stoffe feilboten, aber was er wirklich brauchte, waren praktische und nicht allzu teure Kleider.

Suchend sah er sich im Dorf um. Hier musste es doch irgendwo eine Möglichkeit geben, Kleidung zu kaufen. Er spähte in die Seitengassen, musste aber schließlich eine junge Frau fragen, die ihm den Weg zur Dorfschneiderin wies.

Ayden bedankte sich und ging die Straße hinunter, bis er auf das Haus traf, an dessen Balustrade ein hölzernes Schild mit einer Garnrolle darauf hing. Allzu falsch konnte er demnach nicht sein. Dennoch zögernd, drückte er die Türklinke hinunter und erschreckte sich, als eine Glocke schrill läutete.

Als er einen länglichen Tresen erblickte, auf dem sich Stoffballen türmten, wäre er am liebsten wieder umgekehrt. Das hier war nicht seine Welt. Er hatte keine Ahnung von Seide, Samt und Baumwolle und war auch nicht erpicht darauf, seine Kenntnisse zu erweitern.

Eine Weile stand Ayden allein in einem Raum voller Kleiderständer und Schneiderpuppen. Unsicher besah er sich die Kostüme, die alle viel zu fein für eine Reise quer durch Talario waren. Er brauchte keinen Prunk und Kitsch, was er benötigte, war etwas Praktisches. Ein Kleid, mit dem Estelle notfalls einen Berg besteigen konnte. Am liebsten hätte er nach einer Hose Ausschau gehalten, aber Frauen in Männerkleidung waren nicht nur in diesem Land, sondern ebenfalls überall sonst verpönt – bestimmt auch in Estelles geheimnisvollem Land namens Brahmenien.

Da er Estelle nicht der Schmach aussetzen wollte, seufzte er und betrachtete die Kleider genauer. Vielleicht war ja das hellblaue etwas, das sich für die Reise eignete. Entschlossen griff er nach dem Bügel, an dem es hing.

»Na, na, nicht so hastig«, erklang auf einmal eine hohe Stimme hinter ihm.

Der Jäger zuckte zusammen. Eine Frau im mittleren Alter hatte sich ihm genähert.

»Darf ich?«, fragte sie, wartete eine Antwort aber nicht ab und griff nach dem Kleiderbügel, den Ayden festhielt. »Dieses Kleid ist bereits verkauft«, meinte sie pikiert und schob es wieder ordentlich zurück. Dann musterte sie den Jäger mit einer Mischung aus Neugier und Missfallen. »Kann ich Euch helfen?«

Erst jetzt kam Ayden dazu, die Schneidermeisterin genauer zu betrachten. Ihr schlanker Körper war in einen Albtraum von Flieder gehüllt, der mit vielen Rüschen und Perlen ausgestattet war. Die braunen Haare hatte sie zu einem Berg aufgetürmt. In der Mitte thronte eine lilafarbene Blume.

»Ähm ...«, versuchte Ayden, Zeit zu schinden, während er das Klischee einer Schneiderin weiterhin musterte.

Diese wurde aber langsam ungeduldig, verzog die Augen zu Schlitzen und stemmte die Hände in die Hüfte.

»Ich brauche ein Kleid«, verkündete Ayden schnell.

»*Ihr*?« Die unfreundliche Frau zog die Augenbrauen hoch und maß jeden Zentimeter von ihm.

Haspelnd verbesserte Ayden sich. »Ich natürlich nicht. Ich brauche das Kleid für eine Frau. Dame. Was auch immer.«

»Soso.« Die Verkäuferin gab ihm das Gefühl, ein Trottel zu sein.

Eigentlich musste er sich so etwas nicht bieten lassen, immerhin stand er in den Diensten Seiner Majestät. Aber hier, zwischen Ballkleidern und Nähutensilien, fühlte er sich fehl am Platz.

Nicht so die Schneiderin.

»Um was für ein Kleid soll es sich handeln?«, fragte sie schmallippig.

Obwohl Ayden sie um mehr als einen Kopf überragte, kam er sich winzig vor. »Äh ... ich ...«, murmelte er, sah sich verzweifelt um. Woher sollte er wissen, dass die Kleider Namen hatten? »Es soll …«

Ungeduldig tippte die Schneiderin mit dem Fuß auf den Boden, was Ayden nur noch mehr verunsicherte. »Zu welchem Anlass soll sie es denn anziehen?«, half die Dame ihm auf die Sprünge und klang nicht allzu freundlich.

»Ach so. Ähm … sie soll darin wandern gehen.«

»Wandern?« Ruckartig schossen die Augenbrauen der Frau erneut in die Höhe, während sie den Jäger mit einem solch zweifelhaften Blick bedachte, dass er ihn nicht länger erwidern konnte.

»Es soll bequem sein, nicht ganz so umständlich.«

»Ich nehme an, Ihr wollt das Kleid gleich mitnehmen?«, mutmaßte die Schneiderin pikiert, was Ayden zu einem Nicken veranlasste.

»Das wäre gut. Noch besser wären gleich zwei oder drei Kleider. Ich weiß nicht, wie lange wir unterwegs sein werden. Soll ich mir einfach ein Kleid hier von der Stange nehmen?«

Schon wollte er nach einem Gewand greifen, als die Schneiderin wie eine Furie auf ihn zugeschossen kam und seinen Arm von dem Ständer riss. Ihr Gesichtsausdruck erinnerte ihn an das schlecht gelaunte Monster, dessen Geschichte er in seiner Kindheit vorgelesen bekommen hatte.

»Ich denke nicht, dass Ihr nach *solchen* Kleidern sucht«, erklärte die Schneiderin und fügte hinzu: »Geht da hinten durch die Tür, dort in der Kammer liegen ausrangierte Kleider. Bestimmt werdet Ihr fündig.«

Ayden folgte ihrem Blick und nickte ihr schließlich dankend zu. Schnell verschwand er durch die Tür, froh, von ihr weggekommen zu sein.

Zwar fühlte er sich durch die Masse an Kleidern, die scheinbar ungeordnet aufeinandergestapelt auf einem Tisch lagen, immer noch eingeengt, aber wenigstens war er die Verkäuferin für einen Moment los.

Er atmete tief ein und aus und versuchte dann, einen Überblick über das Chaos zu bekommen. Weil ihm keine andere Methode einfiel, wühlte er sich durch die Kleider, während er sie in zwei Stapel sortierte: brauchbar und unbrauchbar.

Als er den Berg bewältigt hatte, blieben nur drei Gewänder in der engeren Auswahl. Zwei davon waren dunkelblau, ein anderes beigefarben. Ihr Schnitt unterschied sich von den anderen in seiner Schlichtheit, außerdem besaßen sie keine Details, Raffungen oder aufgenähten Schnickschnack. Ein wenig erinnerten ihn die Kleider an die der Bauersfrauen bei ihm zu Hause. Eine Hose war natürlich immer noch praktischer, dennoch konnte er mit seinem Fund zufrieden sein.

Umständlich schlang er beide Arme um die Kleider und schleppte sie in den großen Raum, wo die Schneiderin bereits auf ihn wartete. Ungeduldig verlagerte sie ihr Gewicht von einem auf das andere Bein. Als sie Ayden sah, wurde ihr Blick kühl.

»Ihr scheint fündig geworden zu sein«, sagte sie überflüssigerweise und stellte sich hinter den Tresen, auf dem eine Kasse stand. Ayden hatte seinerseits Mühe, die Kleider auf seinen

Armen zu transportieren. Obwohl sie so schlicht aussahen, bestanden sie doch aus einer Menge Stoff.

Glücklicherweise hatte er auf dem Markt einen zweiten Rucksack für Estelle gekauft, sodass er die Kleider nicht allein in seinen würde stopfen müssen. Auf dem Tresen lag außerdem eine Strumpfhose, die der Jäger zusätzlich mitnehmen wollte.

Unter einem Stöhnen wuchtete Ayden die Gewänder auf den Tresen und erntete erneut einen herablassenden Blick. Was, fragte er sich, hatte diese Frau gegen ihn? Gut, sein Erscheinungsbild entsprach vielleicht nicht der neuesten Mode, aber er war ihr gegenüber freundlich gewesen. Mussten sich Jäger vielleicht mit dem Vorurteil herumschlagen, grobschlächtige Menschen ohne Moral und Anstand zu sein?

»Ich nehme an, Ihr wollt nicht, dass ich Euch die Kleider einpacke«, meinte die Schneiderin.

Ayden, der schon nach seiner Geldbörse gegriffen hatte, erstarrte in der Bewegung und schürzte die Lippen.

Sicher, einem Jäger musste man nichts einpacken, immerhin war er ja ein Banause.

Trotzdem verzichtete er auf eine gegenteilige Erwiderung, seufzte und fragte: »Wie viel macht das?«

Spätestens als die Schneiderin ihm einen abstrus hohen Preis nannte, wusste er, wie sehr sie ihn verachtete. Ihm lag eine bissige Erwiderung auf den Lippen – normalerweise war er nicht bekannt dafür, alles hinzunehmen. Aber das hier brachte ihn an den Rand seiner nervlichen Verfassung. Er wollte einfach nur die Schneiderei verlassen und sich auf den Rückweg zu Estelle begeben. Daher reichte er der Frau den gewünschten Betrag, wofür sie sich nicht einmal bedankte.

Ohne ein Wort des Abschieds griff Ayden nach den Kleidern und verließ das Gebäude. Draußen konnte er gar nicht schnell genug alles in den zweiten Rucksack stopfen. Überstürzt lief er aus dem Dorf. Er hatte ohnehin viel zu viel Zeit hier verschwendet.

Estelle

Als sie die Augen aufschlug, war sie bereits ein Mensch. Kurz genoss sie den Anblick ihrer nackten Beine und fuhr sich durch die blonden Haare, die in sanften Wellen über ihren Rücken fielen. Sie streckte sich, um das letzten bisschen Müdigkeit aus ihren Gliedern zu kitzeln, und gähnte vernehmlich.

Einen See hatte sie in der Schwanengestalt nicht gefunden, aber die Höhle war so tief, dass sie sich problemlos hatte verstecken können. So hatte sie keine leichte Beute für die Tiere des Waldes dargestellt.

Umständlich kroch sie aus der Höhle, deren Decke zu niedrig war, um aufrecht darin stehen zu können. Der Wald um sie herum lag im Dämmerlicht da. Unter anderen Umständen hätte sie es vielleicht wieder mit der Angst zu tun bekommen, aber

Estelle erkannte die Laterne sofort. Sie stand vor einem kleinen grünen Zelt, das ein paar Schritte entfernt auf dem Waldboden errichtet worden war.

Die Prinzessin überlegte nicht lange und ging darauf zu. Ayden war eine ganze Weile weg gewesen und sie freute sich, ihn endlich wiederzusehen. Erst jetzt wurde ihr bewusst, wie einsam sie sich am Schwanensee gefühlt hatte.

Noch bevor sie in das Innere des Zeltes schauen konnte, wurde die Stoffbahn am Eingang zur Seite geschoben. Für einen kurzen Moment schlug Estelles Herz unregelmäßig, doch dann erkannte sie Ayden, der ihr lächelnd entgegensah.

»Aufgewacht?«, fragte er überflüssigerweise und lächelte. Estelle nickte. »Komm rein.« Er hielt den Eingang auf.

Die Prinzessin duckte sich und kam seiner Aufforderung nach. Das Zelt kam ihr wie ein geschützter Platz vor, der sie vor den Schrecken des Waldes abschirmte. Auf dem Boden lagen zwei große Decken.

»Ich wollte dich nicht wecken, du hast so friedlich geschlafen«, erklärte Ayden.

»Wie lange bist du schon hier?«, wollte Estelle wissen.

»Seit einigen Stunden. Ich habe mich auch ausgeruht.«

Tatsächlich sah er verschlafen aus. Einzelne Strähnen seiner braunen Haare waren ihm ins Gesicht gefallen.

»Das ist gut. Schlaf ist wichtig«, murmelte Estelle und setzte sich auf die Decke, die Ayden unberührt gelassen hatte. Erst jetzt bemerkte sie die zwei gefüllten Rucksäcke, die neben ihm standen. »Wie ich sehe, hast du einiges eingekauft.«

Der Jäger folgte ihrem Blick und nickte. »Kann man so sagen. Hast du Hunger?«

Vielleicht lag es daran, dass er es ansprach, denn im selben Moment knurrte Estelles Magen.

»Da hast du deine Antwort«, erwiderte sie lachend, eine Hand vor ihren Bauch pressend.

Ayden griff nach einem der Rucksäcke und öffnete ihn. »Süß oder deftig?«, fragte er und musterte Estelle aus den Augenwinkeln.

»Ich glaube, gerade würde ich alles essen.«

»Na schön, dann sollst du auch alles einmal probieren.« Beherzt holte Ayden etwas aus dem Rucksack, das in Butterbrotpapier eingeschlagen war, und drapierte es auf der Decke. »Ich habe Brot, Brötchen und Apfelwecken.« In Sekundenschnelle hatte er die Teigwaren ausgepackt.

Estelle war überwältigt von der großen Auswahl. Früher, in ihrem Leben als Prinzessin, hatte so etwas keine Seltenheit dargestellt, aber seit der Fluch über sie gekommen war, musste sie mit dem Nötigsten auskommen. Meistens nahm sie ihre Nahrung sogar als Schwan zu sich, da sie in menschlicher Gestalt kaum etwas fand. Anfangs hatte sie sich vor den glitschigen Würmern geekelt, die sie als Federvieh manchmal essen musste, aber mittlerweile gehörte es zu ihrem Leben, sodass sie gar nicht mehr darüber nachdachte. Wirklich schlecht schmeckten die kleinen Erdbewohner auch nicht.

Estelle griff nach einem Brötchen und nahm winzig kleine Bissen, sodass sie möglichst lange davon haben würde. Ayden musterte sie belustigt und reichte ihr seine Feldflasche, damit sie ihren Durst stillen konnte.

»Ich hoffe, ich esse nicht zu viel«, sagte Estelle im Kauen, als sie ihr zweites Brötchen verschlang und schon zu der Apfelwecke linste.

»Keine Angst.« Beschwichtigend hob Ayden die Hände. »Ich habe vorgesorgt, es ist genug für einige Tage da.«

Estelle griff nach dem süßen Teilchen. Als sie den ersten Bissen nahm, war sie sich sicher, noch nie etwas annähernd so Köstliches gegessen zu haben.

Irgendwann war ihr Magen so voll, dass sie sich beinahe übergeben hätte. Gleichzeitig fühlte sie sich zum ersten Mal wieder richtig satt – und das war ein wunderschönes Gefühl.

»Ich habe dir Kleider gekauft. Damit du nicht mehr frieren musst«, erklärte Ayden. »Glaub mir, ich werde nie wieder freiwillig eine Schneiderei betreten.«

»War es so schlimm?«, fragte Estelle überrascht.

Sie selbst hatte die Tage, an denen der Hofschneider sie aufgesucht hatte, immer besonders genossen. Sie liebte es, wie an ihr Maß genommen wurde und sie sich aus den erlesensten Stoffen ihren liebsten aussuchen durfte.

»Du willst nicht wissen, *wie* schlimm«, bestätigte Ayden und verdrehte die Augen. »Ich kenne mich mit dem Jagen und Schießen von Tieren aus, aber mit Stoff und Garn kann man *mich* jagen. Mir fällt gerade ein, dass ich nicht mal darauf geachtet habe, ob dir das Kleid überhaupt passen könnte. Aber selbst wenn ich daran gedacht hätte, hätte ich keine Ahnung gehabt, wie man so etwas einschätzen soll.«

Estelle kicherte hinter vorgehaltener Hand. Gerade erinnerte Ayden sie an ihren Vater, der Estelles Liebe zu Kleidern ebenfalls nie hatte nachvollziehen können. Jedes Mal, wenn der Hofschneider Maß genommen hatte, war er unauffindbar gewesen.

»Ich denke nicht, dass du noch mal ein Kleid kaufen musst«, beruhigte sie den Jäger.

»Ich würde auch alles dafür geben, es zu vermeiden.«

Estelle grinste ihn an und blieb für einen Augenblick an seinem Gesicht hängen. Seine Züge waren kantig, sahen beinahe etwas schroff aus, aber sein Lächeln machte einiges wett. Winzige Grübchen bildeten sich um seine Mundwinkel und verliehen ihm etwas Sanftes. Ayden hatte einen Bartansatz, zumindest momentan.

Instinktiv fragte sich Estelle, ob er auch am Hof des Königs so aussah oder ob seine Wangen dann kahl rasiert waren.

Neugierig betrachtete sie sein Gesicht und blieb schließlich an seiner Nase hängen, die in der Mitte eine Unregelmäßigkeit besaß – eine schiefe Stelle, als wäre ein Bruch ungenau zusammengewachsen.

»Was starrst du mich so an?«, wollte Ayden wissen, woraufhin Estelle erschrocken zusammenzuckte. Sie spürte, wie ihr die Röte in die Wangen stieg. »Schaust du auf meine schiefe Nase?«, fragte der Jäger weiter.

Er klang nicht böse, vielmehr interessiert, weswegen Estelle sich wieder traute, ihn anzuschauen.

»Ist die … Nase schon immer so gewesen?«

»Du willst wissen, ob ich irgendwann mal ein gerades Riechorgan hatte?« Ayden schmunzelte. »Ja, das hatte ich. Bis mein Bruder meinte, mir zeigen zu müssen, wer der Stärkere ist.«

Obwohl Ayden lachte, bekam Estelle eine Gänsehaut. Zwischen ihren Schwestern hatte es viele Auseinandersetzungen gegeben, aber nie war eine von ihnen wirklich handgreiflich geworden. Brüderliche Gewalt war ihr ebenso fremd wie dieses Land.

»Dein Bruder? Ist er älter?«, fragte sie, ausnutzend, dass er gerade mehr über sich erzählte.

»Ja. Exakt fünfzehn Minuten. Und das hat er mir immer vorgehalten.«

»Oh, ihr seid Zwillinge«, rief Estelle aus. »Ich habe auch Zwillingsschwestern!«

Erschrocken presste sie sich die Hand vor den Mund, aber es war zu spät, noch etwas zurückzunehmen. Das Interesse flackerte bereits in Aydens Augen.

»Du hast also auch noch Geschwister«, stellte er fest.

»Ja«, erwiderte Estelle leise. Bevor der Jäger Nachfragen stellen konnte, lenkte sie das Thema wieder auf seine Familie. »Steht ihr euch nah, du und dein Bruder?«

Ihr entging nicht, dass sich ein Schatten auf seinem Gesicht ausbreitete.

»Wir standen uns nah, ja. Es gab immer wieder Auseinandersetzungen, aber größtenteils haben wir zusammengehalten.«

»Was ist mit ihm passiert?«, kam es Estelle über die Lippen, bevor sie ihre Neugier zügeln konnte.

Doch anscheinend hatte Ayden kein Problem mit ihren Nachfragen. Er rutschte sogar ein Stück näher an sie heran.

»Er ist in der Schlacht um die siebte Burg gefallen. Vor knapp zwei Jahren. Unser Heimatland befand sich im Krieg. Diesen hat es zwar gewonnen, aber ich meinen Bruder verloren.«

Betrübt sah Estelle ihn an. Sie spürte, wie sehr ihn das Ganze noch immer mitnahm, und legte vorsichtig ihre Hand auf seine Schulter.

»Wir hatten eine Zeit lang einen sehr großen Feind, der uns immer wieder angegriffen hat. Die siebte Burg stand direkt auf der Grenze zwischen Talario und Falesia. Unser Feind wollte sie unbedingt sein Eigen nennen und hat uns den Krieg erklärt. «

Estelle strich ihm mit der Hand über den Rücken.

»Ich komme klar«, meinte Ayden leise. »Aber ich vermisse meinen Bruder. Er war immer mein erster Ansprechpartner. Ohne ihn ist alles ein wenig schwieriger geworden.«

»Hast du noch andere Geschwister?«, fragte Estelle, einerseits aus Interesse, andererseits, weil sie den traurigen Ausdruck in seinen Augen nicht ertragen konnte und ihn auf andere Gedanken bringen wollte.

Ayden schüttelte den Kopf. »Und du?«

Nachdem sie eine Weile mit sich gerungen hatte, meinte sie: »Fünf. Ich habe fünf Schwestern.«

»Fünf Schwestern?«, wiederholte Ayden ungläubig und verschluckte sich fast an dem Wasser, das er eben aus der Feldflasche getrunken hatte. »Unglaublich.«

Scheu lächelte sie ihn an. »Ich bin die Älteste«, enthüllte sie dann eine weitere Information über sich.

»Die Anführerin?«

Entschieden schüttelte sie den Kopf. »Nein, ich denke, ich bin eher die, zu der die anderen kommen, wenn sie einen Rat brauchen. Oder eine zweite Meinung.«

Nachdenklich nickte Ayden. Er steckte den Korken in die Flasche und schwieg. Estelle glaubte schon, dass das Gespräch zu einem jähen Ende gekommen war, als er ihr mit unsicherer Stimme eine Frage stellte.

»Sind deine Schwestern auch ... Schwäne?«

Traurigkeit übermannte Estelle, als sie langsam den Kopf schüttelte. »Ich ... glaube nicht. Ich kann es nicht mit Sicherheit sagen, weil ich sie so lange nicht mehr gesehen habe.«

»Warst du denn schon immer beides? Mensch und Schwan?«, bohrte Ayden weiter.

Estelle rang mit sich. Hatte sie sich nicht fest vorgenommen, nichts über ihre Herkunft und ihre Geschichte zu enthüllen? War sie überhaupt in der Lage, sich mitzuteilen?

Mit ihren Schwestern konnte sie nicht über den Fluch sprechen, aber mit Ayden hatte sie schon so viele Informationen geteilt, dass sie beinahe glaubte, sie könnte ihm auch den Rest anvertrauen. Vielleicht machte der Fluch eine Ausnahme, weil Ayden selbst hinter ihr Geheimnis gekommen war?

»Du musst es mir nicht sagen«, meinte Ayden in diesem Augenblick, aber Estelle hatte ihre Entscheidung bereits getroffen.

»Lass uns über etwas anderes reden. Zeig mir die Kleider, die du mir gekauft hast!«

»Wie sieht es aus? Passt es dir oder habe ich mich allzu sehr verschätzt?«

»Komm her und sieh es dir an«, rief Estelle, während sie sich im Schein des Mondlichts um die eigene Achse drehte.

Es tat ihr unheimlich gut, sich wieder wie eine Frau zu fühlen. Endlich durfte sie den Fetzen aus- und sich ein neues Gewand überziehen. Zwar konnte das schlichte blaue Kleid nicht im Entferntesten mit denen mithalten, die sie am Hofe zu Brahmenien getragen hatte, aber es machte einen riesigen Unterschied zu dem zerrissenen Kleid, das sie lange Zeit hatte tragen müssen. Dieses hatte auch einmal anders ausgesehen, war länger gewesen und weitaus sauberer. Sie hatte es getragen, als sie nach Talario gekommen war. Doch die lange Zeit am Schwanensee war nicht geeignet dafür, Kleidung hübsch zu halten.

Ayden näherte sich ihr und sah sie schweigend an. Erneut drehte sich Estelle.

»Es steht dir ausgezeichnet«, bemerkte der Jäger mit belegter Stimme.

»Ich danke dir, dass du es mir mitgebracht hast«, lächelte Estelle glücklich und strich das Kleid glatt.

Ayden wirkte, als müsse er sich zwingen, den Blick von ihr abzuwenden. »Können wir dann aufbrechen?«

Sie nickte, schlüpfte in seinen Mantel und spannte sich den Rucksack auf den Rücken. Seit dem Fluch hatte sie sich nicht mehr so lebendig gefühlt. Sie war ausgeschlafen, satt und trug ein Kleid, das ihr passte.

Ayden hielt inzwischen eine Karte in der Hand, die er genau studierte. Estelle stellte sich neben ihn und überflog die einzelnen Standorte. Nichts davon kam ihr im Entferntesten bekannt vor. Der Jäger aber schien sich seiner Sache sicher zu sein. Mit dem Zeigefinger fuhr er den Weg ab.

»Wir müssen uns östlich halten und dort am roten Kreuz links abbiegen. Der Weg an sich ist gar nicht so weit. Wenn wir unser Tempo beibehalten, sind wir in ein paar Tagen da.«

Estelle nickte und verbot sich jegliche Gedanken, die sie an ihrem Vorhaben zweifeln ließen. Immerhin hatte sie nun einen Plan und das war in jedem Fall besser als gar nichts.

Ayden wollte gerade die Karte zusammenfalten, als Estelle etwas bemerkte.

»Was ist das?«, wollte sie wissen und deutete auf einen Punkt, der mit goldener Farbe markiert war.

Ayden warf nur einen flüchtigen Blick darauf. »Genau wie der blutrote Himmel ist das auch einer der magischen Plätze dieses Landes. Man nennt ihn die goldene Nacht.«

»Was ist so magisch daran?«, wollte Estelle wissen. Auf der Karte konnte man nicht viel erkennen.

Eine Weile betrachtete Ayden die Prinzessin stumm, dann nickte er. »Weißt du was? Ich zeige es dir. Es liegt ohnehin auf dem Weg.«

»Na … schön. Wenn wir keinen Umweg gehen.«

Er schüttelte den Kopf. »Ich glaube, es wird dir gefallen«, meinte er dann, rollte die Karte zusammen und verstaute sie in seinem Rucksack.

Mit gemischten Gefühlen sah Estelle ihn an, gleichzeitig war ihre Neugier, was den magischen Ort betraf, aber zu groß, um Ayden zu widersprechen. Es gefiel ihr nicht, einen Umweg zu gehen, doch gerade verstand sie sich so gut mit dem Jäger, dass sie den Moment nicht ruinieren wollte.

7

Estelle

Ihr Weg führte sie an einem Moor vorbei, das so dunkel war, dass man kaum die Hand vor Augen sehen konnte. Zudem schienen die Temperaturen in den Minusbereich zu fallen.

Ein ekliger Geruch lag in der Luft, der Estelle an Kröten, Frösche und allerlei andere Sumpfbewohner erinnerte, vor denen sie sich in Brahmenien gefürchtet hatte. Als Schwan war sie nicht so zimperlich, aber als Prinzessin fiel es ihr schwer, das Gefühl des Ekels abzustellen.

Vorsichtig lief sie Ayden hinterher, der sich auch hier, im dunklen Moorgebiet, sicher fortbewegte. Estelle hatte Mühe, nicht im schlammigen Morast zu versinken. Sie blickte dauerhaft auf den Boden und plante jeden ihrer Schritte.

»Wenn du weiterhin so langsam bist, kommen wir nie an«, beschwerte sich Ayden irgendwann. Es klang nicht böse, aber Estelle erkannte, dass sie ihn aufhielt.

Als der Jäger ihr seine Hand entgegenstreckte, griff sie danach. Die nächsten Meter zog er sie mit sich. Estelle blickte auf das Moor, an dessen Ufer sie entlangliefen. Allein der Anblick des widerlichen, dickflüssigen Schleims verursachte ihr eine Gänsehaut.

»Ganz schön kalt hier«, meinte sie und schlang die Arme um ihren Oberkörper.

Genau in diesem Moment blieb Ayden stehen und reckte den Kopf. Er bewegte sich nicht, aber es schien, als würde er einen Punkt fixieren, der weiter nördlich lag.

»Was hast du, Ayden?«, fragte Estelle, doch wurde jäh von ihm unterbrochen.

»Sei still«, zischte er.

Auf leisen Sohlen ging er weiter und Estelle war sich nicht sicher, ob sie ihm folgen sollte. Doch da er nicht noch einmal stehen blieb, setzte auch sie sich wieder in Bewegung. Von hinten sah der Jäger aus wie ein Waldläufer, seine Silhouette schien mit den Farben des Moors zu verschwimmen.

»Estelle, komm her«, sagte Ayden schließlich und hielt an.

Die Prinzessin kam neben ihm zum Stehen. »Was ist los?«

»Siehst du das da vorn?«, hauchte er und deutete auf eine Stelle am Ufer, an dem hochgewachsener Farn blühte.

»Was soll das sein?«, fragte sie ungeduldig, flüsterte aber ebenfalls.

Ayden ging in die Hocke und zog Estelle zu sich nach unten. Nun starrten beide auf denselben Punkt, nur dass er im Gegensatz zu ihr etwas erkannte.

»Schau genau zwischen die grünen Blätter«, trug Ayden Estelle auf und drehte ihr Kinn ein wenig nach links.

Die Prinzessin legte den Kopf schief und kniff die Augen zusammen.

»Wahnsinn!«, stieß sie auf einmal aus und presste sich die Hand vor den Mund. Auf den Blättern des Farns saßen winzige Gestalten, graue Wesen mit unfassbar zarten Flügeln. Sie hatten feingliedrige Finger und dünne, lange Haare.

»Was ist das?«

»Das sind Moorgeister«, meinte Ayden. »Sie sind in vielen Teilen Talarios ausgestorben, aber hier scheint es sie noch zu geben.«

»Moorgeister?«, wiederholte Estelle ungläubig und blickte noch immer auf die winzigen Gestalten. »Wofür sind sie da?«

»Sie haben nicht wirklich eine Aufgabe. Sie leben, wie der Name schon sagt, in der Nähe eines Moors, wo sie sich von Schlamm ernähren. Außerdem können sie sich im Matsch ziemlich gut tarnen.« Sie sah, wie er grinste.

»Sie sind wunderschön«, meinte Estelle. »Woher wusstest du, dass sie hier sind?«

Aydens Grinsen wurde breiter, was seinem Gesicht etwas Jungenhaftes verlieh. »Na hör doch hin«, sagte er.

Estelle runzelte die Stirn und lauschte in die Nacht. Für eine Weile hörte sie nichts, doch dann war es, als würde ein Summen ihre Ohren erreichen.

Überrascht sah sie Ayden an. »Was ist das?«

»Das ist der Gesang der Moorgeister«, erklärte er, »ihre natürliche Stimme.«

»Und das hast du eben schon gehört, als wir noch da vorn waren?« Als Ayden nickte, war Estelle beeindruckt.

»Das Jagen hat meine Sinne geschärft«, meinte er leichthin, doch dann wurde er still. Fasziniert schaute er die dunklen Kreaturen an, die kaum größer waren als sein Daumen. »Diese Welt ist voll von kleinen Schönheiten«, hauchte Ayden. »Wir müssen uns nur dazu entscheiden, sie wahrzunehmen.«

Eine lange Zeit durchquerten Estelle und Ayden weite Felder. Der Mond schien beruhigend vom Himmel.

»Gefällt es dir hier in Talario?«, fragte der Jäger neugierig.

»Das, was ich bisher gesehen habe, mag ich.« Estelle legte ihren Kopf in den Nacken, um den Anblick der Sterne in sich aufzunehmen. »Alles wirkt so riesig auf mich, als hätte die Natur keine Grenzen und würde niemals aufhören.«

»Bist du gern draußen?«

»Eigentlich nicht.« Estelle lachte leise. »Daher kommt es mir ja so komisch vor, dass mir das alles hier trotzdem so gut gefällt. Es ist ein schönes Gefühl, nachts die Felder zu durchstreifen.«

»Klingt, als wäre deine Erfahrung auf diesem Gebiet eher überschaubar«, mutmaßte Ayden.

Gerade wollte Estelle ihm erzählen, dass dies als Prinzessin ja nicht weiter verwunderlich war, als sie sich im letzten Moment eines Besseren besann. Sie wollte ihm nicht auch noch auf die Nase binden, dass sie von hohem Stand war. Er wusste schon genug über sie.

Estelle war schon immer verschwiegen gewesen. Es fiel ihr schwer, sich mitzuteilen. Zudem glaubte ein Teil von ihr immer noch, dass der Fluch ihre Sache war und sie ihn nicht mit einem Außenstehenden teilen sollte. Ayden hatte sich als zuverlässiger und äußerst freundlicher Begleiter erwiesen, doch da war immer noch ein bisschen Skepsis, die sie nicht ablegen konnte.

»Sagen wir es so: Ich habe mich eher für andere Dinge interessiert.«

»Was für Dinge?«

Als Estelle den Jäger anblickte, sah sie, dass er eine Augenbraue nach oben gezogen hatte.

»Na ja, andere Dinge eben.«

»*Jetzt* kann ich mir natürlich etwas darunter vorstellen«, erwiderte er lachend.

Entzückt erkannte die Prinzessin, dass sich wieder die kleinen Grübchen um seine Mundwinkel ausgebreitet hatten. Zum ersten Mal bemerkte sie, dass der Jäger ein hübscher Mann war. Die kantigen Gesichtszüge, der leichte Bartansatz und die kastanienbraunen Augen trugen zu seiner Ausstrahlung bei.

Aber es war nicht nur sein Äußeres. Ayden hatte etwas an sich – einen Charme, dem sie sich nicht ganz entziehen konnte. Anfangs hatte sie nichts anderes gewollt, als ihn loszuwerden, um weiterhin unentdeckt als Schwan leben zu können. Aber jetzt sah sie sich an einem Punkt, an dem sie ihm schon viel zu viel verraten hatte.

»Was ist so faszinierend an mir, Estelle?«, fragte Ayden neckend.

Ihre Wangen glühten, als ihr bewusst wurde, dass er sie nun schon zum zweiten Mal dabei erwischt hatte, wie sie ihn intensiv musterte.

»Nichts«, beteuerte sie schnell, während sie sich seine letzte Frage in Erinnerung rief, um das Thema zu wechseln. »Ich habe Geige gespielt.«

Erneut schaute der Jäger sie mit einem zweideutigen Blick an. »Nun, das nenne ich mal außergewöhnlich.«

»Wieso? Ich bin nicht übermäßig musikalisch begabt, kann gerade einmal dieses Instrument spielen. Aber ja, ich vermisse meine Geige.«

»Hast du dir das Spielen selbst beigebracht?«

Künstlich lachte sie auf. Wie kam Ayden auf solch abstruse Ideen? »Natürlich nicht.« Sie schüttelte den Kopf. »Ich hatte einen fabelhaften Lehrer. Und fünf Stunden Unterricht in der Woche. Es war nicht immer leicht, als Kind habe ich es stellenweise richtig gehasst, aber letztlich hat es sich ausgezahlt.«

»Deine Eltern konnten es sich leisten, dass du fünf Mal in der Woche Unterricht nimmst?«, staunte Ayden.

Estelle biss sich auf die Unterlippe, als ihr bewusst wurde, dass sie sich schon wieder in eine unangenehme Situation gebracht hatte.

»Ich habe schon eine lange Zeit nicht mehr gespielt«, schloss sie das Gespräch und hoffte inständig, dass er es dabei beließ.

Tat er nicht.

Wenn man einem Hund ein Spielzeug zeigte, gab er sich auch nicht damit zufrieden, es einmal gesehen zu haben.

Ayden blies warmen Atem in seine Hand. »War es deiner Familie wichtig, dass du ein Instrument lernst? So eine kostspielige Entscheidung kommt ja nicht von ungefähr. Hattest du Talent, sodass sie beschlossen haben, dich zu fördern und …«

Von all seinen Fragen schwirrte ihr der Kopf. Statt ihn anzusehen, blickte sie auf den gefrorenen Boden zu ihren Füßen.

In einigen Wochen würde es wieder warm werden, der trübe Himmel würde sich in ein zartes Blau verwandeln und auch die Sonne würde sich öfter zeigen.

Estelle sehnte sich nach der Zeit des Frühlings, die von Hoffnung erzählte. Es war gar nicht so leicht, sich zwischen Schnee und Eis positive Gedanken zu machen.

»Du musst nicht antworten, wenn du nicht willst«, meinte Ayden schließlich. »Ich habe musikalische Menschen immer beneidet. Für mich kam es nie infrage, ein Instrument zu lernen. Meine Familie hatte nie viel Geld, außerdem war ich auf andere Dinge fokussiert. Ich wollte Jäger werden. Nicht *irgendein* Jäger. Auch kein *guter* Jäger. Ich wollte der *beste* Jäger sein.«

Ayden sprach mit so viel Leidenschaft, dass Estelle davon angesteckt wurde.

»Ich habe mir immer gewünscht, einmal im großen Theater in Brahmeniens Hauptstadt Berros aufzutreten. Dort gibt es das beste Orchester überhaupt. Jahrelang habe ich davon geträumt, aber letztlich ist es immer ein Traum geblieben.«

»Wieso?« Ayden legte den Kopf schief.

Unentschlossen zuckte sie mit den Schultern. »Mein Vater hat mir einmal gesagt, dass man mit jedem erfüllten Wunsch einen Traum weniger hat. Und dass die unerfüllten Träume meistens die schönsten sind.«

Jetzt schnaubte der Jäger leise. »Dann war dein Vater ein Trottel.«

Innerlich erstarrte Estelle. Ayden hätte sich seinen Kommentar sicherlich verkniffen, wenn er wüsste, welche Rolle ihr Vater in Brahmenien spielte.

»Estelle.« Ayden blieb stehen und umschlang ihren rechten Arm. Seine Hand war warm, und das, obwohl es so kalt war, dass man den Atem in Form von Dampfwolken sehen konnte. »Wenn man einen Traum hat, muss man alles dafür tun, dass er sich erfüllt. Wenn man die eine Leidenschaft gefunden hat, die einen antreibt, muss man an ihr festhalten. Zu schnell kann es passieren, dass ein anderer sie kaputt macht.«

Er klang so feierlich, so fest entschlossen, dass ihr ganz mulmig wurde. Schüchtern senkte sie den Blick. »Wahrscheinlich war mir das Geigespielen nie so wichtig«, flüsterte sie.

Seine Hand umfasste ihren Arm noch immer und insgeheim fürchtete sie sich vor dem Moment, in dem er sie loslassen würde.

Ayden trat einen Schritt auf sie zu, sah ihr in die Augen. »Ich wollte der beste Jäger werden. Seit ich klein war. Es war meine Passion, meine Leidenschaft. Und ich habe an mich geglaubt. Was aber noch wichtiger ist: Ich habe dafür gearbeitet. Jeden Tag. Und das solltest du auch tun.«

Traurig erwiderte Estelle seinen Blick. Seine Augen waren so lebendig, so angesteckt von einer Euphorie, die ihr fremd war. Seit dem Fluch hatte sich alles geändert. Der alleinige Gedanke an ihre Geige war zu einem Luxus geworden. Um so etwas würde sie sich kümmern können, wenn wieder etwas Normalität eingezogen war. Falls es überhaupt jemals so weit kam.

»Woran ist es gescheitert?«, fragte Ayden leise und unterbrach damit ihre Gedanken, die dabei waren, sie wieder traurig zu stimmen. »Wieso hast du nie in diesem Orchester gespielt?«

Er ließ ihren Arm los und Estelle ging seufzend weiter. Bald hörte sie Aydens Schritte hinter sich. Ihr Vorsprung hielt nicht lange an, wenige Augenblicke später ging der Jäger wieder neben ihr her.

»Vielleicht hat es mir an Talent gefehlt«, mutmaßte Estelle. »Vielleicht war ich nie gut genug.«

»Also hast du es versucht? Bist du zum Orchester gegangen?«

Sie konnte sich ein leises Lachen kaum verkneifen. Das hätte einen schönen Skandal gegeben, wenn die Prinzessin des Landes plötzlich einen Platz in einer Musikkapelle gehabt hätte.

»Nicht direkt«, meinte Estelle ausweichend und fügte schließlich hinzu: »Ich habe herausgefunden, dass es wichtiger ist, seine Pflicht zu erfüllen.« Stolz sah sie ihn an, aber Ayden schien unbeeindruckt. Er schüttelte vielmehr den Kopf.

»Wenn man sein Leben lang nur das tut, was von einem verlangt wird, wird man doch wahnsinnig. Man braucht irgendetwas, das man wirklich *will.* Irgendetwas, das Kraft gibt, weiterzuleben.«

Estelle strich sich das Kleid glatt und seufzte vernehmlich. Ayden hatte gut reden, er war wahrscheinlich als Sohn eines Bauern aufgewachsen. Die Leute hatten nicht hinter seinem Rücken getuschelt, als er beschloss, Jäger zu werden. Anstelle von Spott und bösen Blicken hatte er sicherlich Ruhm geerntet, als er immer besser wurde und sich seinen eigenen Traum erfüllte.

»Ich war am Anfang ein kleines Licht«, erklärte er. »Aber das habe ich nie eingesehen. Es ist wichtig, das Ziel vor Augen zu haben, nicht den Anfang. Und man darf nie aufhören.«

Sie seufzte. »Ich glaube, es ist schwierig, Durchhaltevermögen zu bewahren, wenn alles gegen einen spricht.«

»Aber die anderen können dir doch egal sein, Estelle«, beharrte Ayden. »*Die* sind nicht *du*. Wir leben ohnehin in einer Gesellschaft, die uns einordnet, einpfercht, in Schubladen steckt. Da ist es umso wichtiger, dass man sich wenigstens selbst treu bleibt.«

In Estelle breitete sich ein eigenartiges Kribbeln aus, als sie Ayden betrachtete. Sie waren schon wieder stehen geblieben und die Welt um sie herum schien auf ein Nichts aus verlorenen Träumen und verpassten Chancen zusammenzuschrumpfen.

Estelle hatte aufgehört, Geige zu spielen. Weil es so viel Wichtigeres gab. Ihre Mutter war gestorben. Ihr Vater brach zusammen. Ihre Schwestern brauchten sie. Wie konnte sie in all dem Leid auch nur daran denken, weiterhin das Instrument zu spielen?

Ayden sah Estelle mit festem Blick an. »Nach Jahren voller Selbstzweifeln habe ich es endlich geschafft. Ich bin der beste Jäger Seiner Majestät, genieße sein Vertrauen. Ich habe es von ganz unten nach ganz oben geschafft.«

Seine Worte sollten ihr Mut machen, dessen war sich Estelle sicher, aber in Wahrheit hatten sie den gegenteiligen Effekt. Die Prinzessin wurde sich nur noch einmal mehr bewusst, dass so etwas bei ihr nicht möglich war. Sie hatte bereits ganz oben gestanden und wäre unter anderen Umständen wohl einmal

Königin geworden. Und das stellte nur einen der Gründe dar, weswegen sie nicht ihren Leidenschaften nachkommen konnte.

Pflicht. Verantwortung. Regierungsgeschäfte. Familie.

Irgendwo musste sie nun mal Abstriche machen.

»Ich bewundere dich, Ayden«, flüsterte sie, wobei Wahrheit in ihren Worten lag. »Und ich freue mich für dich, dass du das tun kannst, was du immer tun wolltest. Aber das ist nicht jedem vergönnt.« Schon wollte der Jäger wieder den Kopf schütteln und ihr widersprechen, als Estelle ihm zuvorkam. »Nicht«, bat sie. »Belassen wir es dabei.«

Ihre Stimme war so traurig, dass sie sich selbst davor erschreckte. Niedergeschlagen straffte sie die Schultern und ging weiter.

Aber dieses Mal kam ihr Ayden zuvor. Sanft und doch bestimmt ergriff er ihren Arm, um sie am Fliehen zu hindern.

»Erlaube mir eine letzte Frage, Estelle«, bat er, während er sie mit einem durchdringenden Blick betrachtete. Sein Gesicht war dem ihren so nah wie nie zuvor.

Unwillkürlich schluckte Estelle mehrmals. Ihre Konzentration schwand, als sie sich einen Blick in sein Gesicht erlaubte. Gleich, wie oft sie ihn ansah, immer entdeckte sie etwas Neues, das ihr den Atem raubte.

Wieso war ihr vorher nie aufgefallen, dass Menschen aus so vielen Facetten bestanden? Wieso war sie sich dieser Schönheit nie bewusst gewesen? Aydens Unterlippe war minimal dicker als die darüber und sein Mund stand ein Stück offen, als er sie musterte.

»Frag mich«, hauchte Estelle.

Schweigend betrachtete der Jäger die Prinzessin, bevor er ein Stück zurücktrat. Nur wenige Zentimeter erstickten die Magie eines einzelnen Moments. Der Bann brach, Estelle konnte wieder klar denken.

»Wieso gerade die Geige?«, wollte Ayden wissen.

»Ich weiß nicht, wie gut du dich mit Instrumenten auskennst …«

»Gar nicht«, fiel er ihr ins Wort, woraufhin sie lächeln musste.

»Nun gut. Dann lass es mich so versuchen: Es gibt Instrumente mit einem tiefen Klang und andere mit einem hellen. Es ist immer eines von beidem. Aber die Geige durchdringt diese Kluft. Sie kann sowohl laut als auch leise sein, hell wie dunkel. Ich habe die Facettenvielfalt geliebt. Je nachdem, wie sie gespielt wird, kann sie dem Zuhörer die Tränen in die Augen treiben oder ihn zum glücklichsten Menschen auf der Welt machen.«

Und nun standen Tränen in Estelles Augen, aber Ayden sollte nicht sehen, wie sehr sie es wirklich vermisste, ihrer Leidenschaft nachzugehen.

»Das klingt … beeindruckend«, sagte er mit tiefer Stimme.

Nun, wo sich Estelles Zunge gelöst hatte, konnte sie nicht mehr an sich halten. Auch wenn das bedeutete, dass immer mehr Tränen über ihre Wangen rannen und sie still hoffte, dass die Nacht dunkel genug war, um sie zu vertuschen.

»Ich habe mir immer gewünscht, einen Platz in diesem Orchester einzunehmen. Habe mir vorgestellt, wie ich in der ersten Reihe sitze. Habe die vielen, vielen Menschen vor mir gesehen, die nur gekommen sind, um mich zu hören. Die gebannt lauschen und für eine Weile alles um sich herum vergessen. Wusstest du, dass Musik magische Kräfte hat? Nicht die von weißer oder schwarzer Magie, sondern einen ganz eigenen Zauber, der ihr innewohnt. Wenn man sich wirklich in die Musik fallen lässt, kann man vergessen, wer man ist. Man kann vergessen, was einen hält und welche Schranken einen daran hindern, das zu tun, was man möchte. Musik ist voller Kraft.«

»Du hast es wirklich geliebt«, stellte Ayden fest.

Estelle wischte sich über die nassen Wangen. »Mehr als alles andere. Aber gerade ist Geigespielen das Letzte, an das ich denken kann.«

Als Ayden nach ihrer Hand griff, blieb ihr Herz für einen Moment stehen.

»Zeiten ändern sich, Estelle. Das ist das Einzige, was ich mit Sicherheit behaupten kann. Es gibt für alles einen Augenblick. Einen Augenblick, um sich zu freuen, einen Augenblick, um traurig zu sein. Und es wird auch einen Augenblick geben, um Geige zu spielen.«

»Was ist, wenn es diesen Augenblick bereits gegeben hat?«, hauchte Estelle.

Entschieden schüttelte Ayden den Kopf. »Man wird immer Zeit für das finden, was man liebt. Immer. Daran musst du nur ganz fest glauben.«

Die Prinzessin blieb an seinen Augen hängen. Nie zuvor hatte sie so ein Farbenspektakel gesehen. Auf den ersten Blick wirkten sie so braun wie eine Kastanie, aber je mehr sie sich darin verlor, desto deutlicher erkannte sie goldene Sprenkel, die sich durch die Pupille zogen.

Sie wusste nicht, was geschehen war, aber auf einmal schien der Drang in ihr, sich ihm anzuvertrauen, kaum mehr aushaltbar. Sie wollte ihm ihre Geschichte erzählen und auch vor den unschönen Details nicht Halt machen. Zum ersten Mal hatte Estelle das Gefühl, dass der Fluch nicht nur Böses nach sich zog.

Jetzt, wo sie Ayden so nah war und die Welt erneut auf nichts als sie und ihn zusammenschrumpfte, wurde ihr bewusst, wie allein sie sich all die Zeit am Schwanensee gefühlt hatte. Wie sehr sie jeden Tag verabscheute, den sie dort hatte verbringen müssen. Wie sehr sie litt. Und obwohl sie sich in dieser Zeit keine Tränen erlaubt hatte, schmerzte es mehr, als sie jemals durch Weinen zeigen könnte. Es kam einem Messer gleich, das sich in ihren Körper gebohrt und eine tiefe Wunde hinterlassen hatte.

Estelle wurde erst jetzt bewusst, dass sie wahrscheinlich dabei gewesen war, zu verbluten. Langsam, stetig, unaufhaltsam. Von ihr selbst unbemerkt. Sie wäre gestorben, hätte der Jäger nicht ihren Weg gekreuzt. Auf irgendeine seltsame Art und Weise kannte Ayden ein Heilmittel.

»Ich würde dich gern einmal sehen, Estelle«, sagte er jetzt. Der sanfte Ton seiner Stimme wurde vom Nachtwind weggetragen. »Ich würde dich gern mal in diesem Orchester sehen.«

Alles in der Prinzessin brannte darauf, zu protestieren. Doch plötzlich besann sie sich eines Besseren. »Vielleicht ist es irgendwann so weit.«

Als Ayden lächelte, weinte sie nicht mehr. Als er lächelte, wollte sie, dass der Moment nicht endete. Und zum ersten Mal wünschte sie sich, dass er weitere Fragen stellte.

Stattdessen sagte er: »Wir sind gleich da. Siehst du den Berg da vorn? Den müssen wir noch hinter uns bringen, dann haben wir die goldene Nacht erreicht.«

In Wahrheit hatte Estelle längst vergessen, wohin sie überhaupt gehen wollten. Doch jetzt freute sie sich auf das Naturwunder eines Landes, das sie gerade erst kennenlernte.

8

Ayden

Es war Jahre her, seit er die goldene Nacht das letzte Mal gesehen hatte, und doch hatte sich ihr Anblick in sein Gedächtnis gebrannt. Damals war er mit seinem Bruder unterwegs gewesen. Eher durch Zufall waren sie auf die goldene Nacht gestoßen, eigentlich hatten sie sich auf der Durchreise befunden.

Ayden verband mit dem Naturwunder nicht nur die abertausend goldenen Facetten und die unfassbare Wärme des Platzes, sondern auch den letzten guten Tag, den er mit seinem Bruder verbracht hatte.

Stundenlang hatten sie einfach nur auf der Wiese gelegen und sich den verzauberten Himmel angeschaut. In diesem Moment hatten sie keine Worte gebraucht, sie waren überflüssig wie Regen in einem Ozean gewesen, wie eine weitere Goldmünze in der Schatzkammer des Schlosses. Ayden und Frederick hatten still nebeneinandergelegen und dadurch alles gesagt, was sie auszudrücken vermochten.

Beinahe leichtfüßig lief Estelle neben ihm her. Nicht nur ihre Geschwindigkeit hatte sich verdoppelt. Nein, seit ihrem Aufbruch vom Schwanensee ging auch etwas in ihr vor. Sie begann, sich zu öffnen. Wie eine Blüte im Frühling zeigte sie langsam ihre innere Schönheit.

Auch wenn Ayden sich wie ein beschränkter Mann vorkam, konnte er den Blick nicht von ihr lassen. Das Haar war so blassblond, dass es beinahe die Farbe des Mondes besaß. Jedes Mal, wenn sie ihn ansah, ertrank er in ihren Ozeanaugen.

Ayden brannte darauf, mehr über sie zu erfahren. Eine Frau wie sie hatte er noch nie kennengelernt. Sie war ihm so unbekannt wie das fremde Land, von dem sie erzählt hatte. So fremd wie ihre geheime Leidenschaft, das Geigespielen.

»Woher kommen diese Naturwunder?«, fragte sie jetzt und hielt sich die Seite. »Waren sie schon immer da oder …?«

Ayden zuckte die Schultern. »Ich weiß es nicht. Ich weiß nur, dass sie schon viele hundert Jahre existieren.«

»Welche gibt es noch neben dem blutroten Himmel und der goldenen Nacht?«, fragte Estelle.

»Die schwebende Fee, das brennende Wasser und das Schloss über den Wolken.«

In Estelles Augen flackerte Interesse auf. »Das klingt fantastisch! Was sind das für Plätze? Hast du schon alle gesehen?«

Er schüttelte den Kopf. »Ich selbst habe nur die zwei gesehen, die ich auch dir zeigen werde. Die anderen sind viel zu weit entfernt. Die schwebende Fee ist auf der Spitze eines Berges. Es handelt sich um eine Frau in einem langen blauen Gewand, die in der Luft steht – und das seit vielen, vielen Jahren.«

Überrascht zog Estelle die Augenbrauen hoch. »So etwas ist möglich?«, wollte sie wissen.

»Hier ist einiges möglich«, erwiderte Ayden schlicht.

»Vielleicht ist es ein Trick«, mutmaßte sie. »Vielleicht steht sie auf einem Kasten, der unsichtbar …«

Abermals schüttelte Ayden den Kopf. »Die magischen Plätze würden nicht so heißen, wenn man sie erklären könnte. Unzählige Menschen haben bereits versucht, eine Erklärung für sie zu finden, aber niemandem ist es je gelungen.« Er hatte gerade zu Ende gesprochen, als ihm noch etwas einfiel. »Das Seltsame an der Fee ist, dass ihre Haut über all die Jahre warm geblieben ist. Sie strahlt eine innere Hitze aus, die einen glauben lässt, dass sie unter den Lebenden weilt.«

»Vielleicht wurde sie verflucht«, flüsterte Estelle und schlang die Arme um ihren Oberkörper.

»Möglich. Aber dann ist es zu spät, den Fluch zu brechen.«

Ein Schatten hatte sich auf das Gesicht der jungen Frau gelegt. Zu gern hätte Ayden sie nach dem Grund gefragt, aber nach wie vor wollte er sie zu nichts drängen.

»Das brennende Wasser ist ein magischer Platz an der Grenze zu Taliz«, fuhr er daher fort.

»Ein See, der in Flammen steht?«, riet sie.

»Nicht ganz, aber nah dran. Es ist ein riesiger, reißender Wasserfall, der brennt.«

»Aber wie soll das möglich sein?« Ihre Augen wurden kreisrund, was ihr ein kindliches, beinahe naives Aussehen verlieh.

Ayden zuckte mit den Schultern. »Das ist es ja gerade. Eigentlich ist es nicht möglich.«

»Ich kann mir einen brennenden Wasserfall nur schwer vorstellen.« Estelle legte ihre Stirn in Falten.

Ayden nickte. »So ging es mir auch. Aber ich habe Zeichnungen davon gesehen. Es ist, als würden sich Wasser und Feuer miteinander vermischen.«

Verzweifelt suchte Ayden nach deutlicheren Worten, um das Bild zu beschreiben, aber er wurde nicht fündig. Vielleicht mussten erst Begriffe erfunden werden, um einem brennenden Wasserfall würdig zu sein.

»Aber muss nicht eins gewinnen? Wasser oder Feuer, so oder so?«, hakte Estelle abermals nach.

»Wie gesagt. Es ist ein Naturwunder.«

Ihm fiel auf, wie schwer sie sich damit tat, es als Tatsache abzutun.

»Mh«, meinte sie nur und ging den Berg weiter hinunter.

Ayden folgte ihr und musste aufpassen, nicht auszurutschen. Das Eis schien hier dicker zu sein. Fasziniert beobachtete er, wie sicher sich Estelle bewegte. Sie strauchelte nicht einmal.

»Was hat es mit dem anderen magischen Platz auf sich?«, fragte sie ihn über die Schulter.

Der Jäger ordnete seine Gedanken. »Von dem Schloss über den Wolken hat man einmal behauptet, es sei lediglich eine optische Täuschung. Aber dafür ist es zu … detailreich ausgestaltet.« Weil er schon wieder fast ausgerutscht wäre, heftete er seinen

Blick nun auf den Boden. So konnte er Hindernisse schneller ausmachen. »Es ist eine Formation in den Wolken, die wie ein Schloss aussieht.«

»Eine Wolke, die die Form eines Palastes hat?«, hakte Estelle nach.

Als Ayden kurz den Blick hob, sah er, dass sie bereits am Fuß des Berges stand und auf ihn wartete. »Nein. Es ist ein richtiges Schloss aus Stein mit roten, spitzen Türmen. Es sieht absolut real aus, mit der kleinen Ausnahme, dass es nun mal auf einer Wolke steht.«

»Unfassbar.« Ungläubig schüttelte sie den Kopf.

Endlich war er auch angekommen. Heimlich lobte er sich dafür, nicht vor ihren Augen hingefallen zu sein. Von einem Jäger wurde im Allgemeinen erwartet, dass er sich auf seinen Beinen halten konnte.

»War schon jemand in diesem Schloss?«

»Soweit ich weiß, nicht. Ich kenne einige Männer, die es versucht haben, aber entweder sind sie nicht bis zum Eingang gekommen oder …« Abrupt stoppte er.

»Oder?«, hakte Estelle nach.

»Oder … sie wurden nie wieder gesehen.«

Alle Farbe wich ihr aus dem Gesicht, sodass ihre Wangen noch mehr dem kalten Mondlicht glichen. »Vielleicht haben sie es ja geschafft«, mutmaßte sie, was Ayden mehr als verwunderte.

Eigentlich hatte er mit seiner Aussage auf einen potenziellen Tod der Männer angesprochen. Stattdessen glaubte Estelle, dass sie angekommen waren.

»So … habe ich das noch nie gesehen«, gab der Jäger aufrichtig zu.

»Wenn jemand verschwindet, muss das nicht heißen, dass er tot ist. Oder verloren.«

»Das nicht.« Ayden kratzte sich am Kopf. »Es ist nur seltsam.«

Sie erwiderte nichts, sondern ging weiter. Und obwohl sie den Weg nicht kannte, lief sie in die richtige Richtung. Demnach blieb dem Jäger nichts anderes übrig, als ihr zu folgen.

Estelle

»Was ist das? Eine Grenze?«, fragte Estelle und blickte auf die Reihe aus Bäumen vor ihr. Sie waren hoch und dicht gewachsen, man konnte kaum durch sie hindurchblicken. »Fängt hier ein neues Land an?«

»Nein. Das hier ist der Eingang zur goldenen Nacht.«

Erneut starrte sie auf die undurchdringbaren Bäume. Gab es irgendwo eine Lücke?

»Sieht dicht aus, was?«, meinte Ayden mit einem Schmunzeln auf den Lippen.

Estelle kam sich vorgeführt vor. Sie hasste es, wenn jemand mehr wusste als sie selbst.

Stumm beobachtete sie den Jäger, der sich etwas näher vor die Bäume gestellt hatte und nun die Hand ausstreckte. Ein lautes

Zischen war zu hören, das unangenehm in Estelles Ohren widerhallte. Doch so schnell es gekommen war, so schnell verschwand es auch wieder. In einer einzigen geschmeidigen Bewegung öffneten sich die Bäume – sie huschten zur Seite, als wären sie Menschen, die davonlaufen konnten. Estelle riss die Augen auf. Über ihre Überraschung war ihr sogar Aydens breites Grinsen egal.

»Was … Wie …«, hauchte sie, brachte keinen klaren Gedanken zustande.

Zwischen den Bäumen hatte sich ein schmaler Pfad ergeben.

»Ich habe dir doch gesagt, dass dieser Ort magisch ist«, sagte Ayden lediglich. Dann setzte er sich in Bewegung.

Mit offenem Mund starrte Estelle weiterhin auf den Weg, der soeben vor ihren Augen entstanden war. In Brahmenien hatte es auch Magie gegeben, weiße wie schwarze, aber verzauberte Orte hatte sie noch nie gesehen. Gute Magie war selten, da es nur wenige Feen gab, vor der bösen aber fürchteten sich die Menschen. Und schließlich war es auch jene gewesen, die Estelle in einen Schwan verwandelt und an diesen Ort katapultiert hatte.

»Warte auf mich!«, rief sie und raffte ihr Kleid. Ayden war ihr ein gutes Stück voraus.

Im Laufschritt holte sie auf und hielt sich die stechende Seite, als sie angekommen war. In ihrem Leben als Prinzessin hatte sie in einer Kutsche gesessen, wurde von einem Ort an den anderen gebracht. Zu Fuß unterwegs zu sein, war etwas, an das sich ihr Körper – und sie selbst – noch gewöhnen musste.

»Kein Grund zur Eile«, meinte Ayden schmunzelnd und unterzog die Prinzessin seiner Musterung.

Estelle wollte gar nicht wissen, wie sie aussah. Ihre Haare stellten sicherlich das kleinste Problem dar, dabei waren sie voller Kletten und Knoten.

Obwohl die junge Frau außer Atem war und gern eine Pause eingelegt hätte, biss sie die Zähne zusammen. Ayden sollte in ihr keinen Ballast sehen. Sie wollte so lange durchhalten, bis er ihr erlaubte, zu rasten.

Beherzt ging sie also weiter, aber der Jäger hielt sie zurück.

»Nicht so schnell, Estelle.«

»Wieso nicht?«

»Weil man diesen Ort nicht einfach so betritt. Man muss ihn auf sich wirken lassen.«

Wenig überzeugt sah sie ihn an.

Er schüttelte leicht den Kopf. »Du wirst schon sehen. Lass mich nur machen.«

Mit gemischten Gefühlen beobachtete sie ihn, als er seinen Rucksack absetzte und nach etwas zu suchen begann. Es vergingen einige Minuten, bis er fündig wurde.

»Na bitte«, sagte Ayden und hielt etwas in die Höhe.

»Ein Stück Stoff?«

»Mehr als nur ein Stück Stoff. Etwas, um dir die Augen zu verbinden.«

Schon wieder grinste er sie an, aber nun war Estelle auf andere Dinge fixiert. »Ich will nicht, dass du mir die Augen verbindest«, protestierte sie.

»Dann muss ich sie dir wohl zuhalten«, erwiderte er unbeeindruckt.

»Nein! Ich will gar nicht … dass du mich … blind machst.«

»Glaub mir, die goldene Nacht wird dir hundert Mal besser gefallen, wenn …«

Entschieden schüttelte Estelle den Kopf. Es lag nicht nur daran, dass er ihr das Augenlicht stahl. Es lag daran, dass sie die Kontrolle über sich selbst abgeben würde. Ihr Leben in seine Hände legte.

Ayden seufzte. »Würdest du dann wenigstens die Augen schließen?«, bat er sie, woraufhin sie zögernd nickte. Im Zweifelsfall würde sie in der Lage sein, zu sehen.

»In Ordnung.«

Ayden schloss seinen Rucksack und setzte ihn auf. Danach griff er nach ihrer Hand. Estelle zog scharf die Luft ein, aber sie beschwerte sich nicht. Stattdessen schloss sie die Augen, so wie sie es ihm versprochen hatte.

»Nicht schummeln«, wies er sie an. In seinem Tonfall lag ein warmes Lachen.

»Wie lange müssen wir gehen?«, erkundigte sich Estelle, die sich in der Dunkelheit seltsam verloren vorkam. Zögerlich machte sie die ersten Schritte.

»Eigentlich sind wir schon beinahe da. Vielleicht noch zehn Schritte«

Die Prinzessin biss sich auf die Unterlippe, während sie weiter einen Fuß vor den anderen setzte.

Aydens erlösende Stimme erklang kurz darauf. »Es ist so weit. Du darfst nun deine Augen öffnen.«

9

Estelle

Als Estelle die Augen aufschlug, wurde sie vom Licht geblendet. Sie blinzelte mehrmals, um sich an die Helligkeit zu gewöhnen, aber die Intensität der Farben machte es ihr schwer.

Im ersten Moment sah sie nichts als Gold. Gold in allen Variationen, Gold in allen Facetten und Versionen.

Je länger sie die Augen offen hielt, desto deutlicher wurde das Bild. Sie erkannte den Himmel über sich, aber er war anders als das Firmament, das sie sonst betrachtet hatte. Der Anteil an Dunkelheit war erschreckend gering, nur vereinzelt tauchten schwarze Stellen zwischen dem Meer aus Gold auf.

Estelle kam es so vor, als würden Tausende Sternschnuppen auf einmal vom Himmel herabregnen. Als würde der Horizont explodieren, aber nicht in wütenden Flammen, sondern in warmem, flüssigem Gold.

Ihr Mund stand offen, wie gebannt klebte ihr Blick am Himmel. Alles war über und über mit Sprenkeln bedeckt, die unterschiedliche Formen hatten und verschieden hell leuchteten.

Auch die Wiese wurde vom Spektakel des Himmels erleuchtet und erinnerte Estelle an einen Tag im Sommer. Überhaupt schienen die Temperaturen um ein Vielfaches angestiegen zu sein. Die Prinzessin merkte, wie ihr immer wärmer wurde. Sie warf den Rucksack ins Gras, schlüpfte aus dem wuchtigen Mantel und legte ihn auf die Wiese.

»Na, was sagst du?«, fragte Ayden nach einer Weile.

Verklärt sah Estelle ihn an. Sie hatte seine Anwesenheit ganz vergessen. »Es ist wunderschön«, hauchte sie und lief los.

Ihre Schritte waren leichtfüßig, übermütig rannte sie über die Wiese und fühlte sich wie ein kleines Kind, das zum ersten Mal die Faszination der Nacht erleben durfte. Estelle wollte den Himmel erreichen. Immer weiter lief sie auf die goldene Nacht zu und drehte sich im Sternschnuppenregen, der auf sie niederprasselte.

Sie spürte die goldene Nacht in jeder Faser ihres Körpers. Dort, wo die Sprenkel sie trafen, erfüllte sie ein warmes Gefühl. Übermütig drehte sie sich wieder und wieder um die eigene Achse, nicht darauf achtend, dass sie nicht allein war. Für einen kurzen Augenblick wollte sie die Freiheit genießen, die sie in einem Land fand, das sie immer mit dem Gefühl des Gefangenseins in Verbindung gebracht hatte.

Erst als sie mit Ayden zusammenstieß, wurde ihr bewusst, dass er ihr gefolgt war.

»Tut mir leid«, murmelte sie, aber der Jäger grinste.

»Ich nehme an, es gefällt dir hier, oder?«, riet er.

»Gefallen?«, wiederholte sie ungläubig. »Es ist ein Traum.«

Sie legte den Kopf in den Nacken, sodass sie nichts mehr sah als tausend goldene Lichtpunkte.

»Man sagt, dass dieser Ort eine magische Wirkung auf die Menschen hat«, erklärte Ayden. »Er entspannt, lässt Sorgen vergessen und wirkt beruhigend.«

All das konnte Estelle nur bestätigen. Schon lange hatte sie sich nicht mehr so beschwingt gefühlt.

»Ich kann kaum glauben, dass es auf der Welt solch schöne Orte gibt«, flüsterte sie, ergriffen vom Zauber des Augenblicks. »Ich habe mein Leben am Schwanensee verabscheut. Ich habe dieses Land gehasst und alles, was damit zusammenhängt. Aber jetzt … Jetzt kommt es mir so vor, als hätte ich es immer mit geschlossenen Augen betrachtet.« Sie sah den Jäger bedeutsam an. »Du hast mir gezeigt, wie man sieht.«

Ayden kniete auf der Wiese und holte eine der Decken aus seinem Rucksack. Sorgfältig faltete er diese auseinander.

»Dies ist der einzige Ort, an dem man selbst im Februar auf dem Boden liegen kann, weil das Licht alles erwärmt«, erklärte er Estelle, während er das braune Plaid gleichmäßig ausbreitete. Rücklings ließ er sich fallen und bettete den Kopf auf seine Hände.

Estelle stand eine Weile unschlüssig da, aber als Ayden neben sich auf die Decke klopfte, tat sie es ihm gleich und nahm ebenfalls Platz. Entzückt erkannte sie, dass das Plaid sich jetzt schon aufgewärmt hatte.

»Unfassbar, dass so etwas möglich ist«, murmelte sie, den Blick bereits wieder gen Himmel gerichtet. »Sind das wirklich alles Sternschnuppen oder sehen sie nur so aus?«, fragte sie den Jäger, als ein goldenes Licht vom Himmel sauste und nur Zentimeter neben der Decke landete.

Ayden drehte sich zu ihr. »Das weiß ich nicht. Trotzdem darfst du dir etwas wünschen.«

Sanft schloss Estelle die Augen. Selbst jetzt spürte sie das Licht noch, es schien hinter ihre Lider zu dringen und ihren ganzen Körper für einen Moment in Flammen zu setzen.

Obwohl sie wusste, dass Wünsche allein einen Fluch nicht brechen konnten, wagte sie es. Sie dachte an ihre Schwestern, die sie furchtbar vermisste. An ihren alten Vater, der wahrscheinlich traurig zu Hause saß. Hoffentlich nahm er nicht an, sie wären alle tot! Nicht auszudenken, was er tun würde. Der Verlust seiner geliebten Frau hatte aus ihm schon einen anderen Menschen gemacht – wie würde es mit ihm weitergehen, wenn er sechs Töchter auf ein Mal beerdigen musste?

Die Gedanken an ihr Zuhause und an das Unvermeidliche machten Estelle traurig. Ihr Herz verkrampfte sich schmerzhaft, als ihr bewusst wurde, dass sie ihr Rätsel noch immer nicht gelöst hatte und diese Reise vielleicht nicht dazu beitragen würde.

Eine Träne formte sich in ihrem Augenwinkel. Nur für einen Moment verlor Estelle die Kontrolle – aber er reichte, um ihr ein Schluchzen zu entlocken.

Sie spürte, dass Ayden näher an sie heranrückte. »Was hast du, Estelle?«

Anstelle einer Antwort schüttelte sie den Kopf. Die Tränen wollten nicht mehr versiegen, wurden immer mehr und benetzten ihr Gesicht wie der morgendliche Tau die Blütenblätter.

Sanft fuhr Ayden ihr über die Wangen. Estelle zuckte unter seiner Berührung zusammen, aber sie ließ es geschehen. Es hatte eine tröstliche Wirkung auf sie.

»Nicht weinen, Estelle«, flüsterte er und malte die Konturen ihres Gesichts nach. »Sag mir, was los ist.«

Vielleicht war seine Bitte der Auslöser. Vielleicht lag es aber auch daran, dass sie voll war von unausgesprochenen Worten, versteckten Flüchen und Notlügen.

Estelle drehte sich auf die rechte Seite, sodass sie Ayden direkt anschauen konnte. Seine Hand ruhte noch immer auf ihrer Wange.

»Ich wurde verflucht«, sagte sie so leise, dass ihre Stimme sofort davongetragen wurde. Sie räusperte sich. »Ich wurde verflucht«, wiederholte sie dann. »Ich und meine fünf Schwestern. Vor mehr als fünfzehn Monaten hat man einen schwarzen Bann über uns gelegt.«

Mittlerweile war es Estelle egal, dass die Tränen nicht mehr aufhörten. Denn zu dem Schmerz gesellte sich allmählich ein anderes Gefühl: Erleichterung. Endlich durfte sie sich jemandem anvertrauen, endlich trug sie die Bürde nicht mehr allein.

»Ich weiß gar nicht, wo ich anfangen soll«, schluchzte sie. »Es gibt so viel zu erzählen.«

»Lass dir alle Zeit, die du brauchst«, flüsterte Ayden.

Seine Ruhe ließ sie entspannen. Tief durchatmend fuhr sie fort: »Ich habe fünf Geschwister. Tatjana, Arabella, Penelopé, Genevieve und Valyra. Ich bin die Älteste von ihnen und habe mitbekommen, wie sie aufgewachsen sind. Unsere Mutter war eine wunderschöne Frau – und mein Vater jede Sekunde glücklich, sie an seiner Seite zu haben.« Traurig lächelte sie. »Uns hat es an nichts gefehlt, viele Jahre lang. Aber irgendwann, wenn das Leben nur Schönheit bereithält, beginnt man, sich daran zu gewöhnen und sie als etwas Natürliches, Gegebenes anzusehen.«

Aydens Blick ließ sie nicht gehen, verlässlich ruhte er auf ihr. Auch wenn er seine Hand mittlerweile zurückgezogen hatte, konnte Estelle die Nähe zwischen ihnen spüren.

Eine weitere Sternschnuppe landete im Umkreis der beiden. Aus dem Licht zog Estelle die Kraft, ihre Erzählung fortzusetzen.

»Die Schatten waren zunächst klein. Meine Mutter erholte sich nach einer Erkältung nicht mehr richtig. Der Husten hielt an und wurde über die Zeit immer schlimmer.«

Schutz suchend schlang Estelle die Arme um ihren Oberkörper, weil ihr trotz der Wärme dieses Ortes auf einmal kalt geworden war.

»Anfangs war der Doktor noch guter Dinge, aber irgendwann schien er am Ende seiner Fähigkeiten. Ich erinnere mich noch genau an den Tag, als meine Mutter Blut spuckte. Durch den ganzen Flur zog sich eine verräterische Spur.«

Sie schauderte.

»Es wurde immer schlimmer und irgendwann, als wir einen zweiten Doktor aufsuchten, wussten wir, dass unsere Mutter an Schwindsucht leidet. Es war ein schlimmer Tag für uns alle – vor allem aber für meine jüngste Schwester Valyra. Sie ist … war

… zart besaitet. Die Nachricht, dass meine Mutter sterben würde, hat sie beinahe umgebracht. Aber auch wir anderen litten, jeder auf seine eigene Art und Weise. Mein Vater hielt sich damals noch relativ gut. Er sagte immer, dass es Hoffnung gebe, solange sie noch am Leben sei. Dass wir erst trauern dürften, wenn sie nicht mehr unter uns weilte.«

Ihr Blick war von Tränen verschleiert. Nur verschwommen sah sie das Gesicht des Jägers.

»Meine Mutter hat gekämpft, für sich, für uns, für Vater. Aber irgendwann konnte ihr Körper nicht mehr. Ich erinnere mich an den Tag ihrer Beerdigung, als wäre es gestern gewesen. Damals glaubte ich, dass ich an meiner Trauer ersticken würde, aber ich durfte nicht zusammenbrechen. Meine Schwestern zählten auf mich – genauso wie mein Vater. Also habe ich mir genau einen Tag gegeben, an dem ich um sie weinte. Danach riss ich mich zusammen und machte weiter. So wie vorher. So wie immer. Valyra brauchte mich besonders. Viele Wochen lang war sie ein Schatten ihrer selbst. Tatjana, die Zweitälteste, kam kaum noch nach Hause. Die ganze Zeit war sie im Wald – unterwegs auf ihrer Stute. Ich habe damals geglaubt, dass sie weggelaufen ist. Heute verstehe ich, dass es ihre Methode war, mit dem Schmerz umzugehen.«

Es tat weh, die Erinnerungen so schonungslos hervorzuholen.

»Ich habe meinem Vater geholfen, wo ich konnte, aber die Lebensfreude schien aus ihm gewichen zu sein. Er war einmal ein Mann, den man immer mit einem Lächeln auf den Lippen gesehen hat. Nach dem Tod meiner Mutter schien er eine Statue zu sein, an die keiner mehr herankam.«

Ihre Unterlippe bebte, als sie fortfuhr. Denn nun kam der eigentliche Teil – der Teil, auf den es ankam. Der Grund, weswegen sie nun nicht mehr in Brahmenien war.

»Als mein Vater Rania kennenlernte, freuten wir uns alle. Zwar wussten wir, dass niemand unsere Mutter ersetzen konnte, aber es war unheimlich schön, zu sehen, dass er langsam wieder aufblühte. Rania tat ihm gut, brachte ihn zum Lächeln und half ihm, wenn die dunklen Wolken ihn niederdrücken wollten. Ich habe gespürt, dass sie die Frau ist, die all unsere Probleme lösen würde.« Estelle machte eine bedeutsame Pause. »Stattdessen hat sie alles nur noch schlimmer gemacht«, schloss sie.

Ayden runzelte die Stirn. Sein Mund war geöffnet, als wolle er etwas sagen, aber Estelle kam ihm zuvor.

»In den ersten Monaten ging alles gut. Mit zunehmender Freude sahen wir, wie unser Vater wieder in das Leben zurückkehrte. Zu dieser Zeit wurden viele Feste gefeiert, aber das größte unter ihnen war die Hochzeit der beiden.«

Sehnsüchtig glitt Estelles Blick zu dem goldenen Himmel. Obwohl der Tag in vielerlei Hinsicht der Anfang aller Schrecken gewesen war, brachte sie ihn mit Lachen, Freude und dem Gefühl der Unbeschwertheit in Verbindung.

»Es war ein sonniger Tag, als die beiden sich das Jawort gaben. Zunächst ging alles gut. Es … gab keinen Anlass, skeptisch zu werden. Zumindest hat niemand von uns etwas gemerkt. Es war zu schön, zu erkennen, dass das Leben wieder in geregelten Bahnen verlief und Ruhe eingekehrt war.«

Sie versteifte sich.

»Aber die Zeiten änderten sich. Als mein Vater Rania heiratete, kannte er sie kaum. Ich glaube, dass er sich einfach nach einer Frau gesehnt hat. Nach Wärme. Zuneigung. All das hat er auch von ihr bekommen. Aber der Mensch hinter dem blieb irgendwie im Verborgenen.«

Als sie das Gesicht ihrer Stiefmutter vor sich sah, schauderte sie. Auch wenn sie meilenweit entfernt von Brahmenien und allem, was dazugehörte, war, fühlte sie sich auf einmal schutzlos.

»Ich will nicht leugnen, dass Rania meinen Vater geliebt hat. Das glaube ich auch heute noch, obwohl einige meiner Schwestern anderer Meinung sind. Aber ich denke, dass ihre Gefühle zumindest nicht ganz gespielt waren. Wie es heute um sie steht, weiß ich nicht. Trotzdem …«

Verunsichert strich sie sich durch die Haare und ließ die Strähnen einzeln durch ihre Finger gleiten. Das hier fiel ihr schwer – schwerer, als sie zunächst angenommen hatte. Ihr kam es so vor, als läge ein Gewicht auf ihrer Brust – oder sogar ein Wesen, das sie daran hinderte, weiterzureden. Als wollte eine Macht sie abhalten, die Wahrheit auszusprechen. Doch gerade deshalb musste sie weitermachen. Sie durfte sich nicht länger verstecken. Wenn es auch nur eine winzige Chance gab, den Fluch zu brechen, würde sie diese nutzen.

»Mein Vater hat Rania geliebt. Aber seine Töchter hat er noch viel mehr geliebt. Irgendwann hat sie es gemerkt. Doch anstatt sich darüber zu freuen, dass sie trotz allem eine wichtige Rolle im Leben meines Vaters spielte, wuchs die Eifersucht in ihr.

Anfangs waren es kleine Sticheleien. Sie wurde zunehmend unfreundlicher zu uns, hat uns irgendwann ganz ignoriert. Auf Penelopé hat sie beispielsweise einen Diener angesetzt, der ihr nachstellte und sie Tag und Nacht beschattete, sodass sie beinahe umkam vor Angst. Tatjana wurde eine Nacht lang nicht ins Schloss gelassen, weil sie zu lange reiten gewesen war und Rania dem Personal verbot, ihr zu öffnen.«

Gedanklich war Estelle schon bei ihrer Schwester Genevieve, aber Ayden unterbrach sie.

»Moment mal«, sagte er, sein Blick voller Verwirrung. »Hast du gerade *Schloss* gesagt? Und *Diener*?«

Estelle brauchte einen Augenblick, bis sie begriff. Doch als sie erkannt hatte, worum es dem Jäger ging, nickte sie.

»Anscheinend habe ich dir ein kleines Detail verschwiegen«, murmelte sie entschuldigend.

Mit hochgezogener Augenbraue fragte Ayden: »Ach ja?«

»Ich bin eine Prinzessin«, verkündete Estelle unter leisem Seufzen. »Mein Vater ist der König von Brahmenien und irgendwann werde auch ich Königin sein.«

Ayden klappte die Kinnlade herunter.

»Alles in Ordnung?«, erkundigte sich Estelle vorsichtshalber.

Noch immer stand Aydens Mund offen. Die Prinzessin erkannte, wie es in ihm zu arbeiten begann.

»Du bist eine Prinzessin?«, wiederholt er ungläubig. »Und du wirst mal Königin?«

»Sieht so aus«, entgegnete sie, während sie ihn entschuldigend anlächelte.

»Verdammt!«, rief Ayden und biss sich auf die Unterlippe. »Wieso … wieso hast du das nicht vorher gesagt? Ich … ich habe dich behandelt … wie eine gewöhnliche Frau. Habe dich … in dieses Kleid gesteckt, das gerade gut genug für ein Bauernmädchen ist, und …« Fahrig fuhr er sich durch die Haare.

Ayden war im Begriff, aufzuspringen, aber Estelle hinderte ihn daran, indem sie ihn fest am Arm packte.

»Ayden, du hast nichts von alldem gewusst«, sagte sie mit Nachdruck in der Stimme. »Woher auch? Ich habe dir ja nichts verraten. Außerdem sieht man mir meine Herkunft nicht an.« Schaudernd dachte sie an das zerfetzte Kleid zurück, das sie am Schwanensee getragen hatte.

»Wie kann man nur so dumm sein?«, murmelte der Jäger weiterhin. »Ich fasse es nicht, wie ich mit dir umgegangen bin!« Er schlug sich mit der flachen Hand gegen die Stirn.

»Hör auf damit!«, rief Estelle, die an seinem Arm riss. »Hör auf!«

Mit glasigen Augen sah er sie an. »Hoheit, ich …«

»Nein! Fang jetzt nicht damit an! Bitte.« Hatte ihre Stimme am Anfang noch entschieden geklungen, war sie nun dünn wie Seidenpapier. »Du hast mich gut behandelt, Ayden«, flüsterte sie.

»Verdammt noch mal, ich habe eine Prinzessin angeschossen!«, rief dieser aber nur. Über diese Erkenntnis schüttelte er fassungslos den Kopf.

Estelle tat ihr Möglichstes, um Ayden zurück in die Wirklichkeit zu holen, aber er schien nichts mehr wahrzunehmen außer seiner tiefen Reue.

Dieses Mal sprang er auf, noch bevor sie ihn daran hindern konnte. Überstürzt lief er über die Wiese, drehte Runden ohne Sinn und Struktur, redete mit sich selbst und wirkte schlichtweg wahnsinnig.

Estelle seufzte. Vielleicht wäre es besser gewesen, ihm ihr blaues Blut ganz zu verschweigen. Aber wie hätte sie seine Reaktion auch nur erahnen können? Immerhin hatte sie den Jäger als gelassenen Mann kennengelernt. Da war es unwahrscheinlich erschienen, dass ihn eine Zusatzinformation so aus der Haut fahren ließ.

Weil Estelle sich nicht anders zu helfen wusste, stand sie ebenfalls auf und ging auf den Jäger zu, der die Hände in die Luft geworfen hatte, während er wiederholt den Kopf schüttelte.

»Ayden, hör auf damit«, sagte sie bestimmt. »Du machst dich noch zum Gespött.«

Immerhin sah er sie nun an. »Zum Gespött? Ich glaube, das habe ich bereits hervorragend erreicht. Ich fasse es nicht! Du musst denken, dass ich keine Manieren habe, dass ich nur der Bauerntölpel bin, als der ich geboren wurde.«

Estelle schüttelte entschieden den Kopf. »Du hast mich aus meiner Einsamkeit geholt, mich versorgt und nur für mich eine Schneiderei betreten. Du bist nicht weggelaufen, als ich mich in einen Schwan verwandelt habe. Überhaupt hast du niemandem verraten, welches Geheimnis ich mit mir herumtrage. Du hättest weglaufen können, nachdem du gesehen hast, wozu ich in der Lage bin. Stattdessen bist du *geblieben*, um mir zu *helfen*. Ja, Ayden, das hört sich nach furchtbaren Manieren an.«

Endlich hörte er auf, seine Runden der Verzweiflung zu drehen. Sprachlos sah er Estelle an.

»Du hast mir Mut gemacht, meine Träume zu leben«, fuhr die Prinzessin fort. »Und auch wenn ich andere Dinge im Blick haben muss, hast du mich an das Gefühl erinnert, wie es ist, in der Musik zu versinken und alles zu vergessen. Dafür danke ich dir.« Sie trat einen Schritt auf ihn zu und legte ihm die Hand auf die Schulter. »Ich hätte den See wahrscheinlich nie verlassen, wenn du nicht gewesen wärst. Und obwohl ich es am Anfang gehasst habe, dass ich dich einfach nicht loswerde, weiß ich jetzt, dass es das Richtige war. Ich habe ein gutes Gefühl bei der Sache. Außerdem will ich nicht, dass es so endet.«

»Wenn ich gewusst hätte …«, beteuerte er.

»Ja, was wäre dann gewesen? Du hättest mich mit Titel angeredet und mich vielleicht gesiezt. Und das ist auch schon alles.«

»Ich habe kein Recht, so freundschaftlich mit dir umzugehen.« Sein Blick war traurig, seine Augen wirkten wie schwarze Löcher.

»Dann erteile ich dir dieses Recht.« Selbstbewusstsein durchströmte Estelle.

Schon wieder schüttelte Ayden den Kopf.

»Na gut«, meinte die Prinzessin pikiert. »Wenn du das Recht aus eigenen Stücken nicht haben willst, dann eben durch einen Befehl. Ich befehle dir, genau so mit mir umzugehen, wie du es bisher getan hast.«

»Soweit ich weiß, ist das nicht Euer Land, Prinzessin. Hier gibt ein anderer König die Befehle.« Widerstand flackerte in Aydens Augen, doch auch den nutzte Estelle.

»Umso besser. Wenn ich hier ohnehin nichts zu sagen habe, bringt es auch nichts, mich mit *Prinzessin* anzureden. Das wäre dann ja nur eine Floskel.«

Als sie dem Jäger in die Augen sah, wusste sie, dass sie gewonnen hatte. Wahrscheinlich würde es noch eine Weile dauern, bis er sich nicht mehr zierte, aber der Widerstand in seinem Blick war gebrochen.

Ein Gefühl des Triumphs nahm von Estelle Besitz. Sie streckte Ayden die Hand entgegen. »Nur weil du jetzt weißt, dass ich eine Prinzessin bin, heißt das nicht, dass sich etwas in mir geändert hat. Ich bin immer noch dieselbe. Und es stört mich nicht, wenn du mich beim Vornamen nennst. Nicht im Geringsten.«

Der Jäger presste die Lippen aufeinander, sodass sie nur noch einen schmalen Strich bildeten. Er blickte auf Estelles ausgestreckte Hand, als wüsste er nicht, was er damit anstellen sollte.

»Ayden, ich bin weit weg von zu Hause. In diesem Land kennt man Brahmenien nicht einmal. Sieh es als neutrale Zone an. Als einen Landstrich, in dem sich zwei Menschen begegnet sind. Ein Mann und eine Frau.«

Endlich hob er seine Hand. Es verging eine weitere Ewigkeit, bis er seine Finger um die von Estelle schloss.

»Danke«, flüsterte sie. »Das bedeutet mir viel.«

10

Ayden

Als er wieder neben ihr auf der Decke lag, war er noch immer aufgewühlt. Die Information, dass sie keine gewöhnliche Frau, sondern eine Hochwohlgeborene war, hatte ihn derart überrumpelt, dass er nicht wusste, wie er darauf reagieren sollte. Natürlich wäre er Estelle vollkommen anders begegnet, hätte er dies vorher gewusst.

Aber wenn er ehrlich war – aufrichtig zu sich selbst –, stellte das nur einen Teil des Problems dar. Einen kleinen, winzigen Teil. Es war der, über den er mit Estelle reden konnte, der, den sie verkraften würde. Den anderen aber musste er für sich behalten.

Schon für seine eigenen Gedanken schämte er sich so sehr, dass er die Augen schloss. Weil er es nicht ertrug, wie sie neben ihm lag. So rein, so unbefleckt, so jungfräulich.

Ayden holte tief Luft.

Sie war eine Prinzessin. Und damit unerreichbar für ihn.

Zeit seines Lebens hatte sich der Jäger nicht wirklich für Frauen interessiert, auch wenn seine Freunde das nie verstehen wollten. Sie waren alle auf der Jagd, auch Ayden – aber er schoss Tiere.

Er hatte nie vorgehabt, sein Leben allein zu verbringen, war sich aber sicher, dass die Richtige schon kommen würde, wenn es an der Zeit war. In stillen Momenten malte er sich ein einfaches Leben aus: ohne all den Schnickschnack, aber eine Existenz, die ihn mit Freude erfüllte. Er sah sich, seine Frau und Kinder. Vielleicht zwei oder drei. Das genügte, um glücklich zu sein. In stillen Momenten stellte er sich vor, wie es wäre, nach einem langen Tag heimzukommen und eine warme Mahlzeit vorzufinden.

Bis zu diesem Zeitpunkt war Ayden nie verliebt gewesen, er hatte sich nicht auf der Suche befunden.

Aber jetzt ... Er öffnete die Augen ... Jetzt, wo Estelle neben ihm lag, die Wangen so blass wie das Mondlicht, die Lippen herzförmig und voll – da tat sich etwas in seinem Inneren. Nie zuvor hatte er so etwas empfunden, sein Herz klopfte dauerhaft viel zu schnell. Wenn Estelle ihn ansah, musste er manchmal schlucken.

Daran, dass sie ihm den Atem raubte, hatte er sich längst gewöhnt.

Er mochte sie.

Er mochte sie unheimlich gern.

Und genau darin lag das Problem.

»Rania wurde uns gegenüber immer unfreundlicher«, fuhr Estelle mit ihren Erzählungen fort. Ihre linke Hand strich durch das Gras, die rechte hatte sie auf ihren Bauch gebettet. »Wir suchten das Gespräch mit ihr. Um genau zu sein, war es Tatjana, aber Rania leugnete alles und meinte, wir würden Geister sehen. Auch als wir mit meinem Vater sprachen, stießen wir auf taube Ohren. Er sagte, dass wir uns erst daran gewöhnen müssten, eine neue Mutter zu haben.«

Traurig schüttelte sie den Kopf.

»Ranias Sticheleien wurden schlimmer. Ich … Sie … Als ich einmal …«

Abrupt brach Estelle ab. Ihr Kinn bebte, der Blick hing starr am Firmament. Ayden merkte, wie sie mit sich rang.

»Sie … hat mir ein Leid zugefügt«, brachte sie dann heraus und drehte sich zu ihm um.

Die Züge des Jägers verhärteten sich. Seine Miene wurde fragend. »Was hat sie getan?«, wollte er wissen. Unwillkürlich ballte sich seine linke Hand zu einer Faust.

»Einmal … als ich Tatjanas Stute füttern sollte, brach im Stall ein furchtbares Feuer aus«, erzählte Estelle stockend.

Ihre linke Hand ruhte auf einer Stelle ihres rechten Armes. Beinahe, als wollte sie etwas verdecken. Ayden richtete sich auf, blickte nun auf sie hinab.

»Das Feuer hat sich so schnell ausgebreitet. Durch den Rauch war ich kurz blind. Ich … habe nichts mehr gesehen, wusste kaum, was ich tun sollte. Die Pferde sind geflohen, waren schneller als ich …«

Entsetzen spiegelte sich in den Augen der Prinzessin wider. Ihr Blick war glasig – voller Schrecken bei der Erinnerung an eine Vergangenheit, die sie noch nicht hinter sich gelassen hatte.

»Irgendwann habe ich den Ausgang gesehen, bin auf das offene Tor zugerannt. Kurz bevor ich draußen war, löste sich ein Holzbalken und …« Sie schluchzte.

In Ayden wuchs das Bedürfnis, sie in den Arm zu nehmen. Nur mühsam widerstand er dem Drang, sie an sich zu pressen und ihr zu versichern, dass alles gut werden würde.

»Diese Verbrennung wird mich immer daran erinnern, dass es auch anders hätte ausgehen können«, sagte sie dann und zog ihre linke Hand weg, sodass er freie Sicht auf ihren Unterarm bekam.

Eine lange Narbe zog sich über die sonst makellose Haut. Ayden zog scharf die Luft ein.

»Rania wollte mich töten«, fuhr Estelle fort. »Ich habe sie gesehen, als ich endlich aus dem Stall herauskam. Ich war voller Angst und wusste kaum mehr, wo oben und unten ist. Das Erste, was ich wahrnahm, war meine Stiefmutter, die vor dem Stall stand. Ein boshaftes Lächeln auf den Lippen.« Sie seufzte tief.

»Unglaublich!«, entwich es Ayden. »Sie hat kein Recht, dir so etwas anzutun!«

Zorn loderte in ihm auf, durchflutete seinen Körper, bis er nichts mehr war als brennendes Feuer. Bewegt sah er Estelle an. Nie zuvor hatte er Wut auf eine Unbekannte empfunden, aber wenn er nur an Rania dachte, wollte er sie am liebsten zwischen seinen Fingern zerquetschen.

»Ich hoffe, dass sie ihre gerechte Strafe bekommen wird! Ich hoffe, dass sie elendig verreckt und …«

Zu seiner Überraschung hob Estelle die Hand und legte den Zeigefinger vor Aydens Mund. »Lass mich zu Ende erzählen«, bat sie, woraufhin er schweigend nickte.

Sein Körper bebte von all dem unterdrückten Zorn, trotzdem zwang er sich, Estelles Erzählungen weiterhin zuzuhören.

»Ich hasse mich selbst dafür, aber ich fing an, Angst vor ihr zu bekommen. Jedes Mal, wenn ich sie sah, zitterte ich und schaute mich nach einem Fluchtweg um. Meine Schwestern fühlten sich ähnlich, nur Tatjana bot ihr ab und an noch Paroli. Doch allgemein war unser Widerstand gebrochen. Rania hätte sich damit zufriedengeben können, aber es reichte ihr nicht. Nur wenige Wochen nach dem Brand zeigte sie ihr wahres Gesicht.«

Estelles Blick veränderte sich. Traurigkeit entwich ihm, Härte haftete ihren Zügen an.

»Rania steht auf der Seite der dunklen Magie, auf der Seite des Bösen. Das wussten weder mein Vater noch wir Schwestern. Ich weiß nicht, wieso sie dies so lange geheim gehalten hat … immerhin wollte sie uns ja schon früher loswerden … Aber vielleicht war sie nach der Hochzeit noch nicht stark genug und es hat eine Weile gedauert, bis sie genügend magische Kräfte beisammenhatte, um den Fluch zu sprechen. Wahrscheinlich hätte sie meine Schwestern und mich getötet, wenn es ihr möglich gewesen wäre, aber zum Glück ist das Böse nicht allmächtig. So auch nicht ihr Fluch.«

»Fluch?«, wiederholte Ayden leise.

Estelle nickte. »Ich habe dir ja erzählt, dass in Brahmenien meistens die Sonne scheint. Aber an diesem Abend regnete es fürchterlich. Mein Vater hatte sich eine Erkältung zugezogen und war bereits schlafen gegangen. Meine Schwestern und ich saßen noch im Salon. Es war kurz nach dem Abendessen, als Rania zu uns kam. Sie trug ein schwarzes Kleid, das ihr etwas Böses verlieh. Valyra hat einmal gesagt, dass sie eine dunkle Aura hat, und in diesem Moment habe ich ihr geglaubt. Mit einem Zauberspruch schloss Rania die Türen des Salons, sodass niemand entkommen konnte. Und dann sprach sie den Fluch über uns.«

»Deshalb bist du ein Schwan?«, mutmaßte Ayden.

Sie nickte. »Deshalb bin ich ein Schwan. Deshalb bin ich hier. Rania hat uns alle an unterschiedliche Orte katapultiert. Wir wissen nicht, wo wir sind, aber unser Zuhause ist meilenweit entfernt. Rania wusste, dass mein Vater sie nur an erster Stelle sehen würde, wenn es uns nicht mehr gibt. Solange er ums uns trauert, kann sie seine Stütze sein.«

»Aber … wird er nicht wissen, was sie getan hat? Und sie dafür hassen?«

Freudlos lachte Estelle auf. »Ich denke nicht, dass sie sich so leicht zu erkennen gibt. Mein Vater war schon immer blind für ihre dunklen Machenschaften, hat uns nie geglaubt und stets gesagt, wir würden aus einer Mücke einen Elefanten machen. Rania hat sich ihm gegenüber wie eine liebende Ehefrau verhalten – und ich bin mir sicher, dass sie eine Erklärung gefunden hat, wieso wir auf einmal verschwunden sind.«

»Dein Vater glaubt ihr sicher nicht«, beteuerte Ayden.

»Du kennst ihn nicht«, hielt Estelle traurig dagegen. »Du weißt nicht, wie sehr sie ihn für sich eingenommen hat. Mein Vater wird auf jeden Fall um uns trauern – vielleicht sogar für immer. Aber dass seine Frau hinter all dem steckt, daran wird er nicht einmal im Traum denken.«

Ayden schüttelte den Kopf. Sein Lebenslauf hatte ihn in die ärmsten Viertel des Landes getrieben, aber noch nie war ihm die Ungerechtigkeit so bewusst geworden wie durch Estelles Geschichte.

»Was ist mit deinen Schwestern? Wo sind sie? Woher weißt du, dass …«

Abermals hob sie ihren Zeigefinger. »Eins nach dem anderen, Ayden. Ich bin noch nicht am Ende der Geschichte.

Der Moment im Salon ist der letzte, an den ich mich erinnern kann. Danach bin ich in der Gestalt eines Schwans aufgewacht, in einer Welt, die mir fremd war. Ich bekam es mit der Angst zu tun – war die ersten Tage wie gelähmt. Ich wusste, dass Rania hinter all dem steckte, hatte aber keine Ahnung, wie ich die einzelnen Begebenheiten miteinander verknüpfen sollte.

Am Anfang habe ich oft versucht, weg von hier zu kommen, bin sowohl in der Schwanen- als auch in der Menschengestalt unterwegs gewesen und habe das Land nach einem Anhaltspunkt abgesucht, der mir bekannt vorkam. Aber … der Wald war tief und als Schwan konnte ich nicht mit den Menschen reden. Außerdem war es mir unangenehm, mich zu verwandeln. Ich hatte Angst, dass man Jagd auf mich machen würde. So zog ich mich immer mehr zurück und verließ den Schwanensee kaum noch.«

Ergriffen schloss Estelle die Augen.

»Ich hatte keinerlei Anhaltspunkte, wieso ich in diesem Land bin und was ich tun kann, um wieder zurückzukommen. Und doch gab es da etwas, das ich erst im Nachhinein als wichtig angesehen habe.«

»Der Zettel«, wusste Ayden. »Das Rätsel.«

»Ganz genau.« Estelle öffnete die Augen und musterte den Jäger. »Als ich in diese Welt gekommen bin, hatte ich nichts außer meiner Halskette, diesem Zettel und den Sachen, die ich am Leib trug.«

»Deshalb willst du das Rätsel unbedingt lösen«, schlussfolgerte Ayden. »Du glaubst, dass du zurückkommst, wenn du es verstanden hast.« Sein Blick verdunkelte sich, als ihm ein Gedanke kam. »Aber … warum sollte Rania dir einen Hinweis hinterlassen? Sie wollte euch doch loswerden.«

Estelle kniff die Lippen fest zusammen, als sie ihm antwortete. Ihrem Gesicht hafteten nun strenge Züge an. »Böse Magie ist nicht allmächtig. Sie kommt mit einem Preis. Meine Mutter hat uns immer gelehrt, dass man jeden Fluch brechen kann. Vielleicht hatte Rania nicht die Macht, uns ohne Hinweis zurückzulassen. Wie auch immer die Dinge stehen, jede von uns hat ein Rätsel bekommen.«

»Jede? Aber woher weißt du das?« Irritiert kniff er die Augen zusammen.

»Ich … bin in Kontakt mit meinen Schwestern«, gab sie mit einem Zögern in der Stimme zu. Bevor er nachhaken konnte, fuhr sie fort. »Auch darauf kann ich mir keinen wirklichen Reim machen, aber wenn ich schlafe, sehe ich meine Schwestern.«

»Du träumst also von ihnen?«

Entschieden schüttelte sie den Kopf. »Es ist kein Traum. Dafür ... fühlt es sich zu real an. Außerdem gibt es ... gewisse Regeln.« Estelle schien über ihre eigene Wortwahl verwundert. »Ich treffe meine Schwestern in einer Art Kuppel. Es ist ein völlig leerer Raum, der mit Glas überspannt ist. Nichts befindet sich in ihm, außer uns. Ich sehe sie nicht jede Nacht, aber in halbwegs regelmäßigen Abständen.«

»Sind deine Schwestern weit weg? Kannst du sie vielleicht auch im ... echten Leben aufsuchen und ...?« Ein Plan formte sich in Aydens Gedanken, der durch Estelles Kopfschütteln zunichtegemacht wurde.

»Nein. Ich weiß nicht, wo sie sind. Das ist ja das Komische. Wir dürfen uns sehen und miteinander reden – über die Vergangenheit und allgemeine Sachen, aber sobald eine von uns versucht, den anderen zu erzählen, wo sie sich aufhält ... kann sie nichts mehr sagen. Ein bisschen ist es so, als würde die Zunge einschlafen.«

»Aber du kannst mit mir reden«, stellte Ayden fest. »Wie kommt das?«

Estelle zuckte mit den Schultern. »So genau weiß ich das auch nicht. Vielleicht reicht der Fluch nur so weit, dass er meine Schwestern betrifft. Vielleicht kann ich aber auch mit dir reden, weil du selbst hinter mein Geheimnis gekommen bist.«

Ayden legte die Stirn in Falten. »Das heißt, du hast keine Ahnung, was deinen Schwestern passiert ist?«

Traurig sah sie ihn an. »Das stimmt. Ich kann nur Vermutungen anstellen, was wahrscheinlich viel schlimmer ist, weil ich mir Dinge ausmale ...«

Von Gefühlen überwältigt, presste Estelle sich die Faust vor den Mund und schluchzte leise.

»Meine kleine Valyra ... ich will nicht, dass sie leidet ...«, sagte sie mit zitternder Stimme. »Ich weiß gerade einmal so viel, dass meine Schwestern auch alle einen Zettel mit einem Rätsel bekommen haben«, fuhr sie mit bebender Stimme fort. »Was darauf steht ... das kann ich nur vermuten. Leider weiß ich aber mit Sicherheit, dass sie ebenso ratlos sind, was ihre Aufgabe betrifft. Niemand scheint ... einen Anhaltspunkt zu haben.«

»Niemand – außer dir«, berichtigte Ayden.

Überrascht sah die Prinzessin ihn an, als wäre ihr der Gedanke noch nie gekommen. »Noch habe ich gar nichts geschafft«, erwiderte sie.

»Aber die Möglichkeit besteht.«

»Ich werde den Tag nicht vor dem Abend loben. Ohne meine Schwester Valyra wäre ich ohnehin nicht hier. Ich habe ihr versprochen, dass ich es noch ein einziges Mal versuche. Dass ich mich noch einmal mit dem Rätsel beschäftige.«

»Klingt so, als wäre ich genau zur richtigen Zeit gekommen«, meinte Ayden lächelnd. Es war ein verzweifelter Versuch, die ernste Stimmung aufzulockern.

»Falls wir es schaffen, das Rätsel zu lösen, dann hast du recht.«

Für einen Moment hing sein Blick an ihrem, er nahm jedes Detail ihres Gesichts in sich auf.

»Irgendeinen Weg gibt es, diesen Fluch zu brechen. Da bin ich mir ganz sicher. Wir müssen nur alles ausprobieren«, sagte die Prinzessin schließlich. Auf ihre Wangen hatte sich eine leichte Röte gelegt, die ihr Lebendigkeit verlieh.

Ayden lächelte. »Ich glaube an dich«, sagte er dann und meinte es auch so.

»Danke«, entgegnete sie schüchtern.

»Vielleicht sind deine Schwestern ja auch kurz davor, ihr Rätsel zu lösen, und konnten es dir nur nicht sagen«, mutmaßte er.

Auf einmal glitt ein dunkler Schatten über Estelles Gesicht.

»Was hast du?«, fragte der Jäger.

»Ich habe dir noch nicht alles erzählt. Es gibt ein Detail, das du noch nicht kennst«, begann sie mit leerem Blick. »Nicht alle meine Schwestern sind in der Scheinwelt. Um genau zu sein, sehe ich nur vier. Eine fehlt. Arabella hat es nie an diesen Ort geschafft.«

»Vielleicht ... hängen eure Rätsel irgendwie zusammen und ihres nicht«, überlegte Ayden laut.

»Vielleicht ist sie aber auch tot«, flüsterte Estelle und schlang schützend die Arme um ihren Oberkörper. »Ich trage schon lange diesen schrecklichen Gedanken mit mir herum, aber ich traue mich nicht, ihn meinen Schwestern gegenüber zu äußern. Dadurch wird das Ganze so ... real. Und genau das möchte ich nicht. Arabella nie wiederzusehen ...« Estelles Stimme versagte.

»Steiger dich nicht in etwas hinein, das du nicht mit Gewissheit weißt«, schaltete sich Ayden ein. Er war schon immer ein Realist gewesen und hielt nichts von Mutmaßungen.

»Ich weiß, ich weiß«, beteuerte Estelle. »Aber manchmal macht es mich wahnsinnig, es nicht zu wissen. Dunkle Magie ist komplex, demnach kann Arabella überall sein ...«

»Das Beste wäre es, wenn du dich erst mal auf dich konzentrierst«, schlug Ayden vor. »Deine oberste Priorität sollte das Rätsel sein.«

Die Prinzessin nickte.

Es breitete sich eine tiefe Stille zwischen den beiden aus. Estelle lag auf dem Rücken, den Blick auf das Firmament geheftet. Ayden fragte sich, ob sie die goldenen Lichter wirklich wahrnahm oder mit ihren Gedanken noch immer ganz woanders war.

Stumm betrachtete er sie, wie gebannt von ihrer Schönheit. Gleichzeitig breitete sich ein unangenehmes Gefühl in seinem Herzen aus. Er würde sie nie bekommen. Würde nie an ihrer Seite leben dürfen. Dafür war sie viel zu weit weg. Unerreichbar für einen einfachen Jäger.

Aber, das schwor sich Ayden, er würde ihr helfen. Er würde alles dafür geben, dass sie in ihre Heimat zurückkehrte und ihre Schwestern wiedersah. Entschlossenheit durchflutete ihn.

Er würde ihr helfen.

Erst als er die Augen aufschlug, wurde ihm bewusst, dass er eingeschlafen war. Verwirrt nahm er den blauen Himmel über sich wahr, nach goldenen Sprenkeln suchte er vergebens. Abgeschieden lag die Wiese da, als hätte das Spektakel der Nacht nie stattgefunden. Gerade wollte er Estelle wecken, die wahrscheinlich auch eingeschlafen war, als er erschrocken zusammenzuckte.

Neben ihm lag nicht die Prinzessin.

Sondern ein Schwan.

Ayden schalt sich selbst, schließlich hätte er daran denken müssen. Die Nacht war gegangen, der Morgen hatte Einzug gehalten. Bis die Sonne unterging, würde Estelle nun wieder die Gestalt eines Schwans besitzen.

Neugierig betrachtete er den weißen, majestätisch aussehenden Vogel, der die Augen geschlossen hatte. Im Licht des Morgens sah er friedlich aus.

Ayden lächelte leicht, gleichzeitig machte er sich Vorwürfe. Hatte er ihr nicht versprochen, sie an einen See zu bringen? Nun waren sie beide eingeschlafen und das nächste Gewässer war wahrscheinlich zu weit weg. Er biss sich auf die Unterlippe. Morgen musste er daran denken!

Nachdem er den schlafenden Schwan eine Weile gemustert hatte, fing Ayden an, das Zelt aufzubauen. Auch er musste zu Kräften kommen, weshalb ihm weitere Stunden der Ruhe guttun würden.

11

Estelle

Penelopés Lippen waren blau angelaufen. Das fiel ihr sofort auf. »Geht es dir gut?«, fragte Estelle mit Panik in der Stimme.

Überstürzt lief sie auf ihre Schwester zu, die den Blick auf den Boden gerichtet hatte. Als Estelle ihre Haut berührte, erschrak sie.

»Du bist ja eiskalt!«, rief sie, sich die Hand vor den Mund haltend.

Penelopé reagierte nicht. Ihr Blick war glasig, als würde sie durch Estelle hindurchschauen.

»Mein Gott, was passiert mit dir?«, fragte sie mit bebender Stimme und schloss die junge Frau in ihre Arme.

»Mir ist so kalt«, sagte ihre Schwester endlich, die Stimme ein Hauch von Nichts.

Beruhigend strich Estelle ihr über den Rücken, küsste dann ihre Stirn. »Du bist hier in Sicherheit, es wird dir nichts geschehen.«

Penelopé warf ihr einen Blick zu, in dem die Trauer eines ganzen Landes steckte. Zum ersten Mal fiel Estelle auf, dass ihr Gesicht einge-

fallen war, die Mundwinkel herabhingen und Penelopé viel von ihrer einstigen Lebendigkeit eingebüßt hatte.

»Du befreist uns doch, oder, Estelle? Du schaffst es?«, fragte Valyra auf einmal und stellte sich neben die älteste der Prinzessinnen.

Dieser wurde schwer ums Herz. Sie wandte sich ihrer kleinen Schwester zu. »Ich tue, was ich kann.«

»Mir kommt es so vor, als geht es nicht mehr voran«, flüsterte Penelopé. »Als erleben wir jeden Tag das Gleiche und nichts ändert sich.«

»Irgendwann wird sich etwas ändern«, verkündete Estelle mit mehr Hoffnung in der Stimme, als sie eigentlich verspürte.

Tatjana, die das Gespräch der Schwestern mit angehört hatte, näherte sich. Ihr zartgelbes Kleid stand ihr äußerst gut zu Gesicht, aber genau in diesem zeichneten sich Wut und Zorn ab.

»Was hast du, Tati?«, fragte Penelopé vorsichtig.

Auch Estelle wollte wissen, welche Laus ihr über die Leber gelaufen war.

Tatjana stampfte mit dem Fuß auf den Boden. »Ich habe es so satt!«, schrie sie und drehte sich in einem Schwung um.

»Estelle«, Valyra klang ängstlich, »was ist mit Tati los?«

Seufzend schüttelte die Älteste den Kopf. »Ich weiß es nicht. Leider weiß ich es nicht.«

»Und wieso sitzt Ginny da hinten so komisch in der Ecke?«

»Hm?«

Ohne Valyra loszulassen, drehte sich Estelle um. Genevieve war ihr vorher noch gar nicht aufgefallen, aber jetzt runzelte sie irritiert die Stirn. Ihre Schwester hatte sich auf den Boden gesetzt, die Beine übereinandergelegt. Auf ihren Lippen lag ein wahnsinniges Lächeln und ihr Körper zuckte, als stünde er unter Schock.

»Genevieve?« Estelle eilte auf sie zu, Valyra zog sie mit sich. »Genevieve, was ist los?«

Anstatt zu antworten, lachte die Prinzessin. Es war ein grausames, verrücktes Lachen, das alle erzittern ließ.

»Estelle, Ginny macht mir Angst«, heulte Valyra, die sich eng an die Älteste gepresst hatte.

Diese ging in die Knie, sodass sie Genevieve in die Augen sehen konnte. Vorsichtig legte sie ihr die Hand auf die Schulter. »Was ist los, Ginny?«

Aber ihre Schwester war nicht ansprechbar. Sie lachte weiterhin. Laut, wahnsinnig und fern jeglicher reellen Wahrnehmung. Genevieves Augen waren zu Schlitzen verengt, die hohen Wangenknochen traten hervor.

»Verdammt, Ginny«, zischte Estelle, die ihr Feingefühl verloren hatte und nun an der Schulter ihrer Schwester rüttelte. Valyra versteckte sich hinter ihrem Rücken. »Sag endlich, was mit dir los ist!«

Estelle wusste sich nicht anders zu helfen und fuchtelte mit der Hand vor Genevieves Augen herum. Vielleicht stand sie unter einem bösen Bann, war mit einem Zauber belegt worden, der ihre Wahrnehmung trübte.

»Siehst du mich, Ginny?«, hauchte sie.

Und da änderte sich etwas. Abrupt hörte ihre Schwester auf, zu lachen. Zum ersten Mal schaute sie die Älteste wirklich an. Ihr Blick gefror, als sie sie zu erkennen schien. Plötzlich erstarb das Lächeln auf ihren Lippen. Von einer Sekunde auf die andere verwandelte sich ihr Gesicht in eine Fratze des Zorns.

Und dann fing sie an, zu schreien.

Verzweifelt presste sich Estelle die Hände auf die Ohren, hatte Angst, an dem Lärm, der ihr durch Mark und Bein drang, zugrunde zu gehen. Valyra schluchzte.

Panisch nahm die älteste der Schwestern wahr, wie Genevieve aufsprang. Nun stand sie Estelle gegenüber, die wie Espenlaub zitterte.

Sie sah ihrer Schwester in die Augen und erkannte darin alles, was sie nicht sehen wollte: Wahnsinn, Gier, Wollust. Genevieves Lippen waren aufgesprungen, ein feines Rinnsal Blut quoll aus ihnen. Ihr Gesicht hatte einen tiefen Rotton angenommen, als wäre sie zu schnell gelaufen. Oder … als verspürte sie einen tiefen Groll.

Als Estelle Genevieves schlanke Finger an ihrer Kehle spürte, wusste sie, dass es sich nur um Letzteres handeln konnte.

Der Schrei erstarb, schon sah sie das Ende kommen, als Tatjana aus dem Schatten trat, Genevieve am Schlafittchen packte, sie nach hinten wegzog und hart auf den Boden fallen ließ.

Estelle würgte, schnappte nach Luft und holte verzweifelt Atem. Panik breitete sich in ihr aus und obwohl ihre Kehle wieder frei war, spürte sie noch immer Genevieves Klammergriff darum.

»Wa…«, röchelte sie und wurde von einem Hustenanfall heimgesucht. Sie beugte sich nach vorn, musste sich an Valyra festhalten, um nicht das Gleichgewicht zu verlieren.

»Estelle«, quengelte diese ängstlich. »Estelle, was ist los?«

Die Atemzüge der Prinzessin kamen nur in unregelmäßigen Abständen, gepresst und abgehackt. Ihr wurde schwindlig, wieder und wieder fasste sie sich an die Kehle, schob imaginäre Hände weg. Der Raum um sie sank in sich zusammen, wurde immer kleiner und drohte sie zu ersticken.

Irgendwann fand sie sich auf dem Boden wieder, wo sie in Valyras Armen zusammenbrach. Zitternd strich ihre kleine Schwester über ihren Rücken, wiegte sie, als wäre sie ein Kind.

Penelopé sank neben ihr auf die Knie. »Mein Gott, Estelle, geht es dir gut?«, fragte sie. In ihren Augen stand eine Angst, die ihre Schwester noch nie gesehen hatte.

»Was ist nur mit Ginny los?«, schrie Valyra.

»Sie dreht durch«, beantwortete Tatjana ihre Frage.

Sie hatte sich von hinten genähert und reckte das Kinn. Emotionslos schaute sie auf ihre Schwestern hinab.

Estelle kämpfte noch immer um Luft, aber langsam realisierte sie, dass niemand mehr sie bedrängte. Trotzdem vermied sie den Blick in die Ecke, wo Tatjana Genevieve niedergerissen hatte.

Ängstlich blickte sie zu ihrer Schwester hoch.

»Sie dreht durch«, wiederholte Tatjana. »So wie wir alle. Und sie hat recht. Wir sitzen hier schon viel zu lange fest. Wir sollten einsehen, dass es von diesem Fluch keine Erlösung gibt.« Sie machte auf den Hacken kehrt.

Valyra wimmerte, Penelopé blickte ratlos.

Schnappend holte Estelle Luft, wollte den Kopf schütteln, wollte ihrer kleinen Schwester sagen, dass es noch Hoffnung gab, solange sie lebten. Aber genau in diesem Moment wurde alles um sie herum schwarz. Die Kuppel verschwand.

Estelle öffnete ihre Augen als Schwan. Die Tatsache, dass Genevieve nicht hier war und von ihr keine Bedrohung mehr ausging, beruhigte sie nur wenig. Noch immer saß ihr der Schreck in den Gliedern.

Die Kuppel und die damit verbundene Möglichkeit, ihre Schwestern zu sehen, war mehr Fluch als Segen. Einerseits wusste sie zwar, dass sie noch am Leben waren, andererseits konnte sie weder sagen, wo sie sich aufhielten, noch, welchen Schrecken sie täglich begegneten.

Wenn sie sich Genevieve und ihre Entwicklung anschaute, musste sie zugeben, dass ihr Schicksal als Schwan beinahe … human war. Estelle kannte Ginny. Das, was sie eben getan hatte, war nicht aus freien Stücken geschehen. Aber was genau mit ihr los war, wusste sie nicht.

Vielleicht wurde sie gefoltert, vielleicht stand sie unter einem weiteren Bann. Sie konnte lediglich mutmaßen, was das Ganze erst recht frustrierend machte.

Seufzend vergrub sie den Kopf in ihrem Gefieder. Still betete sie dafür, dass sie es zusammen mit Ayden schaffen würde, das Rätsel zu lösen, und auch ihre Schwestern schon Fortschritte gemacht hatten.

Bis zu diesem Tag hatte Ginny wie immer gewirkt – aber musste das zwangsläufig bedeuten, dass sie erst seit heute litt? Oder war sie vorher in der Lage gewesen, ihren Schmerz zu verstecken?

Estelle schauderte, als sie an Ginnys Blick dachte … so voller Hass und Abscheu ihr gegenüber. Würde es nun immer so sein? Würde ihre Schwester sie hassen, wann immer sie sich sahen? Nein, so durfte sie nicht denken. Außerdem hatte sie Ayden versprochen, nur den Dingen Glauben zu schenken, die sie mit Sicherheit wusste.

Apropos Ayden.

Estelle sah sich um, aber lange dauerte ihre Suche nicht. Der Jäger hatte sein Zelt in unmittelbarer Entfernung aufgeschlagen, aber er schlief nicht, sondern saß davor.

Wollte er auf sie aufpassen? Hatte er Angst, dass sie in ihrer Schwanengestalt eine einfache Beute war?

In der Prinzessin breitete sich ein warmes Gefühl aus, da sie wusste, dass sie sich auf ihn verlassen konnte. In ihrem Leben in Brahmenien hatte stets sie diejenige dargestellt, auf die andere zugekommen waren, um Rat zu suchen. Auf eine bestimmte Art und Weise war es schön, sich selbst einmal zurücknehmen zu können.

Estelle blickte an sich hinab. Die Gestalt des Schwans hemmte sie. Wäre sie ein Mensch, wäre sie vielleicht zu Ayden gegangen. Nun blieb ihr aber nichts anderes übrig, als den Kopf in die Federn zu stecken und noch ein paar Stunden zu schlafen.

12

Ayden

Ayden saß vor dem Zelt und betrachtete den schlafenden Schwan. Bisher hatte er sich nicht getraut, sich selbst zur Ruhe zu legen, weil er Estelle nicht den Gefahren der Natur aussetzen wollte. Einen Schwan mit in sein Zelt zu nehmen – oder besser gesagt eine verzauberte Prinzessin –, kam ihm aber in mehr als einer Hinsicht verwerflich vor.

Nachdenklich spielte Ayden an einem Grashalm und biss auf seine Unterlippe. Bisher war ihre Reise ohne größere Probleme verlaufen. Wenn sie das Tempo beibehielten und keine Umwege gingen, würden sie vielleicht schon …

Mitten im Gedanken hielt er inne. Hatte er gerade ein Knacken vernommen? Er spitzte die Ohren und sah sich um, doch die goldene Nacht lag verlassen da, bis auf ihn und die Schwanenfrau.

Ayden zuckte mit den Schultern und wollte sich gerade wieder dem Grashalm zuwenden, als er erneut ein seltsames Geräusch vernahm.

Dieses Mal sprang er auf und blickte in alle Richtungen. Hielt sich möglicherweise ein Mensch in der Nähe auf?

Knack – Knack – Knack.

Trippel – Trippel – Trippel.

Das waren eindeutig Schritte. Ayden entfernte sich vom Zelt und ging in Richtung Wald, aus dem er die Schritte zu vernehmen glaubte.

Noch auf halbem Weg schalt er sich dafür, dass er seine Armbrust nicht mitgenommen hatte. Doch je weiter er ging, desto leiser wurde das Geräusch. Irgendwann erstarb es ganz. Verwundert kratzte sich der Jäger am Kopf.

Ayden wollte zum Zelt zurückrennen, um seine Armbrust zu holen, als er etwas aus den Augenwinkeln wahrnahm. Von einer Sekunde auf die andere blieb er stehen, wie vom Donner gerührt.

Am anderen Ende der Wiese stand ein ausgewachsener Bär. Er hatte braunes Fell, riesige Tatzen und war gigantisch groß.

Ayden rutschte das Herz in die Hose. Wie gelähmt starrte er das Monster an. Nur wenige Meter trennten sie voneinander. Das Herz des Jägers klopfte ihm bis zum Hals, er wusste nicht, was er tun sollte. Panisch blickte er zu Estelle, doch die schlief friedlich. Er musste sie wecken, unbedingt! Ein Bär war nicht nur für einen Menschen eine große Gefahr, sondern auch für einen Vogel.

Verdammt! Ayden biss sich auf die Lippe.

Der Bär stand starr auf der Wiese und schaute nach vorn. Wie lange würde es noch dauern, bis er sich in Bewegung setzte?

Ayden war bereits einmal einem Bären begegnet und er kannte das Gefühl der Hoffnungslosigkeit, das sich ausbreitete, wenn man wusste, dass es zu spät war. Damals hatte er Glück gehabt und konnte dem Tier entwischen. Ob ihm das heute noch einmal gelingen würde? Dazu kam, dass Estelle ebenso in Lebensgefahr schwebte.

Der Jäger riskierte einen weiteren Blick auf das haarige Ungeheuer. Der Bär war bestimmt zwei Meter groß, Aydens Armbrust würde ihm nicht das Geringste anhaben. Doch noch immer bewegte sich das Tier nicht und es sah auch nicht so aus, als hätte es ihn und den Schwan bereits gesehen. Aber witterte es sie nicht?

»Estelle!«, flüsterte Ayden – der verzweifelte Versuch, die schlafende Prinzessin aufzuwecken. Doch sie steckte ihren Kopf nur tiefer in das Gefieder.

Sie hätten hier nicht rasten sollen! Eine offene Wiese war kein sonderlich guter Ort, um die Nacht zu verbringen. Doch dieser Platz hatte so friedlich gewirkt, dass Ayden nachlässig geworden war.

Er musste Estelle wecken – unbedingt.

In diesem Moment zerriss ein markerschütterndes Knurren die Stille. Aydens Herz klopfte so schnell, dass es beinahe zersprang.

In viel zu kurzer Zeit geschahen viel zu viele Dinge auf einmal.

Estelle wurde wach.

Verwundert hob sie den Kopf, blickte sich verschlafen um.

Zeitgleich ließ sich der Bär vornüberfallen, sodass er nun auf seinen vier Pfoten stand. Er brummte noch einmal, dann rannte er über die Wiese – direkt auf Estelle zu.

Ayden wusste nicht, was er tun sollte. Vor lauter Angst waren seine Füße wie festgewachsen. Alles, was er zustande brachte, war ein Schrei: »Estelle, flieg weg!«, rief er, aber es war zu spät.

Der Bär hatte die Prinzessin fast erreicht. In Panik schlug Estelle mit den Flügeln und stieß ein Fauchen aus, aber sie schaffte es nicht mehr, vom Boden abzuheben.

Als Aydens Beine ihm wieder gehorchten, setzte er sich in Bewegung. Überstürzt rannte er über die Wiese, auch wenn eine dunkle Stimme in ihm wusste, dass es zu spät war.

Und nicht nur das.

Es war seine Schuld.

Estelle fauchte, sie schrie und kämpfte um ihr Leben. Der Bär lag nun über ihr.

Ayden brüllte. Da war so viel Schmerz in ihm, so große Schuldgefühle, dass er kurz vorm Durchdrehen war. Er sah, wie der Bär seine Tatzen um den Schwan schlang, wie er seine Klauen im Federkleid vergrub.

Und dann.

Warf er sich auf die Wiese.

Der Bär hielt Estelle umschlungen, lag auf dem Rücken und stieß ein Geräusch aus, das Ayden noch nie gehört hatte.

Verwundert blieb der Jäger stehen und betrachtete das seltsame Spektakel, das sich vor seinen Augen abspielte.

Der Bär tat dem Schwan nicht weh. Überhaupt schien er ihn nicht grob anzufassen oder ihm schaden zu wollen. Seine Tatzen lagen beinahe anmutig auf dem weißen Kleid und Ayden hätte schwören können, dass er den Schwan … *streichelte?* Dabei stieß der Bär seltsame Laute aus, die ihn entfernt an das Schnurren eines Kätzchens erinnerten.

Irgendetwas lief hier gehörig schief.

Die Augen des Schwans waren weit aufgerissen, er zitterte wie Espenlaub.

Ayden trat näher an die Szenerie heran, ließ dabei den Bären nicht aus den Augen. Noch immer hielt er den Schwan umschlungen, lag auf dem Rücken und streckte sich. Es kam sogar so weit, dass er die Augen schloss.

Ein ausgewachsener Braunbär, der auf einer Wiese mit einem Schwan kuschelt? Ayden konnte nur den Kopf schütteln. In seiner Laufbahn als Jäger hatte er bereits einiges gesehen, aber das war ihm noch nicht untergekommen.

Als er direkt vor den beiden stand, riss der Bär die Augen auf. Ayden erstarrte, da seine Angst vor dem eigentlich gefährlichen Tier noch immer nicht gebannt war. Doch der Waldbewohner schaute ihn nur schläfrig an, lockerte den Griff um Estelle und drehte sich auf die Seite. Diese schaffte es dadurch, sich freizukämpfen. Ein paar Meter watschelte sie orientierungslos über die Wiese, dann breitete sie die Flügel aus und flog los.

Ayden legte den Kopf in den Nacken, um sich die Richtung einzuprägen, in die Estelle verschwand. Dann warf er dem Bären noch einen zutiefst verstörten Blick zu und ging schließlich zurück zum Zelt.

Während er seine Habe zusammenpackte, konnte er nur wieder und wieder verwundert den Kopf schütteln. Er wusste, dass die goldene Nacht eine beruhigende Wirkung hatte. Dass sie aber Bären in Kätzchen verwandelte, war ihm neu.

Gleichzeitig spürte Ayden, wie sich Erleichterung in ihm ausbreitete. Das Ganze hätte gehörig schiefgehen können. Hätte der Bär sich normal verhalten, wäre Estelle nun tot – und das nur wegen ihm. Er nahm sich fest vor, das nächste Mal eine sicherere Stelle zu finden beziehungsweise sie nicht allein zu lassen.

Der Jäger schulterte sein Gepäck und machte sich auf den Weg. Estelles Spur zu verfolgen, war nicht so leicht, da sie sich in der Luft fortbewegte. Doch Ayden fand heraus, dass der Schwan schon in der Nähe auf ihn wartete. Estelle saß auf einem Baumstamm, die Augen noch immer vor Schock geweitet.

Als Ayden sie sah, fiel ihm ein Stein vom Herzen. Auch wenn sie aufgebracht war, so ging es ihr zumindest gut. Kurzerhand nahm er neben ihr auf dem dicken Stamm Platz und vergrub seine Hand in ihrem weichen Federkleid.

»Das ist gerade noch mal gut gegangen«, sagte er und rutschte näher an den Schwan heran. »Ich werde in Zukunft besser auf dich aufpassen.«

Ayden spürte, dass sein aufgebrachtes Herz noch immer heftig schlug. Besitzergreifend zog er Estelle an sich und fühlte sich ihr so nah, dass er ganz vergaß, dass sie im Moment ein Schwan war.

»Wir können der goldenen Nacht nur danken«, fuhr er sein Gespräch fort, das sich eher wie ein Monolog anfühlte. »Der Bär war durch die Magie, die der Ort verströmt, nicht ganz er selbst.

Ich wusste nicht, dass der Platz zu so etwas Mächtigem in der Lage ist und selbst die Kräfte eines Bärs eindämmen kann. Dennoch müssen wir besser aufpassen.«

Ayden gestattete Estelle noch eine kleine Pause, dann trug er ihr auf, sich wieder in Bewegung zu setzen. Es war sicherer, wenn sie flog und nur er sich zu Fuß weiterbewegte.

Sie setzten ihre Reise fort, bis es dämmerte und Ayden einen kleinen Tümpel entdeckte. Fasziniert nahm er wahr, wie Estelle im trüben Wasser ihre Runden drehte und sichtlich aufblühte. Er selbst baute das Zelt auf und wartete auf den Zeitpunkt, in dem die Prinzessin sich zurückverwandelte.

»Wie hast du dich eigentlich ernährt, allein am See?«, fragte er Estelle, nachdem sich die Aufregung um den Bären gelegt hatte, und nahm einen Bissen von dem Brot, das er in der Stadt erstanden hatte. Sie saßen gemeinsam vor dem Zelt, seine Laterne war ihre einzige Lichtquelle.

Estelle knabberte schon eine Weile an ihrer Scheibe Brot. »Ich habe hauptsächlich als Schwan gegessen«, sagte sie dann. »Dadurch, dass ich in einem Schloss aufgewachsen bin, wusste ich nicht, wie man … allein für sich sorgt. Nach einer Weile habe ich Beeren gefunden, die man essen konnte. Manchmal auch ein paar Pilze. Im Sommer war es leichter als im Winter.«

Mitfühlend nickte Ayden. Das Überleben in der Natur war nicht einfach, wenn Schnee und Eis um die Oberhand kämpften.

»Und als Schwan …«

»Irgendwie habe ich gewusst, wo ich Futter bekomme. Was ich essen muss, damit es mir gut geht.« Estelle griff nach Aydens Feldflasche, die sie sich an die Lippen setzte.

Der Jäger selbst hatte seine Ration aufgegessen und spielte nun an einem der Grashalme. Gern hätte er eine längere Pause eingelegt, aber wenn sie ihre Reise weiterhin im Schneckentempo fortsetzten, würden sie nie ankommen.

»Wie ... fühlt es sich eigentlich an ... ein Schwan zu sein?«, fragte er die Prinzessin vorsichtig, weil er nicht wusste, wie viel sie davon preisgeben wollte.

Umso überraschter war er, als sie ihm einen kurzen Blick zuwarf und die Schultern zuckte. »Eigentlich gar nicht viel anders, als ein Mensch zu sein. Ich denke und fühle noch genauso wie in meiner ursprünglichen Gestalt. Das Einzige, was wirklich anders ist, sind meine ausgeprägteren Sinne. Ich sehe besser und höre viel mehr.«

»Und du kannst fliegen«, steuerte Ayden bei.

Estelle lächelte leicht. »Ja, ich kann auch fliegen.«

»Wie ... wie ist das so?« Der Jäger blickte gen Himmel, an dem heute keine Sterne standen. »Manchmal, bevor ich meine Armbrust spanne, frage ich mich, wie es sich anfühlt, völlig schwerelos durch die Lüfte zu gleiten. Es muss doch ein unfassbares Gefühl sein, oder?«

Erneut wunderte sich Ayden, denn Estelle sagte: »Für Vögel fühlt sich das Fliegen so an wie das Laufen für Menschen. Es ist nichts Besonderes mehr, in dem Moment, in dem man es tut. Einzig und allein wenn man es nicht mehr kann, beginnt man, es zu vermissen.«

Damit wollte sich der Jäger nicht zufriedengeben. »Aber ... wenn man die Flügel ausbreitet, die Welt unter einem klein wird, man keinen Boden mehr unter den Füßen hat …« Er geriet ins Schwärmen, sein Blick haftete nun fest am Firmament.

Estelle kicherte. »Tut mir leid, dich enttäuschen zu müssen, aber leider ist es so, wie ich es beschrieben habe. Ich denke, wenn ein Mensch fliegen könnte, wäre es so, wie du es dir vorstellst. Für einen Vogel ist es absolut gewöhnlich.«

»Mh.« Ayden zog an einem der Grashalme, bis er sich lockerte.

Estelle wischte sich über den Mund.

»Bist du fertig?«

Sie nickte, während sie den Rest des Brotes säuberlich einpackte und im Rucksack verstaute.

»Ich entschuldige mich dafür, dass ich dir nichts Besseres zu essen anbieten kann«, murmelte Ayden. »Aus deinem früheren Leben bist du bestimmt köstlichere Speisen gewohnt. Wenn ich zu Hause wäre, könnte ich dir ebenfalls etwas Gutes …«

»Ayden.« Sie zog seinen Namen in die Länge. »Wie oft muss ich dir noch sagen, dass du mehr als genug für mich tust?«

Ihre Stimme klang beinahe ein bisschen streng, was dem Jäger ein Grinsen entlockte.

»Na schön.« Er klopfte sich auf die Schenkel, stand auf und bot der Prinzessin eine Hand an.

Estelle zog sich daran hoch, danach strich sie sich die Erde vom Kleid. Vor dem Essen hatte sie sich umgezogen und trug nun das andere dunkelblaue Kleid, das Ayden in der Schneiderei gekauft hatte. Es war in der Taille nicht ganz so eng geschnitten, dennoch stand es ihr ausgezeichnet gut. Ihre Haare trug Estelle zu einem geflochtenen Zopf, der ihr über den Rücken fiel.

Sie schulterte den Rucksack. »In welche Richtung müssen wir gehen?«, fragte sie.

Ayden deutete auf einen Berg, der sich am Horizont abzeichnete. »Da müssen wir rauf«, erklärte er. »Der Weg wird nun um einiges steiniger … und steiler.«

Seine Bemerkung tat der Entschlossenheit der Prinzessin keinen Abbruch. Entschieden nickte sie und setzte sich sogar noch vor ihm in Bewegung. Dem Jäger blieb also nichts anderes übrig, als aufzuholen und sich ihrem Tempo anzupassen.

Es war eine ruhige, sternlose Nacht. Ayden rechnete damit, dass die Temperatur sinken würde, sobald sie die goldene Nacht verließen, aber letztendlich war der Unterschied gar nicht so groß. Er hatte schon weitaus kältere Nächte durchstehen müssen.

Aus den Augenwinkeln betrachtete er Estelle, die nicht eine Miene verzog. Obwohl er sich dem Adel gegenüber immer positiv geäußert hatte, war er fest davon ausgegangen, dass zumindest der weibliche Nachwuchs verweichlicht und vor allem in der Natur auf die Hilfe anderer angewiesen war.

Estelle verkörperte das nicht. Sie beklagte sich nicht, jammerte nicht vor sich hin, war stattdessen aufmerksam und äußerst sicher zu Fuß. Man merkte nicht, dass sie ihre Jugend als behütete Erstgeborene verbracht hatte.

»Was ist los, Jäger?«, fragte sie, als sie seinen Blick auffing.

Ayden zuckte zusammen. »Ich war in Gedanken«, sagte er schnell.

»Welche Gedanken?« Neugierig sah sie ihn an.

»Nicht so wichtig.«

Beinahe enttäuscht schürzte sie die Lippen. Doch gleich darauf haftete ihrem Gesicht ein Lächeln an. »Erzähl mir etwas über dich«, forderte sie den Jäger auf.

»Das habe ich doch schon getan.«

»Ich kenne Randdaten, mehr nicht«, hielt Estelle dagegen und seufzte. »Es reicht nicht, dass ich weiß, dass du mal einen Bruder hattest und nun als Jäger deine Leidenschaft lebst. Ich will ... mehr wissen. Vor allem jetzt, wo ich dir so viel über mich erzählt habe.«

Einerseits freute es Ayden, dass Estelle so interessiert an seinem Leben war, andererseits fürchtete er, sie enttäuschen zu müssen, denn sein Dasein war alles andere als aufregend.

»Was willst du denn wissen?«, fragte er vorsichtig und stieg über eine dicke Wurzel. Der Weg war bereits steiler geworden und langsam wurde es notwendig, den Blick nach unten zu richten, um Steinen und anderen Hindernissen früh genug ausweichen zu können.

»Wie alt bist du?«

»Einundzwanzig«, sagte er und schaute kurz hoch, um ihre Reaktion zu sehen. In der Tat wurde er dieses Mal nicht mit Neutralität gestraft. Estelle kaute auf ihrer Unterlippe und hatte den Kopf schief gelegt.

»Ich bin zwanzig«, sagte sie dann.

Aus zweierlei Gründen klappte Ayden die Kinnlade herunter.

Erstens: Er hatte nicht gewusst, wie alt sie war.

Zweitens: Wenn er über ihr Alter nachgedacht hätte, wäre er zu dem Entschluss gekommen, dass sie vielleicht siebzehn war. Allerhöchstens achtzehn.

»Du scheinst ja mächtig begeistert zu sein«, murrte Estelle und verschränkte die Arme vor der Brust.

»Nein, nein«, beteuerte Ayden schnell. Wie zufällig griff er nach ihrer Hand. »Ich … meine Reaktion … das hatte nichts zu bedeuten«, stammelte er und kam sich mehr als einfältig vor.

»Ich bin die Älteste von uns sechs. Da kann ich … keine fünfzehn mehr sein«, meinte Estelle und es klang so, als wollte sie sich entschuldigen.

»Es ist alles in Ordnung, wirklich«, wiederholte Ayden und bemühte sich um ein Lächeln, das allerdings misslang, da ihm in diesem Moment etwas anderes bewusst wurde.

Estelle war die Älteste der sechs Schwestern. Sie war die, die eines Tages Königin sein würde. Da hatte sich ihr Vater doch gewiss schon um alle Eventualitäten gekümmert, damit sie nicht allein über ein Reich regieren musste.

Fast schon panisch glitt Aydens Blick zu Estelles schlanken Fingern. Er schalt sich einen Narren, als er erleichtert ausatmete.

Kein Ring.

Dennoch musste das nicht heißen, dass es niemanden in ihrem Leben gab. Es war gut möglich, dass Estelle ihren Zukünftigen einfach noch nicht erwähnt hatte.

Aufhören, Ayden!

Am liebsten hätte er sich geohrfeigt! Welchen falschen Gedanken hing er da nur nach? Estelles Vater wollte nicht einmal, dass seine Tochter im Stadtorchester die Violine spielte, da würde er sicher nicht einen einfachen Jäger als seinen zukünftigen Schwiegersohn akzeptieren.

»Ich bin die Älteste und doch fühle ich mich so unsicher«, gestand Estelle unerwartet.

Ayden sah sie von der Seite an.

»Ich bin gut darin, meinen Schwestern zu helfen und ihnen Trost zu spenden, aber wenn es um mein eigenes Leben geht, versage ich auf ganzer Linie.«

»Bestimmt nicht«, murmelte Ayden wie aus Reflex.

»Doch, leider ist es so. Ich kenne mich nicht gut in den Regierungsgeschäften aus. Mein Vater leistet hervorragende Arbeit, er ist ein geborener Herrscher und wird von seinen Untertanen geliebt. Wie soll ich je das fortführen, was er begonnen hat? Ich werde kläglich scheitern.«

Ihre Stimme klang so, als wäre Estelle kurz davor, zu weinen. Unsicher, bruchstückhaft, zittrig.

Weil Ayden den Gedanken an das Verbotene nicht sein lassen konnte, sagte er vorsichtig: »Bestimmt bekommst du Hilfe. Dein … Zukünftiger wird dir … zur Seite stehen. Und auch dein Vater.«

Der Jäger verachtete sich dafür, dass er nicht einen gescheiten Satz zustande brachte. Sonst war er doch auch nicht um Worte verlegen!

Estelle schaute Ayden lange an, dann rieb sie sich die Schläfen, als würde ihr der Kopf von dem Gespräch schwirren.

»Ich weiß nicht, ob ich jemals einen Mann finden werde«, sagte sie schließlich.

Der Jäger riss erstaunt die Augen auf, doch die wahre Unruhe fand in seinem Herzen statt, wo auf einmal alles drunter und drüber ging. »Wieso? Du … bist eine bildhübsche Frau. Jeder Mann …«, stotterte er.

Estelle, die nicht auf seine Komplimente einging, seufzte. »Das ist es nicht. Ich … hatte Möglichkeiten. Viele Möglichkeiten. Mein Vater hat sich schon früh darum gekümmert, dass ich nicht allein sein muss. Da war ich keine sechzehn. In regelmäßigen Abständen bestellte er adlige Junggesellen zum Schloss, die mir den Hof machten.«

Gebannt hörte Ayden zu.

»Viele der Männer waren freundlich, haben mir Komplimente gemacht und kleine Geschenke mitgebracht. Ich … konnte mich gut mit ihnen unterhalten, über Gott und die Welt. Und doch gab es da immer irgendetwas, das mich daran gehindert hat, mich ihnen wirklich zu öffnen.«

»Was war das?«, wollte Ayden wissen.

»Dies und das. Alles und nichts.« Estelle lächelte und schaute zu Boden. »Manchmal habe ich den Tod meiner Mutter als Grund genommen, ein anderes Mal hatte ich viel mit meinen Schwestern zu tun und keine Zeit, mich der Brautschau hinzugeben. Dann lag es an den Männern selbst. Ich stellte sie als zu grob dar, als nicht intelligent genug oder …«

Sie verstummte und kaute eine Weile auf ihrer Unterlippe herum.

Nach einer Pause fuhr sie fort: »Kurzum, da war immer etwas, das mir nicht erlaubt hat, mich zu binden. Natürlich weiß ich, dass das weder die Schuld meines Vaters noch die der Junggesellen war. Ich selbst … ich ganz allein bin es. Ich stand mir selbst im Weg, habe mir vorgestellt, wie es wäre, einen der

Männer mein Leben lang bei mir zu haben. Ich … wollte es wirklich versuchen, aber irgendwie ging es nicht.«

Ayden wollte etwas erwidern, aber für einen Moment war er wie gelähmt. Erleichterung breitete sich in ihm aus, obgleich er wusste, dass er nicht die Erlaubnis besaß, dieses Gefühl zu empfinden. Seine Chancen waren nicht nur aussichtslos – er hatte nicht mal welche.

»Vielleicht bin ich nicht dafür geeignet, eine Beziehung zu führen oder mich überhaupt zu verlieben«, erzählte die Prinzessin. »Wie es auch steht, ich bin noch ungebunden. Mein Vater hat es irgendwann akzeptiert. Obwohl er die Etikette meistens befolgt, wollte er uns nie einen Mann aufdrängen, den wir nicht lieben. Dafür hat er meinen größten Respekt.«

Und nicht nur ihren. Auch in Ayden wuchs Ergriffenheit, als er an den fremden König Brahmeniens dachte, der nicht wie andere Herrscher seine Kinder möglichst gewinnbringend verheiraten wollte. Stattdessen ließ er ihnen etwas, das in Zeiten wie diesen selten geworden war: den freien Willen.

»Trotzdem«, Estelle zog die Augenbrauen zusammen, »glaube ich, dass er enttäuscht ist. Er zeigt es nicht offen, aber manchmal, wenn ich ihn angeschaut habe, lag Traurigkeit in seinen Augen. Vielleicht hat er Angst, dass ich auf der Strecke bleibe. Dass aus mir eine alte, verhärmte Jungfer wird, die nicht in der Lage war, sich einen Partner zu suchen.« Estelle lachte auf, aber es lag keine Freude darin.

»Das kann ich mir nicht vorstellen«, sagte Ayden. »Du bist eine zauberhafte junge Frau. Irgendwann wird der Richtige kommen. Er wird dich hofieren und du dich fragen, wieso du jemals an der Liebe gezweifelt hast.«

Estelle zog die Augenbrauen hoch. »Und da bist du dir so sicher, weil …«

»Weil ich nicht nur dich, sondern auch die Männer kenne. Du bist gutherzig, freundlich und hübsch anzusehen. Irgendwann wirst du jemanden finden, den du nicht mehr gehen lassen willst. Manchmal brauchen die Dinge etwas Zeit.«

Der skeptische Ausdruck verschwand aus Estelles Gesicht, stattdessen seufzte sie leise und schaute auf die Spitze des Hügels. »Ich bin zwanzig. So etwas kann man mit sechzehn sagen, aber nicht in diesem Alter. Ich denke, ich hatte meine Zeit.«

»Aber du bist noch immer jung! Lass dir das von niemandem ausreden.«

»Ayden«, sprach sie ihn direkt an und suchte seinen Blick, »sind wir mal ehrlich. Ich bin verflucht, die Hälfte meines Lebens ein Schwan und auf der Suche nach der Lösung eines kryptischen Rätsels. Es ist unsicher, ob ich jemals wieder nach Hause komme. Ich denke, das Finden eines zukünftigen Ehemanns ist das Letzte, das jetzt infrage kommt.«

Obwohl sie recht hatte, versetzten ihre Worte ihm einen kleinen Stich. Eine Weile schwieg er und konzentrierte sich nur auf den Weg, der nun immer schmaler wurde. In einigen hundert Metern würde er sich in einen engen Pfad verwandelt haben, der zudem eng an einer Schlucht entlangführte. Bei Nacht musste man doppelt so gut aufpassen, um nicht den Halt zu verlieren.

»Ich weiß, dass es wichtig ist, nie aufzugeben und die Hoffnung nicht zu verlieren«, begann Estelle irgendwann mit fester Stimme. »Aber jetzt gibt es einfach Wichtigeres, um das ich mich kümmern sollte.«

Der Jäger nickte. Er hatte mit der Steigung des Berges zu kämpfen. Mittlerweile war ihm auch so warm, dass er sich am liebsten etwas Dünneres angezogen hätte. Dennoch wusste er, dass die Hitze abklingen würde, wenn sie nicht in Bewegung blieben.

»Dieser Pfad wird ja immer schmaler«, merkte Estelle an und stieß ein Steinchen mit ihren Füßen weg. Nun waren sie gezwungen, hintereinanderzulaufen, da der Weg nicht mehr breit genug für beide war. »Außerdem geht es hier ziemlich tief runter.«

Ayden drehte sich um und blieb für einen Moment stehen. Er sah, wie die Prinzessin in die Schlucht blickte, die sich an der rechten Seite des Weges offenbarte. Einen Sturz aus solcher Höhe würde man nur mit schlimmen Verletzungen überleben.

»Bist du nicht schwindelfrei?«, fragte Ayden, woraufhin Estelle den Kopf schüttelte.

»Mir macht die Höhe nichts aus. Ich fürchte mich nur vor einer Sache wirklich, und das ist Feuer.« Wie beiläufig schaute sie auf ihren verletzten Arm, der durch den Stoff bedeckt war.

»Wegen Rania?«

Sie nickte. »Ich habe mir geschworen, dass sie mir keine Angst mehr machen wird. Egal, was sie mir antut, ich werde ihr die Stirn bieten. Aber das, was man sich vornimmt, und das, was man empfindet, sind manchmal zwei unterschiedliche Dinge.

Auch wenn ich es leugnen würde, änderte das nichts daran, dass ich panische Angst vor dem Feuer habe.«

Mitfühlend nickte Ayden. »Das verstehe ich.«

»Was ist mit dir? Hast du vor irgendetwas Angst?« Sie legte den Kopf schief und sah ihn nachdenklich an.

Instinktiv fragte sich Ayden, was sie wohl in ihm sah. War er für sie der furchtlose Jäger, den er zu mimen versuchte?

»Ich habe keine Angst vor Feuer, Wasser oder den anderen Elementen. Nicht vor den Gesetzen der Natur oder wilden Tieren«, begann er, während er den Kopf in den Nacken legte, um das Ende des Weges zu erspähen.

»Also bist du furchtlos?«, folgerte Estelle, wenn auch mit einem Zögern in der Stimme.

»Das habe ich nicht gesagt. Wenn ich mich vor etwas fürchte, dann vor menschlichen Entscheidungen. Vor allem vor denen, die über mein Leben bestimmen können.«

»Dein König?«, riet Estelle und traf damit ins Schwarze.

»Zum Beispiel. Es hat sehr lange gedauert, bis ich als Jäger bei ihm Anerkennung gefunden habe. Es war ein verdammt langer Weg, aber der König kann mit einem einzigen Befehl, einem einzigen Satz, alles zunichtemachen.«

»Wieso sollte er das tun?«

Ayden zuckte mit den Schultern und sah, wie Estelle übermütig den Kopf schüttelte.

»Kein König trifft willkürliche Entscheidungen. Wenn du dir nichts zuschulden kommen lässt und deine Arbeit weiterhin gut verrichtest, hat er keinen Grund, sich gegen dich zu stellen.«

Ayden grinste, als er erkannte, wie leidenschaftlich Estelle die Monarchen verteidigte. »Nun ja, gerade jetzt hätte der König allen Grund, wütend auf mich zu sein.«

»Wieso?«

Aus Unachtsamkeit stolperte die Prinzessin über einen Stein. Sie geriet ins Schwanken – konnte sich aber im letzten Moment an Ayden festhalten.

»Gib acht, sonst landest du da unten.« Er blickte sorgenvoll in den Abgrund.

Estelle war kalkweiß geworden. Hastig atmete sie aus.

»Bist du in Ordnung?«

»Ja.« Sie nickte. »Lass uns weitergehen.«

Ihrer Aufforderung nachkommend, richtete Ayden seinen Blick wieder nach vorn, ließ aber den Boden nicht aus den Augen. Wieso musste er auch gefroren sein, da stellte das Weiterkommen eine zusätzliche Schwierigkeit dar!

»Wie gesagt«, griff der Jäger nach einer Weile das Gespräch wieder auf. »Mein König hat allen Grund, zornig zu sein. Hoffentlich denkt er nicht, ich bin geflohen. Da ist es mir lieber, wenn er im Glauben ist, dass ich tot bin.«

»Wieso sollte er so etwas denken?« Noch immer klang Estelles Stimme zittrig, aber ihre Schritte waren wieder sicherer.

»Ich hatte den Auftrag, einen Vogel zu schießen«, erklärte Ayden mit belegter Stimme. »Im Nachhinein denke ich, dass es so eine Art Bewährungsprobe war. Seine Majestät wusste, dass ich der Einzige bin, der in der Lage sein würde, auch im Winter ein solches Tier zu finden. Auf den See bin ich zufällig gestoßen –

den Schwan habe ich da auch entdeckt, aber … Nun ja, du kennst das Ende der Geschichte.«

Ungern wollte er darüber sprechen, wie er die Armbrust gezückt und den Bolzen hineingelegt hatte.

Aber alles, was Estelle sagte, war: »Dein König wartet auf dich? Und doch bist du hier? Ayden, du musst zurück an den Hof!«

Sie hatte recht. Und doch war da dieses Gefühl, dieses innere Bedürfnis, ihr zu helfen. Er wusste, dass er es tun musste, und daher fragte er nicht nach dem Warum.

Im Gegensatz zu Ayden schien Estelle nicht so entspannt. Ihre Tonlage war hoch, die Stimme beinahe schrill, als sie sagte: »Ich will nicht der Grund dafür sein, wenn du Ärger bekommst. Ich … ich komme auch allein klar, irgendwie. Geh lieber zurück und … Vielleicht, wenn es mir gelingt, den Fluch zu brechen, werde ich mit meinem Vater reden. Möglicherweise kennt er deinen König und wird ein gutes Wort für dich einlegen.«

»Estelle.« Er drehte sich zu ihr um und fasste sie an den Armen. »Beruhige dich, bitte. So schlimm wird es schon nicht werden. Dich trifft keine Schuld. Dass ich hier bin, war allein meine Entscheidung.«

Verzagt knabberte sie an ihrer Unterlippe und sah für einen Moment ehrlich zerknirscht aus.

»Wirklich, Estelle. Du kannst mir vertrauen.«

»Ich will nicht, dass du meinetwegen deine Anstellung verlierst. Das … bedeutet dir so viel. Im Gegensatz zu mir hast du es geschafft, deinen Traum zu verwirklichen. Wenn ich so weit wäre …«

»Estelle!« Mahnend sah er sie an, aber sie schüttelte entschieden den Kopf.

»Ich habe doch recht!«, beharrte sie auf ihrer Meinung. Plötzlich lichteten sich ihre Züge. Ein vorsichtiges Lächeln legte sich auf ihre Lippen, was Ayden dazu führte, die Stirn zu runzeln.

»Woran denkst du?«

»Na ja …« Sie faltete die Hände ineinander und sah auf einmal recht schüchtern aus. Eine Tatsache, die Ayden nur noch mehr verwunderte. »Falls es … wirklich so weit kommen sollte und dein König dich verstößt oder dich … in eine niedere Position befördert … wäre es vielleicht eine Möglichkeit, mit mir nach Brahmenien zu kommen.«

»Nach Brahmenien?« Ehrlich überrascht sah er die Prinzessin an.

»Ja, hör mir zu. Mein Vater ist der König, ich werde mal Königin. Unsere Jäger sind gut, aber sie können sicher noch Unterstützung gebrauchen. Wenn ich ein gutes Wort bei Vater einlege, wird er sich dich näher anschauen, sodass du ihn durch deine Arbeit überzeugen kannst.«

Sie redete so schnell, dass sie sich mehrere Male verhaspelte. Ayden gefiel es, wie eine leichte Röte ihre Wangen überzog und sie den Blick schüchtern auf den Boden richtete.

Erst dann dachte er über das nach, was sie ihm eröffnet hatte.

Er fühlte sich wohl, wo er war, hatte er doch nach langem Kampf endlich die Anerkennung bekommen, die ihm zustand. In Talario kannte er sich aus und musste sich nicht länger beweisen. Nach Brahmenien würde er mit einer weißen Weste kommen, aber gleichzeitig ein unbeschriebenes Blatt darstellen.

Er müsste sich einen Ruf erarbeiten, was wahrscheinlich viel Zeit in Anspruch nehmen würde.

Andererseits …

Er würde sie sehen. Vielleicht nicht jeden Tag, aber dennoch oft. Auch wenn das alles nichts an seinem Stand änderte, würde er sie zumindest zu Gesicht bekommen.

Konnte sich an ihrem Lächeln erfreuen.

Ihren hübschen meerblauen Augen.

Vielleicht würde sie sogar ab und zu mit ihm reden. Natürlich nicht so offen wie hier. Aber immerhin würde der Kontakt nicht abbrechen.

»Es ist nur ein Angebot, Ayden«, sagte Estelle in diesem Moment.

Der Jäger hob den Kopf. »Ich danke dir dafür.«

»Denkst du darüber nach?«

Er nickte. Mehr konnte er im Augenblick ohnehin nicht sagen. Aber es tat gut, eine Alternative zu haben – falls es am Hofe zu Talario keine Zukunft für ihn gab.

Ayden drehte sich um und ging weiter.

»Ich glaube, wir sind ziemlich vom Thema abgeschweift«, fiel ihm ein. »Wolltest du nicht eigentlich etwas über mich wissen? Du hattest mich gefragt, wie alt ich bin, und …«

Aber er konnte nicht zu Ende sprechen, denn er wurde von einem jähen Laut unterbrochen. Erst kurz darauf erkannte er, dass es sich um einen Schrei handelte.

Und dass dieser von Estelle kam.

Abrupt fuhr er herum – aber es war zu spät: Er sah noch, wie die Prinzessin taumelte, dann stürzte sie rücklings die Klippe hinab.

13

Estelle

Sie konnte gar nicht recht bestimmen, was mit ihr geschah.

Dafür ging alles zu schnell, dafür hatte sie zu wenig Zeit, um nachzudenken, zu wenig Zeit, um sich klar zu werden, dass sie fiel.

Von einer Sekunde auf die andere hatte sie keinen sicheren Boden mehr unter den Füßen, aber sie schwebte nicht durch die Luft wie der Schwan, nein, sie fiel – stürzte einen unheimlich hohen Abhang hinunter.

Eine Schlucht.

Ihr Mund war zu einem Entsetzensschrei geöffnet – und sie schrie auch: laut, grell und panisch.

Aber ihr konnte nicht mehr geholfen werden.

Unsanft schlug sie auf dem steinigen Boden auf.

In ihren Rücken bohrte sich ein spitzer Stein, der ihr die Tränen in die Augen trieb.Kurz darauf verlor sie das Bewusstsein.

»Vielleicht müssen wir irgendwie zueinanderfinden. Vielleicht können wir den Bann nur brechen, wenn wir alle vereint sind«, hörte Estelle Penelopés Stimme. Sie klang optimistischer als sonst.

Valyra schaltete sich ein: »Aber wir sind nicht alle da. Arabella fehlt, sie hat es noch nie in diese Welt geschafft.«

»Außerdem ist das hier nur Schein«, meldete sich Tatjana zu Wort. »Eine Art Illusion, die von uns geschaffen wurde … oder von Rania. Das hier existiert nicht wirklich, dafür ist es viel zu … irreal.«

»Wir können nicht über unser Rätsel reden«, fuhr Tatjana fort. »Wenn wir es wirklich schaffen wollen, diesen Fluch zu brechen, müssen wir erst einmal für uns selbst etwas schaffen. Es kann gut sein, dass wir danach aufeinandertreffen.«

Estelles Kopf schmerzte, als hätte man ihn mit einem Hammer bearbeitet. Zudem hatte sie starke Rückenschmerzen. Mühsam presste sie ihre Hand gegen das geschundene Kreuz und stöhnte leise. Die Augen halb geöffnet, konnte sie erkennen, wie Valyra auf sie zugelaufen kam.

»Estelle, was ist mir dir?«, rief sie aufgeregt und gesellte sich zu ihr auf den Boden. »Geht es dir gut?«

Verwirrt schaute sich die Älteste um, sah aber nur den unteren Teil der Kuppel. Schemenhaft konnte sie die Kleider von Tatjana und Penelopé ausmachen. Wo Ginny war, wusste sie nicht, aber sie war froh, sie nicht zu sehen. Sie hatte zwar nicht wirklich Angst vor ihrer Schwester, aber das letzte Zusammentreffen saß ihr noch immer in den Knochen.

»Estelle, geht es dir gut?«, wiederholte Valyra ängstlich, was die Prinzessin zurück in die Scheinwelt brachte.

Sie kniff die Augen zusammen und dachte angestrengt nach, aber ihr Kopf glich einem endlosen Loch. Sie erinnerte sich lediglich daran, dass sie gefallen war.

Das Licht tat in ihren Augen weh. War es hier schon immer so hell gewesen?

»Estelle!« Valyra griff nach ihrer Hand.

Mühsam erhob sich die Älteste. »Du bist ja eiskalt«, hauchte sie erschrocken und streckte ihre Hände nach dem Gesicht der jüngsten Prinzessin aus. Ihre Schwester senkte den Blick und wich einen Schritt zurück. »Frierst du?«, wollte Estelle wissen.

»Ich habe mich daran gewöhnt. Da, wo ich ...«, fing Valyra an, aber urplötzlich griff sie sich an die Kehle. Ihre Erzählungen wurden im Keim erstickt – wie immer, wenn es um den Aufenthaltsort der Prinzessinnen ging.

Traurig streichelte Estelle den Arm ihrer Schwester.

»Mir geht es gut«, sagte Valyra tapfer. »Aber was ist mit dir los?«

»Ich ... ich weiß nicht genau«, stammelte Estelle und hielt sich den pochenden Kopf.

»Ist das Ginnys Schuld?«, wollte Valyra wissen. Sie baute sich vor Estelle auf. »Ich weiß nicht, wo sie heute ist, aber sie hat dir wehgetan, oder?«

Estelle wollte gerade antworten, als das Bild vor ihren Augen verschwamm.

Als sie erwachte, kam es ihr so vor, als hätte sie eine Ewigkeit geschlafen. Tage, Wochen, Jahre ... sie wusste es nicht. Sie war in der Schwanengestalt, so viel konnte sie mit Sicherheit sagen, aber das war auch das Einzige.

Verwirrt blinzelte sie – und erschrak, als sie einen Schmerz bemerkte, der ihr in die Augen stach. Auch als sie ihre Flügel ausbreiten wollte, erstarrte sie mitten in der Bewegung. Aus irgendeinem Grund konnte sie sich nicht strecken.

Um sie herum war es so dunkel, dass sie nichts erkennen konnte.

Sofort wusste sie, dass sie sich nicht unter freiem Himmel befinden konnte, denn die Nächte in Talario waren nie so schwarz gewesen. Und bisher war sie nur einmal in der Nacht ein Schwan gewesen. Damals, als sie Ayden begegnet war.

Verzweifelt dachte sie darüber nach, was geschehen war, aber die Ereignisse präsentierten sich ihr wie in verschleierten Bildern. Sie war über eine Wurzel gestolpert, ausgerutscht – daran erinnerte sie sich. Ebenfalls hatte sich ihr tiefer Fall in ihre Gedanken gebrannt. Aber danach … schien alles im Dunkeln zu liegen.

Mehrmals versuchte Estelle, sich zu befreien, wollte laufen, wollte fliegen, aber eine unsichtbare Hülle hielt sie gefangen. Trauer prasselte auf sie ein – hart und unbarmherzig wie Eisregen.

Sie war nicht nur ihrer Freiheit beraubt worden, sie wusste nicht einmal, wo sie sich befand. Ayden dachte sicher, sie wäre tot.

Estelle weinte stumme Tränen in sich hinein. Noch nie zuvor hatte sie sich so einsam gefühlt.

Ayden

Er wusste nicht, was er sagen, denken oder fühlen sollte. Alles kam zu spät, alles war vergebliche Liebesmüh. Mit offenem Mund stand er an der Klippe und spürte, wie sich der Schmerz einem spitzen Bolzen gleich direkt in sein Herz bohrte.

Seine rationale Seite sagte ihm, dass Estelle mit großer Sicherheit tot war – und wenn wie durch ein Wunder doch nicht, lebensbedrohliche Verletzungen erlitten hatte, die sie ebenfalls direkt ins Reich der Verstorbenen befördern würden. Und doch schwirrte ihm der Kopf, er konnte nicht klar denken.

Mit fliehenden Bewegungen rannte er den Berg hinunter. Er musste nur wieder zur goldenen Nacht gelangen, von dort war der Grund der Schlucht nicht weit.

In Aydens Herz hatte sich Angst festgekrallt, er schaffte es kaum, zu atmen, holte unregelmäßig Luft. Der Wind peitschte ihm unbarmherzig ins Gesicht, das Gewicht seines Rucksacks hinderte ihn daran, schnell voranzukommen. Egal wie sehr er rannte, wie hektisch er lief – es schien nicht zu reichen. Er fühlte sich gefangen in einem Traum, in dem man fliehen wollte, aber einfach nicht vorankam. Heiße Tränen standen in seinen Augen. Er hatte keine Zeit, um Estelle zu weinen. Er musste zuerst wissen, was wirklich mit ihr war.

Mit diesem Rucksack würde er nie ankommen. Kurzerhand riss er ihn sich von den Schultern, warf ihn achtlos neben sich. Wenn es bedeutete, ein Leben zu retten, konnte er auf seine Habseligkeiten verzichten. Allein die Armbrust behielt er bei sich, um etwas für die Verteidigung zu haben.

Nun kam er schneller voran, weil das Gewicht des Rucksacks ihn nicht mehr ausbremste. Hastig rannte er den Rest des Berges hinunter, stolperte zweimal, war aber sofort wieder auf den Füßen. Er spürte das Blut durch seine Venen pumpen, der Schweiß lief in Strömen.

Durch den unebenen Untergrund und die damit einhergehenden Erschütterungen seines Körpers biss er sich zweimal auf die Zunge. Salziges Blut rann sein Kinn hinab, aber Ayden ließ sich nicht aufhalten. Der Moment, in dem Estelle die Klippe hinuntergestürzt war, hatte sich so in seine Eingeweide gebrannt, dass er es unmöglich vergessen konnte. Er hatte Scheuklappen auf den Augen, dachte nur noch an die Prinzessin.

Die er retten musste.

Um jeden Preis.

Als er ankam, stach seine Schulter unangenehm. Er gönnte sich zwei Sekunden des Durchatmens, dann durchquerte er ein weitläufiges Feld und folgte dem steinigen Weg, der direkt auf den Grund der Klippe führte. Von dort würde es noch einmal eine weite Strecke sein, bis er die Stelle fand, an der Estelle höchstwahrscheinlich aufgeschlagen war.

Aufgeschlagen.

Aus vielen Metern Höhe.

Sie konnte unmöglich …

Entschieden presste er die Lippen aufeinander und schüttelte den Kopf. Er würde nicht daran denken. Nicht jetzt. Solange es Hoffnung gab, würde er nicht aufgeben, auch wenn es bedeutete, dass er selbst daran zugrunde ging.

Da Ayden einen guten Orientierungssinn besaß, wusste er, wann er langsamer werden und sich stattdessen genauer umschauen musste. Zum ersten Mal wünschte er sich seine Laterne. Zwar waren die Nächte in Talario längst nicht so dunkel wie andernorts, aber eine Lichtquelle hätte ihm auf jeden Fall geholfen.

Nun, wo er nicht mehr rannte, prasselten mehrere Eindrücke auf einmal auf ihn ein.

Erstens: Er fror. Durch das Laufen hatte sich sein Körper erhitzt, aber jetzt, wo er sich nur langsam fortbewegte, kroch die Kälte in alle Nischen seines Seins.

Zweitens: Seine Angst steigerte sich. Aber es war nicht die Angst, nicht rechtzeitig zu kommen und zu viel Zeit verschwendet zu haben. Es war die Angst, dass er sie finden würde. Die Angst vor ihrem Zustand. Lebte sie noch? Kämpfte sie um ihre letzten Minuten?

Drittens: Die Hoffnung, dass sie es irgendwie unverletzt überlebt hatte, wurde immens. Sie wurde so groß, dass er anfing zu weinen und unaufhörlich zitterte. Er wusste, dass es schlichtweg nicht möglich war, und doch war da in ihm die eine Stimme, die ihn daran erinnerte, dass Wunder ab und an geschahen.

Unsicheren Schrittes ging er weiter – seine Augen überall: auf den Felsvorsprüngen, auf dem Boden, in allen möglichen Nischen und Verstecken.

Je näher er der Stelle kam, an der sie aufgeprallt sein musste, desto elender fühlte er sich. Sein Herz schlug in einem wilden Stakkato, seine Füße waren kaum noch in der Lage, sein Gewicht zu tragen. Und doch ging er weiter, Schritt für Schritt, Meter um Meter, weil er es nicht akzeptieren wollte.

Seine Augen suchten die Nacht ab, jeden Zentimeter, aber er fand Estelle nicht, auch kein Blut, nichts, das auf ihren Unfall hingedeutet hätte. Sosehr er sich auch anstrengte, die Prinzessin schien verschwunden zu sein.

Nur für einen Moment richtete er seinen Blick nach oben, aber dass er sich ihren Fall eingebildet hatte, entzog sich jeder Logik.

Verzweifelt schüttelte er den Kopf, während er sich schleppend fortbewegte. Das konnte doch nicht sein! Irgendetwas ging hier nicht mit rechten Dingen zu!

War die Prinzessin vielleicht von jemandem gefunden worden? Aber von wem? Wer lauerte mitten in der Nacht am Grund einer Klippe und suchte nach herabgestürzten Frauen?

Ayden schüttelte den Kopf. Er musste irgendetwas übersehen haben. Nachdenklich knabberte er an seiner Unterlippe, als er aus dem Augenwinkel plötzlich etwas bemerkte. Abrupt hob er den Kopf. Dort hinten, auf einem Felsvorsprung, leuchtete etwas. Das Dämmerlicht der Nacht wurde von einem blauen Schimmer durchbrochen.

Vorsichtig setzte sich Ayden in Bewegung. Estelle hatte er nicht gefunden, aber was war das für ein seltsames Licht?

Mehrmals rutschte er ab, als er versuchte, an der Klippe hochzuklettern. Seine Hände schürfte er sich an den spitzen Steinen auf, Blut lief in einem feinen Rinnsal seinen Arm hinab.

Endlich hatte er es geschafft. Mit Mühe wuchtete er sich auf den Felsvorsprung und wurde von dem seltsamen blauen Licht in Empfang genommen.

Ayden musste kurz die Augen zusammenkneifen, um nicht geblendet zu werden. Eine Hand vor sein Gesicht haltend, ging er auf die Lichtquelle zu.

Bis er verstand, woher es kam, und mitten in der Bewegung erstarrte.

Estelles Halskette.

Überrascht riss er die Augen auf und griff nach dem dünnen Band, an dem ein blauer Saphir hing. Als Ayden den Stein in seine Hände nahm, spürte er, dass eine innere Wärme von ihm ausging. Was war mit dieser Kette los? Nie zuvor hatte sie in der Nacht geleuchtet – und nun war sie auch noch so warm.

Aus Ermangelung an Alternativen sah sich Ayden um, aber Estelle war nicht hier. Trotzdem besaß er nun ihre Kette. War sie ein Zeichen? Ein Zeichen dafür, dass er nach ihr suchen sollte? Bedeutete die Wärme, dass die Prinzessin noch am Leben war?

Ayden presste die Kette gegen seine Brust. Er würde nicht aufgeben.

Die Sonne stahl sich ihren Weg durch das Wolkenmeer. Es wurde Tag und obwohl er die ganze Nacht mit Suchen verbracht hatte, war Ayden nicht fündig geworden. Hinzu kam, dass er beim besten Willen nicht wusste, wonach er Ausschau halten sollte.

Ging es immer noch um die Prinzessin oder wollte die Kette ihm etwas anderes sagen? Vielleicht war es besser, sich von der

Klippe zu entfernen, vielleicht verschwendete er hier nur seine Zeit. Aber da er es nicht genau wusste und es im Zweifelsfall immer besser war, am Ort des Geschehens zu verweilen, blieb er hier.

Seine Kehle brannte. Durch die Anstrengung hatte er Durst bekommen, aber seine Feldflasche lag irgendwo oben auf dem Weg. Wäre Ayden nicht so durch den Wind gewesen, hätte er darüber nachgedacht, dass er Flüssigkeit brauchte, um diese Suche zu überstehen. Jetzt aber hatte er nichts und sein Mund wurde mit jeder Minute trockener.

Was musste diese Sonne auch in diesem Moment mit voller Kraft vom Himmel scheinen, sodass ihm noch wärmer wurde? Seufzend ließ sich Ayden auf den Boden sinken, das Gesicht in den Händen vergrabend.

Verzweiflung breitete sich in ihm aus, von seiner einstigen Entschlossenheit war nicht mehr viel übrig. Unruhig fuhr er sich durch die Haare.

Vielleicht war es Zufall, dass er auf einmal eine Stimme hörte. Vielleicht war es aber auch Teil eines großen Plans, den er noch nicht verstand.

Jedenfalls hob er den Kopf.

»Suchst du, was du nicht finden kannst, sieh dich nach mir um.«

Binnen einer Sekunde war er aufgesprungen, Durst und Verzweiflung längst vergessen. Er schulterte die Armbrust und sah sich um.

Woher kam die seltsame Stimme? Sie war zweifelsohne die einer Frau gewesen, aber mehr konnte er nicht sagen.

»Hallo?«, rief Ayden, während er die Umgebung mit seinen Blicken maß. »Ist da jemand?«

Doch um ihn herum blieb es still. Verwirrt runzelte er die Stirn. Stand er so kurz vor dem Verdursten, dass er sich die Stimme eingebildet hatte?

Kurz bevor er an seinem Verstand zweifelte, meldete sie sich erneut: *»Nicht dort, wo du mich sehen kannst, warte ich auf dich. Folge deinem Herzen und du wirst fündig werden.«*

Passend dazu leuchtete Estelles Saphir in Aydens Hand zweimal kurz auf. Überrascht blickte er auf die Kette und fragte sich instinktiv, ob es einen Zusammenhang zwischen dem Schmuckstück und der fremden Stimme gab.

Probeweise ging er die ersten Schritte, und tatsächlich! Der Saphir wurde wärmer oder kälter, je nachdem, in welche Richtung er sich bewegte. Fassungslos starrte Ayden die Kette an. Sollte sie so etwas wie ein Wegweiser sein?

All seine Konzentration schenkte er jetzt dem blauen Stein. Er achtete nicht mehr darauf, wohin er ging, sondern schaute nur noch auf Estelles Halskette, die ihm den Weg vorgab.

Er lief eine ganze Weile. So lange, bis der Saphir beinahe zu brennen begann, was Ayden dazu veranlasste, den Blick zu heben.

Er stand vor einem gigantischen Felsen, in dessen unterem Drittel ein größeres Loch prangte. Ohne darüber nachzudenken, bückte sich der Jäger und schob sich durch die Öffnung. Sosehr er es auch versuchte, seine Armbrust musste draußen bleiben, sie war zu breit, als dass er sie durch das Loch ziehen konnte. Schweren Herzens ließ er sie vor dem Eingang liegen.

Im Inneren des Felsens konnte Ayden sich aufrichten. Er befand sich in einem breiten, aber nicht allzu hohen Gang, der wie der Eingang zu einem Gebäude wirkte. In unregelmäßigen Abständen erleuchteten Fackeln das Gemäuer. Eine davon nahm er sich und fragte sich gleichzeitig, wer diese entzündet hatte.

In dem Gang war es kalt und ungemütlich. Spinnweben klebten in den Ecken, eine Ratte huschte kreischend über Aydens Füße. Auf dem Boden lag eine tote Fledermaus.

Der Jäger beeilte sich, voranzukommen. Nach einigen Schritten erreichte er das Ende des Gangs und stand vor einer verwinkelten Treppe.

Da es keine andere Möglichkeit gab, erklomm er die steinernen Stufen. Es waren sechsundsechzig an der Zahl und für einen Moment glaubte er, sein Aufstieg würde gar kein Ende nehmen. Die Treppenstufen waren unterschiedlich hoch, sodass er jedes Mal aufpassen musste, bevor er einen Fuß hob. Was war das für ein seltsames Gebäude? Wer wohnte hier – mitten im Nichts? Und würde ihn dieser Weg wirklich zu Estelle bringen?

Seufzend schaute er auf die Halskette, die aber weder leuchtete noch ihre Temperatur veränderte.

Es roch unverkennbar nach Verwesung, was Ayden die Nase rümpfen ließ. Er beeilte sich, nach oben zu gelangen, aber auch da wurde der Geruch zunächst nicht besser. Beinahe wäre er über eine tote Maus gestolpert.

Noch einmal musste Ayden einen langen Gang durchqueren, dann aber stand er vor einer eisernen Tür. Er rüttelte am Knauf, nur um zu erkennen, dass es hier wohl nicht weiterging.

Einen Blick über die Schulter werfend, sah er sich nach einem anderen Eingang um, aber er entdeckte nichts, was ihm weiterhelfen konnte.

Nachdenklich kratzte er sich am Kopf. War er womöglich in eine Falle getappt? Hätte er der fremden Stimme nicht blind trauen dürfen?

»*Wenn du richtig suchst, wirst du auch finden*«, erklang in diesem Moment die weibliche Stimme wieder. Sie hörte sich näher an, deutlicher.

Ayden zuckte zusammen.

Was sollte er in einem leeren Gang schon finden?

Nur weil ihm nichts anderes übrig blieb, maß er den Boden noch einmal mit seinen Blicken, sah aber wieder nichts, das ihm geholfen hätte. Unverrichteter Dinge stand er vor der verschlossenen Tür, die Fackel wie eine Waffe in der Hand.

Er lehnte sich mit seinem ganzen Gewicht gegen den Eisenklotz, aber natürlich geschah nichts. Gleich, wie fest er gegen die Tür drückte, sie blieb genauso standhaft wie zuvor.

Wut flammte in Ayden auf, heiß und unberechenbar. Hielt man ihn zum Narren?

Der Jäger war sich absolut sicher, dass es nicht weiterging. Dennoch klopfte er kurz gegen die Tür – für den unwahrscheinlichen Fall, dass ihn jemand hören würde.

Schon wandte er sich ab, als er plötzlich ein Knarren vernahm. Blitzschnell drehte er sich um und bereute auf der Stelle, seine Armbrust draußen gelassen zu haben.

Aber da war niemand. Stattdessen stand die Tür nun einen Spaltbreit offen.

Ayden runzelte die Stirn. Hatte sein Klopfen tatsächlich etwas bewirkt?

Vorsichtig drückte er gegen das Eisen – der Spalt vergrößerte sich und schon bald fand sich der Jäger in einem mit rotem Teppich ausgelegten Raum wieder, der so gar nicht zum Rest des Felsengangs passte.

14

Ayden

Warmes Kerzenlicht erzeugte eine beinahe gemütliche Atmosphäre, das Zimmer war mit einem bunten Sofa und einem gedeckten Tisch, auf dem eine Vase mit frischen Rosen, ein Korb voller Brötchen und eine Karaffe Wasser standen, liebevoll eingerichtet.

Ayden spürte erneut den Durst in sich und er konnte es nicht lassen, näher an die Tafel heranzutreten. Es schmerzte beinahe körperlich, das perlklare Wasser vor sich zu sehen, aber er musste widerstehen. Dieser Ort war mysteriös, vielleicht magisch, und da musste er Vorsicht walten lassen. Nicht umsonst hatte man ihm in seiner Kindheit Geschichten von Hexen erzählt, die unschuldige Menschen verzauberten, indem sie ihnen etwas von ihren Wässerchen anboten.

Zudem war der Raum alles andere als gewöhnlich: verborgen hinter einem Felseneingang, erreichbar nur durch einen widerlichen Gang … Und jetzt sah er Prunk und Reichtum? Nein, er würde nicht unvorsichtig sein.

Schweren Herzens ließ Ayden das Wasser daher stehen und sah sich weiter im Raum um. Hinter einem roten Brokatvorhang entdeckte er eine Tür, die nicht verschlossen war. Er setzte seinen Weg fort.

Auch im nächsten Raum gab es nichts, das auf Estelles Aufenthaltsort hindeutete, aber merkwürdig war es hier allemal. Von der Decke hingen Seile in unterschiedlicher Breite und Dicke.

Ayden fröstelte, als er an den Galgen auf dem Marktplatz seines Dorfes dachte, der regelmäßig zum Einsatz kam. Wo war er hier gelandet? Wieso gab es mitten im Wald einen Ort wie diesen?

Ihm wurde mulmig zumute. Unter anderen Umständen hätte er das unterirdische Gebäude sofort verlassen, aber gerade waren die Räume der einzige Hinweis darauf, Estelle wiederzufinden.

Er legte den Kopf in den Nacken und schaute sich die Stricke genauer an, doch sie wirkten nicht so, als würden sie ihm weiterhelfen.

Am Ende des Raums gab es eine weitere Tür. Sein Weg war also noch nicht zu Ende, seltsam kam ihm das Ganze aber schon vor. Es wirkte beinahe wie ein Labyrinth, nur dass der Weg schon vorgegeben war. Weil Ayden in diesem Raum nichts fand, ging er weiter.

Das nächste Zimmer war voller Käfige. Sie stapelten sich ohne erkennbare Ordnung wirr übereinander, waren aus Gold, Messing und Silber gefertigt und standen allesamt offen. Niemand war eingesperrt, überhaupt schien es auch hier kein Leben zu geben.

Entfernt erinnerte dieser Raum den Jäger an einen Müllplatz. Sollte das hier ein Rätsel sein? Bezogen sich die Zimmer aufeinander? Er war noch nie gut darin gewesen, Dinge zu kombinieren.

Was hatten ein edles Zimmer, unterschiedliche Stricke und unzählige Käfige gemeinsam? Oder gingen seine Gedanken zu weit? Vielleicht bedeutete das hier überhaupt nichts …

Immerhin wartete eine weitere Tür auf ihn, die durch all die Käfige kaum zu erkennen war.

Seufzend blickte Ayden auf Estelles Halskette, die ihm mittlerweile wieder kalt vorkam. Er war so entschlossen, die Prinzessin zu finden, aber dieser Ort schien ihn von ihr zu entfernen. Er hatte gedacht, dass er sie spüren würde – auf die eine oder andere Weise –, doch nichts dergleichen geschah. Stattdessen fror er.

Der folgende Raum war viel kleiner als die anderen und mit zahlreichen bunten Decken ausgelegt. Mehrmals musste der Jäger aufpassen, dass er nicht den Halt verlor, so rutschig war es.

Doch noch etwas anderes irritierte ihn: Im Gegensatz zu den anderen Zimmern war es in diesem eiskalt. Er schlang die Arme um seinen Oberkörper. Stirnrunzelnd fragte er sich, wer solch einen merkwürdigen Ort bewohnte.

Kopfschüttelnd durchquerte er das Zimmer. Wieder fand er eine Tür, dieses Mal musste er geradeaus gehen.

Gerade legte er die Hand auf die Klinke, als ein infernalisches Kreischen die Stille zerriss.

Ayden erstarrte. Sein Herz schlug wie wild. Wer hatte da geschrien? Es hatte furchtbar geklungen, laut und als würde jemand furchtbare Qualen erleiden. War es Estelle, die geschrien hatte? Schwebte sie in Gefahr?

Ayden hatte Angst, aber der Gedanke an die Prinzessin verlieh ihm Kraft. Er blickte noch einmal auf die Halskette, doch der Stein blieb kalt. Hoffentlich kam er nicht zu spät!

Als er erneut nach der Klinke griff, wurde die Tür mit einem Ruck aufgerissen. Ihm entfuhr ein kleiner Schrei, doch dieser ging ohnehin unter.

Das Kreischen erklang erneut, dieses Mal aber hatte sich die Stimmlage geändert. Es hörte sich nicht mehr ängstlich an, sondern vielmehr vergnügt. Das Geräusch erinnerte Ayden an ein Lachen.

Ein *Auslachen*.

Und es stammte von einer Gestalt, die direkt vor ihm stand. Einer Gestalt mit grünen Augen. Unfassbar grünen Augen.

Als er sich von dem intensiven Blick losreißen konnte, erkannte er ein spitzes Kinn und lange, lockige graue Haare. Die Frau vor ihm war um einiges älter als er, mit Falten im Gesicht und an den Händen, ihr Körper wirkte allerdings noch immer drahtig. Sie trug ein langes rotes Gewand, das den Boden knapp berührte. Auf ihren Lippen lag ein boshaftes Lachen.

Sie schaute ihn an.

Ayden schaute zurück, und obwohl er Angst hatte, hielt er Blickkontakt mit der Fremden.

»Wer seid Ihr?«, fragte er mit zitternder Stimme und versteckte Estelles Kette in seinen Händen.

Die alte Frau zwinkerte kurz – dann lachte sie weiter.

»Ich bin auf der Suche nach …«

»Ich weiß ganz genau, was du suchst«, unterbrach ihn die fremde Frau und erstickte beinahe an ihrem eigenen Lachen. Sie hatte eine unangenehme, krächzende Stimme.

»Ach ja?« Ayden zog eine Augenbraue hoch. Er schaffte es, gegen seine Angst anzukämpfen und sich im Raum umzusehen. Viel erkannte er nicht, da die mysteriöse Frau direkt im Durchgang stand und ihm so die Sicht versperrte.

»Du suchst einen Schwan, nicht wahr?«, gluckste die Grauhaarige.

Perplex sah Ayden sie an.

Woher …?

»Das stimmt«, sagte er stattdessen und bemühte sich um eine neutrale Stimme. Noch immer wusste er nicht, was an der ganzen Sache so lustig war, daher entschied er sich kurzerhand dazu, es zu ignorieren. »Habt Ihr einen Schwan gesehen?«, erkundigte er sich.

»Einen Schwan?«, gluckste die Frau und hielt sich vor Lachen den Bauch. »Nun ja, ich habe schon öfter einen Schwan gesehen.«

»Nicht generell. Heute. Hier. Vor Kurzem«, sagte Ayden zwischen zusammengebissenen Zähnen. Er hasste es, zum Narren gehalten zu werden! Langsam verschwand seine Angst. Ihm kam die Alte nicht länger gefährlich, sondern eher lächerlich vor.

Die Frau tat so, als würde sie überlegen. »Nun ja, wie wichtig ist es dir denn, dass ich einen Schwan gesehen habe?«

»Hört zu!« Ayden ballte die Fäuste. »Ich habe nicht ewig Zeit. Entweder beantwortet Ihr mir nun meine Frage oder …«

»Oder was?« Unbeeindruckt zog sie eine Augenbraue hoch, während sie weiterhin im Türrahmen lümmelte.

Verzweifelt suchte Ayden nach einem Argument, das sie überzeugen würde, aber leider besaß er nichts, das er ihr bieten konnte. Daher starrte er ihr nur wütend in die Augen.

Die Alte fuhr sich durch die grauen Haare und schürzte die Lippen. »Ich will mal nicht so sein«, sagte sie großzügig, ging dann einen Schritt zur Seite. »Ich habe heute einen Schwan gesehen.« Ayden hatte jetzt freie Sicht auf den Raum hinter ihr. »Um genau zu sein, habe ich heute einige Schwäne gesehen.«

Schon wieder lachte die unbekannte Frau, wenn auch nicht mehr so wahnsinnig wie zuvor.

Ayden trat durch den Türrahmen. Erst dann erhaschte er einen Blick auf das Innere des Raumes … und erstarrte.

Das, was der Jäger sah, hätte genauso gut die Szenerie eines Albtraums sein können. Seines eigenen Albtraums.

Panisch blickte er sich um. Er schlug sich die Hand vor den Mund und sah die Alte mit dem größten Maß an Fassungslosigkeit an, das er je verspürt hatte.

Erst tat sie unbehelligt, aber Ayden sah, wie ihre grünen Augen verräterisch blitzten. »Ich dachte, du suchst einen Schwan«, bemerkte sie spöttisch.

Wie im Wahnsinn schüttelte er den Kopf. »*Einen* Schwan«, stammelte er dann. »Nicht … Tausende.«

Es mussten Tausende sein … Abertausende.

Schwäne. Überall in diesem Zimmer.

Schwäne aus Stein.

Am liebsten hätte er auf den Hacken kehrtgemacht, aber nun fasste ihn die Frau am Arm.

»Du hast einen Schwan verloren, richtig?«, fragte sie.

Er nickte stumm.

»Vielleicht hat er sich ja unter meine Sammlung geschlichen«, meinte sie, eine weite Handbewegung vollführend, die den ganzen Raum umfasste.

»Ich … suche einen *echten* Schwan«, flüsterte Ayden. »Keinen … aus Stein.« Er wollte Luft holen, aber es schien, als würde ihm das Zimmer seinen ganzen Atem stehlen.

»Sie waren alle mal lebendig. Nicht unbedingt Schwäne. Frauen, Männer, Kinder, auch Tiere. Ich kann mich an jeden Einzelnen erinnern.« Beinahe stolz strich sie über den Kopf eines steinernen Exemplars.

»Ihr … habt sie verwandelt?«, keuchte Ayden. »Wieso?«

Sie sah ihn mit schmalen Augen an. »Das muss dich nicht interessieren. Du bist doch ohnehin aus einem anderen Grund hier, oder?« Sie kam ihm bedrohlich nahe, sodass er im Grün ihrer Augen beinahe zu versinken schien.

»Ich muss unbedingt wissen, ob mein Schwan dabei ist. Es ist sehr wichtig.« Aydens Herz klopfte schnell und ein Teil seiner Angst kehrte wieder zurück.

»Seit wann vermisst du ihn denn? Und ist es wirklich ein Schwan?«

Ayden überlegte kurz, wie viel er der Alten erzählen sollte, aber da sie momentan seine einzige Anlaufstelle war, seufzte er. »Eigentlich suche ich nach einer jungen Frau.«

»Eine junge Frau also«, ahmte die Alte ihn nach. »Soso.«

»Es kann aber auch sein, dass sie ein Schwan …« Verzweifelt griff sich der Jäger an den Kopf. Er hatte im Gefühl, dass dieses Gespräch nirgendwo hinführte.

Anscheinend bemerkte die Frau seine Verzweiflung. Sie hob sein Kinn an, sodass er gezwungen war, sie anzusehen. »Ich rate einfach mal«, sagte sie dann. Ihr kalter Atem traf sein Gesicht, fühlte sich wie eine eisige Wolke auf warmer Haut an. »Lange blonde Haare, blaue Augen, eine Haut wie Alabaster«, zählte sie auf.

»Ja! Ja, das ist sie!«, rief Ayden. »Habt Ihr sie gesehen? Ist sie hier?«

»Ganz langsam, mein Bürschchen.« Mit dem Nagel ihres Zeigefingers pikste sie in seinen Oberkörper. Reflexartig wich Ayden ein paar Schritte zurück. »Wie sehr brauchst du diesen Schwan?«, fragte sie ihn.

»Mehr als alles andere«, gab er zu.

»Dann werden wir uns bestimmt einig.«

Die alte Frau umrundete Ayden dreimal, sodass er eingekreist war. Wirr verfolgte er sie mit den Augen, aber sie war zu schnell.

»Was muss ich dafür tun?«

Ayden hatte die ungute Vermutung, dass das Ganze nicht mit rechten Dingen zuging. Zudem musste er an Estelles Geschichte denken. Sie selbst war durch ihre Stiefmutter in einen Schwan verwandelt worden. Was, wenn die böse Hexe es geschafft hatte, an diesen Ort zu kommen, um Estelle zu töten?

Nachdenklich sah er sie an.

»Ich gebe dir einen Versuch«, sprach sie mit theatralischer Stimme und breitete die Hände aus. »Einen Versuch, dein Mädchen zu finden.«

Ayden musste sich die Schwäne nicht noch einmal anschauen, um zu realisieren, dass das schlichtweg unmöglich war. Wie sollte er zwischen steinernen Gestalten, die alle gleich aussahen, seine Estelle finden?

»Na los, fang an«, drängte ihn die Alte.

Perplex sah er sie an. »Wie soll ich das jemals schaffen?«

»Das ist nicht mein Problem. Ich habe dir ein Angebot gemacht. Was du damit anstellst, liegt ganz bei dir.«

Fassungslos schüttelte er den Kopf, aber die Frau sah nicht so aus, als könnte man mit ihr verhandeln.

Weil ihm schlichtweg nichts anderes übrig blieb, schaute er sich die Schwanengestalten näher an. Sie standen alle wahllos im Raum, teilweise wild übereinandergestapelt, sodass sich keine Ordnung erkennen ließ. Manche waren kleiner als andere, aber das schien der einzige Unterschied zu sein.

Vorsichtig berührte Ayden einen der Schwäne. Vielleicht erkannte man so, dass Leben in ihnen wohnte? Doch kurz darauf zog er seine Hand wieder zurück. Der Stein war kalt und tot.

Hielt sich Estelle wirklich in diesem Raum auf? War sie einer der steinernen Schwäne? Sah sie ihn womöglich? Kurz spekulierte Ayden darauf, dass sie ihm ein Zeichen gab, aber egal in welche Richtung er schaute, die Schwäne rührten sich nicht.

Sicherheitshalber ging er den Raum ab, nur um unverrichteter Dinge wieder stehen zu bleiben.

»Tut mir leid, aber das ist unmöglich«, sagte er zu der alten Frau, die die Arme vor der Brust verschränkt hatte. Als sie nicht reagierte, fügte er hinzu: »Ein Schwan gleicht dem anderen. Man kann sie nicht unterscheiden.«

»Du gibst also auf«, erwiderte sie kurz angebunden, mehr Feststellung als Frage.

In Ayden brodelte es, aber er ahnte, dass auch ein weiterer Versuch ihm nicht helfen würde.

»Wieso sagt Ihr mir nicht einfach, welcher Schwan die junge Frau ist, nach der ich suche?«

»Wieso sollte ich das tun?«, erwiderte sie und zwirbelte eine ihrer Haarsträhnen.

»Weil …«

»Ich gewähre dir bereits einen Versuch, das ist mehr als großzügig.«

»Aber was ist, wenn ich es nicht schaffe?«

»Dein Scheitern ist nicht mein Belang.«

Er wollte mit dem Fuß auf dem Boden aufstampfen, den Raum in Brand setzen, die Alte niederschlagen. Aber nichts von alldem hätte ihm geholfen.

»Ich versuche es noch einmal«, brummte er zerknirscht.

Die Fremde bedachte ihn mit einem undefinierbaren Blick.

Mit herabhängenden Schultern besah sich Ayden den Schwan, der direkt vor ihm stand. Er bemühte sich, Unterschiede zu finden – und tatsächlich: Er war nicht perfekt, hatte um die Augenpartie kleine Risse. Der nächste schien einen Fehler am Flügel zu besitzen.

Waren diese kleinen Macken Hinweise? Würde er Estelle dadurch erkennen? Welcher *Fehler* würde zu ihr passen? Für ihn war sie vollkommen, makellos und rein. Er wusste nicht, nach welcher Schwäche er suchen sollte.

Ayden schaute sich die nächsten zwei Schwäne an, die einen Riss am Schnabel hatten.

»Erkenne ich sie irgendwie? Gibt es ein Zeichen, das …?«, rief er über die Schulter, aber die Alte hüllte sich in Schweigen. Sie beobachtete ihn lediglich aus zusammengekniffenen Augen. »Verdammt«, fluchte Ayden. Er wusste einfach, dass er auf dem Holzweg war. So würde er es nie herausfinden. Wenn der Schwan nicht gerade eine Halskette …

Moment.

Die Halskette.

Sie hatte Ayden hierhergebracht, vielleicht würde sie ihm auch bei der Suche nach Estelle helfen.

Vorsichtig zog er das Band aus seiner Manteltasche. Der Stein war kalt und dunkel, aber was geschah, wenn Ayden sich bewegte?

Der Jäger machte die ersten ungelenken Schritte, nur um zu erkennen, dass die Kette kalt blieb. Doch so schnell wollte er nicht aufgeben. Entschieden ging er weiter und entdeckte einen Winkel, den er sich bisher nicht angeschaut hatte. Hoffnung breitete sich in ihm aus.

Ängstlich blickte er auf die Kette, und tatsächlich …

… endlich …

… wurde der Stein in seiner Hand warm. Blitzschnell sah Ayden von der Kette hoch. Vor ihm standen zehn Schwäne, aber welcher war der richtige? Optisch konnte er auch hier keinen Unterschied erkennen.

Er warf einen Blick über die Schulter und stellte fest, dass die Alte wohl die Lust daran verloren hatte, ihn zu beobachten. Stattdessen spielte sie an ihren Haaren und schaute desinteressiert in Richtung Tür.

Ayden fand heraus, dass die Kette auf der linken Hälfte der Schwäne am wärmsten war, was bedeutete, dass er fünf ausschließen konnte. Womit noch fünf übrig waren. Er ging in die Knie, um besser sehen zu können. Wie ein Pendel bewegte der Jäger die Kette vor den versteinerten Tieren, bis der Saphir bei dem Schwan, der ganz rechts stand, plötzlich zweimal aufflackerte.

»Unfassbar«, murmelte Ayden und verbarg die Kette in seiner Handfläche. »Ich glaube, ich weiß, welcher mein Schwan ist«, rief er dann.

Betont langsam drehte die Frau sich um. »Ach ja?«

»Ja.« Ayden nickte.

»Und du willst dein Leben so einfach aufs Spiel setzen?«

Ihre Worte verursachten bei Ayden ein Stirnrunzeln. »Wer spricht denn von meinem Leben?«

Die Frau ging auf ihn zu. »Du glaubst doch nicht, dass ich dir den Freiversuch umsonst anbiete? Alles hat einen Preis, so auch meine Güte.«

Güte. Er hätte ihr am liebsten vor die Füße gespuckt.

»Wo liegt das Problem?«, fragte er barsch, während er den Schwan vor sich nicht aus den Augen ließ.

»Wenn du richtigliegst, ist das Mädchen dein«, führte sie weiter aus. »Genau so, wie wir es abgesprochen haben. Solltest du allerdings scheitern«, sie machte eine künstliche Pause, »bist du der Nächste in meiner Sammlung!« Triumphierend riss sie die Hände in die Luft und stieß ein Lachen aus, das Ayden durch Mark und Bein drang.

»Ich ...«

»Du musst nichts sagen. Wenn du einen Schwan wählst, stimmst du meinen Bestimmungen zu.«

Ayden dachte eine Weile nach. Dass er nicht versteinert werden wollte, lag auf der Hand. Wie sicher war also die Wahl der Kette? Konnte er auf ein Schmuckstück vertrauen? Zeit seines Lebens war er immer Realist gewesen, aber gerade rang er mit sich selbst. Zudem machte sich ein Gefühl in ihm breit, das er nicht ignorieren konnte. Ein Gefühl, dass er auf dem richtigen Weg war. Die Sehnsucht nach Estelle gab ihm den Rest.

»Willst du mir nun sagen, welcher Schwan es ist?«

Augen zu und durch.

Ayden atmete tief ein. »Es ist dieser vor mir«, sagte er dann.

15

Ayden

»Du hast dich also entschieden.« Die Frau trat ein Stück näher an Ayden heran.

Er nickte.

»Und du bist dir ganz sicher? Jede falsche Wahl ist gleichzusetzen mit einem Leben als Schwan, einem Leben als Stein …«

Bevor sie ihm weiter Angst bereiten oder ihn in seiner Wahl verunsichern konnte, förderte er die Kette zutage und hielt sie vor den Schwan.

»Ich bin mir vollkommen sicher«, sagte er mit fester Stimme.

Schon breitete sich wieder ein diebisches Grinsen auf den Lippen der Frau aus, als ihr Blick plötzlich auf Estelles Halskette fiel. Von einer Sekunde auf die andere entglitt ihr alles. Sie war nicht mehr Herr ihrer selbst und Ayden erkannte unter wachsendem Erstaunen, wie ihre Hände nervös zitterten.

»Woher … woher hast du diese Kette?«, rief sie so laut, dass ihr Schrei von den Wänden widerhallte. Zornig baute sie sich vor Ayden auf, wollte nach dem Schmuckstück greifen, aber er hielt es verborgen in seiner Hand. Auf dem Gesicht der Frau pulsierte die Wut. »Steck sie weg!«, schrie sie. »Steck sie weg! Ich will sie nicht in meinen Hallen haben!« Mit jedem Wort wurde sie panischer, immer mehr Farbe wich aus ihrem Gesicht.

Ayden wusste nicht, wie ihm geschah. Perplex starrte er die Alte an, aber dann wurde ihm bewusst, dass er handeln musste. Die Fremde war noch zu überrumpelt von der Tatsache, dass er die Kette besaß – das gab ihm ein paar Sekunden Zeit, Estelle zu retten. Kurzerhand legte er das Schmuckstück um den Hals des steinernen Schwans.

Als die Kette den Stein berührte, begann dieser augenblicklich zu bröckeln. Erst kleine, dann immer größere Stücke fielen krachend auf den Boden.

Die Alte schrie, vergrub ihre spitzen Fingernägel in den Haaren.

Ayden zwang sich, sie zu ignorieren. Gebannt wartete er auf den Moment, in dem der Schwan vollkommen in sich zusammengebrochen war. Noch immer hatte er keine völlige Sicherheit, dass Estelle wirklich darunter steckte. Was geschehen würde, wenn er falschlag – daran wollte er gar nicht denken.

Stumm faltete er die Hände zu einem letzten verzweifelten Gebet, da wurde der Raum in helles Licht getaucht. Gleichzeitig hörte das Schreien auf.

Wie durch eine höhere Macht geleitet, verschwanden die Steinscherben. Für einen Augenblick blieb der Boden leer, dann materialisierte sich ein menschlicher Körper. Zuerst sah Ayden nur die Füße, schließlich folgten Beine, der Oberkörper und das Gesicht.

»Estelle«, rief er erleichtert. So wie sie sich vor seinen Augen aus ihrem steinernen Gefängnis befreit hatte, fiel ihm ein Stein vom Herzen, als er auf den Boden sank und seine Arme um die Prinzessin breitete.

Sie schaute ihn aus großen Augen ängstlich an, zudem zitterte sie am ganzen Körper.

»Hab keine Angst«, raunte Ayden, dann hob er sie an, als wäre sie leicht wie eine Feder.

Er sah sich nach der alten Frau um, aber der Raum war mit einem Mal wie ausgestorben. Kurz überlegte er, ob sie vielleicht weiter unten auf die beiden wartete, um ihnen dort die Flucht zu vereiteln. Aber selbst wenn, er musste hier raus.

Ayden umschlang Estelle fester, dann steuerte er auf die Tür zu, die glücklicherweise nicht verschlossen war.

Tausend Schrecken fielen von ihm, als er die Prinzessin die Stufen hinuntertrug und den langen Gang durchquerte. Ein Lächeln lag auf seinen Lippen, in seinem Herzen wohnte die Gewissheit, dass jetzt alles gut würde.

Vorsichtshalber schaute er sich immer wieder nach der Alten um, aber sie blieb verschwunden. Irgendetwas musste es mit dieser Kette auf sich haben. Gesetzt dem Fall, dass es sich bei der Unbekannten wirklich um Estelles Stiefmutter handelte, hatte sie das Schmuckstück vielleicht wiedererkannt?

Als Ayden an der kleinen Öffnung angekommen war, sank er auf die Knie. Estelle stand noch immer die Angst ins Gesicht geschrieben, sie krallte sich an ihm fest, als wäre er ihre einzige

Hoffnung. Die Haare der Prinzessin standen wirr in alle Richtungen ab, ihr Gesicht war kalkweiß, ihre Haut kalt.

»Gleich haben wir es geschafft«, murmelte Ayden und streichelte ihr beruhigend über die Wange.

Vorsichtig schob er erst die Prinzessin durch das Loch, dann kroch er hinterher.

Die Tatsache, dass seine Armbrust noch immer vor dem Eingang lag, machte ihn so glücklich, dass er sich beinahe wie im Freudentaumel fühlte. Gleichzeitig wusste er, dass er und die Prinzessin erst dann wirklich sicher waren, wenn sie Distanz zwischen sich und die alte Frau gebracht hatten.

Vielleicht war sie nur kurzzeitig verschwunden und schon hinter ihnen her.

»Vorsicht, Estelle«, murmelte er, als er sie abermals auf die Arme hob.

Sie hielt die Augen nun geschlossen, sah aber alles andere als entspannt aus, was unter anderem an der Falte auf ihrer Stirn lag.

Weil das Adrenalin durch seine Venen pumpte, war er schneller, als er es sich selbst zugetraut hätte. Schon nach wenigen Minuten hatte er den Grund der schaurigen Schlucht hinter sich gelassen und auch der Anstieg des Berges gelang ihm beinahe mühelos. Zwischenzeitlich schaute er immer wieder auf Estelles Gesicht.

Er hatte es geschafft.

Die Prinzessin war in Sicherheit.

Genau, wie er es versprochen hatte.

Estelle

Ihr Kopf dröhnte, als sie die Augen öffnete. Um sie herum breitete sich Dunkelheit aus. Egal, wohin sie blickte, sie sah nichts als alles verschlingende Schwärze.

Mit den Händen tastete sie sich voran, versuchte so, ihre Umgebung zu entschlüsseln. Nachdem sie eine Weile blind ihre Arme ausgestreckt hatte, stieß sie gegen etwas, das sich wie Stoff anfühlte. Estelle runzelte die Stirn. Sie zwang sich, darüber nachzudenken, was es sein konnte, auch wenn ihr Kopf durch die Anstrengung nur noch mehr schmerzte.

Ein Rucksack?

Nein, dafür war es zu groß.

Ein Kleid?

Auch nicht. Es fühlte sich rauer an.

Seufzend befühlte sie den Gegenstand weiter, als plötzlich eine Stimme an ihr Ohr drang.

»Bist du wach, Estelle?«

Sie zuckte zusammen. Ihr kam es wie eine Ewigkeit vor, dass jemand zu ihr gesprochen hatte.

»Ayden?«, flüsterte sie, erschrocken über ihre eigene Stimme, die sich zittrig und rau anhörte.

»Ich bin hier.«

Kurz darauf spürte sie eine Berührung an ihrer Schulter. Finger, die sanfte Kreise auf ihrer Haut zogen.

»Wo sind wir hier?«, wollte Estelle wissen, während sie weiterhin über den unbekannten Gegenstand nachdachte.

»Wir liegen in meinem Zelt«, erklärte Ayden. »Es ist mitten in der Nacht.«

»Nacht?« Estelle wollte sich aufsetzen, aber ihr Kopf entschied schnell, dass das keine gute Idee war, sodass sie unverrichteter Dinge wieder auf den Boden sank. »Aua.«

»Hast du Schmerzen?«

»Mein Kopf«, gab Estelle zu. Dann fiel ihr ein, was sie ursprünglich hatte sagen wollen. »Es ist Nacht? Wieso sind wir nicht unterwegs?«

»Ich glaube kaum, dass du dazu in der Lage gewesen wärst«, sagte er seufzend.

Estelle runzelte die Stirn. »Was … was ist passiert?«, flüsterte sie. In ihrem Kopf spielte alles verrückt. Sie versuchte, sich an Vergangenes zu erinnern, aber es kam ihr so vor, als betrachtete sie ihr Leben durch einen dichten Schleier.

Sie hörte, wie Ayden ausatmete. Da es so dunkel war, wusste Estelle gar nicht, wohin sie schauen musste, um ihn anzusehen. Kurzerhand gab sie auf und schloss die Augen.

»Woran kannst du dich erinnern?«, fragte Ayden sanft.

Die Vorstellung, ihre zerrütteten Gedanken durchwühlen zu müssen, behagte ihr gar nicht, dennoch versuchte Estelle, sich auf das zu besinnen, was in der Vergangenheit lag. Mit den Zeigefingern massierte sie ihre Schläfen.

»Ich bin von der Klippe gefallen«, sagte sie dann. Als sie an den Sturz dachte, wurde ihr abwechselnd heiß und kalt. Da alles so schnell gegangen war, hatte sie gar keine Zeit gehabt, Angst zu haben. Dies rächte sich nun. Gänsehaut bedeckte ihre Arme und sie begann zu frieren.

»Was ist dann geschehen?«, wollte Ayden wissen. Seine Stimme klang auf eine Weise fordernd, die sie von ihm so nicht kannte.

»Ich … ich weiß nicht«, murmelte sie. »Es … hat wehgetan. Irgendwo in meinem Rücken. Daran kann ich mich erinnern.«

»Bist du auf einem Stein aufgeschlagen?«

Sie drehte sich auf die Seite. »Ich glaube schon. Aber mit Sicherheit kann ich es nicht sagen. Ich weiß nur noch, dass ich geschlafen habe. Ich … habe von meinen Schwestern geträumt und hatte Schmerzen. Irgendwann bin ich aufgewacht. Da … war es dunkel.« Sie biss sich auf die Lippe.

»Warst du ein Mensch?«, wollte Ayden wissen.

Estelle schüttelte den Kopf, auch wenn der Jäger das in der Dunkelheit unmöglich sehen konnte. »Ich war ein Schwan«, fuhr sie stockend fort. »Ich habe versucht, meine Flügel auszubreiten, aber es ging nicht. Da war irgendetwas, das mich daran gehindert hat. Ich konnte weder fliegen noch laufen.«

Ayden

Er wusste nicht, was er tun sollte. Estelle war erst seit wenigen Minuten wach. Vielleicht würde die Theorie, dass sich hinter der

Alten ihre Stiefmutter verbarg, sie zu sehr erschüttern. Sie schien gesundheitlich noch immer angeschlagen, da war es besser, vorsichtig mit ihr umzugehen. Andererseits hatten sie nicht ewig Zeit. Und in Ayden brannten Fragen darauf, beantwortet zu werden.

»Was ist mit mir passiert, Ayden?«, hauchte die Prinzessin.

Der Jäger blickte auf sie hinab, sah die Konturen ihres ebenmäßigen Gesichts. Dann fasste er sich ein Herz. »Du bist zur Zielscheibe dunkler Magie geworden«, sagte er.

Er hörte, wie Estelle erschrocken einatmete. Fahrig fuhr er sich durch die Haare, aber jetzt, wo Ayden mit dem Thema angefangen hatte, musste er es auch zu Ende bringen.

»Ich bin mir nicht sicher, was genau vorgefallen ist, dafür kenne ich mich zu wenig mit Zauberei aus. Aber du standest unter einem Bann.«

Er sah sie lange an und atmete tief aus. Und dann erzählte er ihr, wie er sie gefunden hatte. Welche Angst er verspürt hatte, als die Räume immer mehr wurden. Und wie er es schließlich geschafft hatte, den Bann zu brechen.

Nach einer langen Zeit endete er. Seine Kehle war trocken, so viel hatte er noch nie am Stück gesprochen.

»Wie sah sie aus?«, war Estelles erste Frage.

»Sie war sicher dreißig Jahre älter als wir und hatte lange graue Haare, außerdem fast unnatürlich grüne Augen.«

Estelle sah ihn kurz verwundert an, enthielt sich aber eines Kommentars. »Und sie hat tatsächlich Schwäne gesammelt?« Ihre Stimme klang skeptisch, als hätte der Jäger ihr einen Bären aufgebunden.

»Nicht wirklich Schwäne. Sie hat … Menschen oder Tiere gesammelt und diese in Steinschwäne verwandelt.« Als Estelle nichts erwiderte, fuhr er fort. »Ich habe noch nie einen so seltsamen Ort gesehen. Es war ja nicht mal ein Haus, eher eine unterirdische Höhle mit vielen Zimmern.«

»Ich weiß nicht genug über Magie, um die Frau einzuschätzen. Das einzige Mal, dass ich mit einem Zauber in Kontakt gekommen bin, war Ranias Bann. Mein übriges Wissen stammt aus Märchenbüchern.«

»Estelle«, schaltete sich Ayden ein, »wie sieht Rania aus?«

In der Dunkelheit sah er, wie sie ihre Stirn in Falten legte.

»Sie hat lange Haare, die so aussehen, als wären sie in Teer getaucht. Ihr Körper ist schlank und auch die Haut verrät nichts über ihr Alter. Allerdings bin ich mir nicht sicher, ob sie dabei nicht magisch nachhilft. Rania kleidet sich sehr ausgefallen. Außerdem hat sie einen sehr stechenden Blick und wahnsinnig grüne Augen.«

»Wahnsinnig grüne Augen«, wiederholte Ayden. »Genauso wie die Alte aus der Höhle.«

»Ja, das kann sein«, murmelte Estelle, doch schien nicht zu begreifen, worauf der Jäger hinauswollte.

»Estelle, es ist nur eine Theorie«, sagte dieser, »aber könnte es sein, dass deine Stiefmutter es war, die dich in einen Schwan verwandelt hat? Wieder?«

»Du meinst, die alte Hexe aus der Höhle soll Rania gewesen sein?« Estelle presste sich die Hand vor den Mund.

In Gedanken zählte Ayden eins und eins zusammen, dann berichtete er: »Ich finde es nicht abwegig. Sie ist eine Zauberin, beherrscht Magie und hat euch an verschiedene Orte gebracht. Wenn sie den Fluch ausgesprochen hat, kontrolliert sie ihn auch. Vielleicht … wollte sie nicht, dass du das Rätsel löst. Vielleicht sind wir so nah dran, dass sie eingreifen musste?«

Estelle schaute ihn an, ihr Blick war erfüllt von Misstrauen und Unglauben. »Rania ist hier?«, hauchte sie.

»Ich weiß es nicht.« Ayden kratzte sich am Kinn. »Du kennst sie besser als ich. Kannst du es dir vorstellen?«

Die Prinzessin schwieg eine Weile, doch dann nickte sie. »Ich glaube, Rania ist alles zuzutrauen. Ihr Hass auf uns war grenzenlos.«

»Wir haben sie besiegt.« Ayden griff nach Estelles Hand, die noch immer kalt war. »Zumindest glaube ich, dass sie weg ist. Sie hat sich aufgelöst, nachdem ich dich befreit habe.«

»Wie hast du das geschafft?«, fragte Estelle.

Nun kamen sie zu dem Teil der Geschichte, der Ayden am meisten interessierte. Abermals schaute er auf Estelle hinab, konnte die Kette an ihrem Hals nur erahnen, die er ihr umgelegt hatte, nachdem sie den Felsen verlassen hatten.

»Ich habe dir ja erzählt, dass ich deinen Saphir in der Schlucht gefunden habe«, begann er und wartete ihre Zustimmung gar nicht erst ab. »Mithilfe dieser Kette habe ich die alte Hexe gefunden. Außerdem … hat mir dein Schmuckstück den richtigen Schwan verraten.«

»Wie soll so etwas möglich sein?«

Ayden kratzte sich an der Stirn, legte den Kopf schief.

»Als ich vor … dir … vor dem Schwan stand, hat der Saphir zweimal geleuchtet, so als wollte er sagen, dass du in der Nähe bist.«

»Das ist … erstaunlich«, erwiderte Estelle.

»Woher hast du diese Kette?« Ayden bemerkte nicht, dass er vor Anspannung den Atem anhielt. Er wusste nicht, mit welcher Antwort er rechnen sollte. Kurz glaubte er, Estelle würde gar nichts erwidern, weil sie so lange schwieg.

Dann aber sagte sie: »Die Kette war ein Geschenk meiner Mutter. Meine Schwestern und ich haben ein Schmuckstück mit einem Edelstein von ihr bekommen. Bei mir ist es der Saphir, Tatjana beispielsweise trägt einen Rubin und Genevieve einen Smaragd.«

»Aber … wenn es eine gewöhnliche Kette ist, wie kann sie mir so geholfen haben?«

»Ich weiß es nicht, Ayden. Bisher habe ich in ihr nur ein Schmuckstück gesehen, mehr nicht.«

»Vielleicht … steckt Magie in ihr«, mutmaßte er.

»Aber … die Kette war ein Geschenk meiner Mutter. Sie war ein Mensch und hatte mit Magie nichts zu tun«, erwiderte Estelle entschieden. Ayden sah, wie sie in der Dunkelheit den Kopf schüttelte.

»Dennoch hat die Kette dir das Leben gerettet. Zweifelsohne.«

Estelle griff nach dem Saphir. »Ich dachte immer, das wäre eine gewöhnliche Halskette«, flüsterte sie.

»Die du zufällig mit in diese Welt genommen hast.«

»Was?« Unter einem Ächzen setzte sie sich auf.

Ayden rückte ein Stück näher an sie heran. »Findest du es nicht komisch, dass du in diese Welt gekommen bist … mit nichts, das deinem alten Leben angehört, außer dieser Halskette?«

»Du meinst also, dass es möglich ist? Dass sie Kräfte hat? Dass meine Mutter mich über ihren Tod hinaus beschützt?« Estelles Stimme klang klein und unsicher.

Ayden nickte. »Genau das glaube ich«, sagte er.

Estelle dachte eine Weile angestrengt nach, dann schien ihr etwas einzufallen. Sie zog an ihrer Unterlippe und legte die Stirn in Falten.

»Damals, Ayden, als du mich angeschossen hast, war ich ein Schwan. Obwohl die Sonne schon längst untergegangen war und ich wieder eine junge Frau sein sollte. Aber irgendwie hat sich die Verwandlung verzögert. Vielleicht wollten die guten Mächte Talarios, dass wir uns begegnen. Da ich meine Nächte in der Höhle verbracht habe und die Tage als Schwan in der Luft, wäre das kaum möglich gewesen.

Wenn ich die Gestalt wechsele, heilen meine Wunden schneller. Falls diese Kette wirklich Zauberkräfte birgt und meine Mutter mich beschützt … vielleicht hat sie das alles vorausgesehen und wollte, dass ich mich später verwandele, sodass ich durch den Bolzen nicht sterbe.« Estelle holte tief Luft, als sie zu Ende gesprochen hatte.

Ayden sah sie nachdenklich an. Er starrte auf ihre leicht geöffneten Lippen und meinte: »Vielleicht hast du eine mächtige Beschützerin mit auf den Weg bekommen. «

16

Estelle

Er hatte sich zur Ruhe begeben, sodass sie nun beide nebeneinanderlagen. Ein wenig Schlaf würde ihnen guttun, hatte er gemeint und angemerkt, dass sie dann weitergehen könnten.

Aber er schlief nicht.

Das merkte sie an der Art und Weise, wie sein Atem ging. Ungleichmäßig, in verschieden großen Abständen.

Sie merkte es daran, wie er sich immer wieder umdrehte, anscheinend keine Position fand, die zum Schlafen geeignet war.

Sie konnte ebenfalls nicht schlafen. Die Erinnerungen waren zu frisch. In ihren Ohren hörte sie ständig das infernalische Kreischen der alten Frau.

Was, wenn es sich wirklich um Rania handelte? Würde sie noch einmal angreifen? Estelle war ihr entkommen, aber Rania keine Frau, die so schnell aufgab.

Obwohl die Prinzessin sich beschützt fühlte und Ayden auf sie aufpassen würde, hatte sie noch immer Angst. Ein einzelner Fehltritt hatte sie nicht nur eine Schlucht hinabfallen lassen, sondern sie auch in eine komische Höhle gebracht, aus der sie allein nicht herausgekommen wäre. Sie musste vorsichtiger sein! Nein, sie konnte wirklich nicht schlafen. Sie war nicht einmal müde.

Doch es lag nicht nur daran, dass sie immer noch ängstlich war.

Der zweite Grund …

… war *er*.

Er lag so nah neben ihr, dass sie jeden Zentimeter seiner Präsenz spüren konnte. Sein Atem kitzelte ihre Haut und ihre Hände berührten sich. Egal wie Estelle sich drehte, sie kam nicht von ihm los. Er schien überall zu sein.

Dunkle Gedanken beherrschten ihren Kopf – wurden aber immer überlagert von *ihm,* der ihr nicht nur das Leben gerettet hatte, sondern ihr wichtig geworden war. Vielleicht zu wichtig.

Obwohl die Stille sich wie ein dunkler Vorhang auf sie legte, schien es Estelle, als würde Ayden mit ihr reden. Vielleicht lag es aber auch daran, dass manche Menschen erst etwas sagten, wenn sie schwiegen.

Während Ayden versuchte, einzuschlafen, dachte sie über ihn nach. Sie kannte ihn nur einen Bruchteil ihres Lebens, trotzdem war er ihr ans Herz gewachsen. Und dies nicht nur auf eine oberflächliche Art. Nein, das mit Ayden ging … tiefer. Sie bildete sich ein, ihn zu kennen, obwohl dies rein logisch betrachtet unmöglich war.

In der kurzen Zeit hatte er mehr für sie getan als je ein Mensch zuvor. Aus reiner Güte hatte er ihr geholfen, das Rätsel durchgelesen und sich mit ihr auf eine gefährliche Reise begeben. Er kannte sie nicht – und begleitete sie doch. Durch tiefe Wälder, über weite Felder und sogar in eine verzauberte Höhle. Und seine Aufopferung war noch immer nicht beendet, denn in jeder fortschreitenden Sekunde riskierte er seine Anstellung bei Hofe.

Estelle mochte es, mit ihm zu reden. Sie mochte es, mit ihm unterwegs zu sein. Hörte ihm ebenso gern zu, wie sie ihn ansah. Liebte sein Lächeln, die Art, wie er sie betrachtete, wenn sie von ihrem Zuhause erzählte.

In der vollkommenen Dunkelheit hatte Ayden ein Licht angezündet. Es war nicht groß genug, um alles zu erleuchten, aber es reichte, um ihr die Hoffnung wiederzugeben.

Estelle stützte sich auf ihrem Ellbogen ab und betrachtete den Jäger in der Dunkelheit. Das, was sie hier taten – ein unverheirateter Mann und eine Jungfrau, die sich nachts ein Zelt teilten –, war in mehr als einer Hinsicht frevelhaft. In Brahmenien hätte sie sich so etwas nie erlauben dürfen und wäre auch gar nicht erst auf den Gedanken gekommen. Aber hier, an einem Ort, der ihrem Zuhause so fern war wie der Mond der Sonne, galten die gesellschaftlichen Konventionen nicht. Regeln lösten sich auf, Gesetze verpufften und verloren an Wichtigkeit.

Ayden hatte sie gerettet. Hatte sein eigenes Leben in Gefahr gebracht. Trotz allem verlangte er nichts von ihr.

Nervös kaute Estelle auf ihrer Unterlippe. Er hatte seine Augen fest geschlossen, aber sie glaubte noch immer nicht daran, dass er schlief. Seine Haare waren ein heilloses Durcheinander, ungekämmt, zerzaust, sahen aber irgendwie schön aus.

Während Estelle den Jäger betrachtete, breitete sich in ihr ein Gefühl aus, das sie nie zuvor empfunden hatte. Sie wusste nicht, wie sie es beschreiben sollte oder wo es einzuordnen war.

Aber es fühlte sich gut an.

Beinahe so, als wäre sie zu Hause.

Ein bisschen so, als würde sie schweben. Als wäre sie … glücklich.

Irgendetwas brannte in ihr.

Überrascht presste die Prinzessin eine Hand gegen ihren Magen. Was geschah mit ihr? Ihr Herz klopfte schneller, Schweiß brach in ihren Handflächen aus.

»Warum tust du es, Tatjana? Was reizt dich so daran?«

Fragend sah Estelle ihre Schwester an, die am Messingzaun lehnte, der den Schlossgarten von der Außenwelt trennte. Ihre braunen Haare waren zu Korkenzieherlocken gedreht, die Lippen in einem viel zu dunklen Ton angemalt.

»Es ist dieses Gefühl, *nach dem ich süchtig bin. Hast du es einmal empfunden, willst du nicht mehr aufhören.«*

»Wie … fühlt es sich an?«

Estelle wurde nervös und sah sich um. Aus irgendeinem Grund wollte sie hier nicht erwischt werden.

»Dein Herz klopft wie verrückt, in dir fliegen tausend Schmetterlinge und dein ganzer Körper sehnt sich nach dem anderen. Es ist … unbeschreiblich«, sagte Tatjana. Röte hatte ihre Wangen überzogen. »Du wirst es merken, wenn du das erste Mal verliebt bist, Estelle«,

fügte sie noch hinzu, dann rückte sie ihren Hut zurecht und schwang sich auf ihre Stute. Kurze Zeit später war sie nur noch ein kleiner Punkt am Horizont.

Es waren vielleicht nicht gleich tausend Schmetterlinge. Eher … fünfzig. Aber es gab sie. Und jetzt, wo Estelle ihre Existenz erkannt hatte, verschwanden sie auch nicht mehr.

Ihre Hand zitterte, als sie über Aydens Haare strich. Halb bangte sie, dass er ihre leichte Berührung registrierte, halb hoffte sie, dass er aufwachen und sie aus seinen braunen Augen ansehen würde.

Doch Ayden blieb still, weshalb sie fortfuhr. Vorsichtig strich sie ihm eine Locke aus dem Gesicht, dann wanderte ihr Finger weiter sein Kinn hinab, über die Schultern, bis zu seiner Hüfte. Estelle hielt den Atem an. Sie hörte, wie ihr Herz immer lauter schlug.

War es das?

War es das, von dem Tatjana so oft gesprochen hatte?

Ihre Schwester reizte die Jagd. Aber … das hier war … mehr.

Als ihr Blick auf seinen Lippen haftete, schlug er die Augen auf. Doch Estelle erkannte, dass er nicht böse aussah. Nicht erzürnt oder wütend. Eher überrascht, jedoch im Guten.

»Estelle«, flüsterte er, doch sie schüttelte den Kopf.

Er sollte jetzt nichts sagen, keine Fragen stellen, nichts dergleichen.

Alles in ihr kribbelte, als sie sich zu ihm hinunterbeugte. Es waren nur wenige Zentimeter und doch schien eine Ewigkeit zu vergehen, bis sie ihn endlich erreicht hatte. Sie bemerkte, wie sich der Ausdruck in seinen Augen änderte. Für einen Moment wirkte Ayden, als hätte er keine Ahnung, was mit ihm geschah, aber je näher sie ihm kam, desto steter wurde sein Blick.

Sie schloss die Augen, als sie ihre Lippen auf Aydens presste. Sanft wie ein Flügelschlag verschmolz ihr Mund mit dem seinen. Estelle spürte, wie sich eine Wärme in ihr ausbreitete, die sie noch nie verspürt hatte.

Seufzend verzehrte sie sich nach Ayden, vergrub ihre Hände in seinem vollen Haar. Er leistete keinen Widerstand, ganz im Gegenteil. Estelle spürte, wie sich der Jäger etwas aufrichtete, um besser an sie heranzukommen. Kurze Zeit später hatte er eine Hand um ihren Nacken gelegt und zog sie besitzergreifend an sich heran. Seine Barstoppeln legten sich rau auf ihre Haut.

Der Kuss dauerte nicht lange und doch wurde Estelle in dieser Zeit einiges bewusst.

Erstens: Sie war nicht verflucht. Nicht, wenn sie in der Lage war, dieses bittersüße Verlangen zu empfinden.

Zweitens: Sie wollte gerade an keinem anderen Ort auf der Welt sein. Sie fühlte sich geborgen.

Und drittens: Sollte dieser Kuss je enden, wollte sie einen zweiten. Einen dritten, vierten und fünften, bis sie an ihrer Zahl unendlich wurden und sie nie mehr aufhören musste.

Als Ayden sich von ihr losriss, öffnete Estelle die Augen. Fragend sah sie ihn an, ihr Herz klopfte.

»Was … was tun wir da, Estelle?«, fragte der Jäger, der hörbar durcheinander klang. Er rückte ein Stück von ihr ab, sodass sie ihn nicht mehr berühren konnte. Bevor sie zu einer Antwort ansetzen konnte, murmelte er: »Wir … wir dürfen das nicht. Das … ist falsch. Ich … bin ein Jäger, du eine Prinzessin, so etwas würde nur im Unheil enden.«

Weil alles in ihr darauf brannte, dort weiterzumachen, wo sie aufgehört hatten, sagte sie: »Uns sieht doch niemand.«

»Trotzdem.« Seine Stimme klang belegt, sogar etwas gehetzt. »Wir können nie … Es spricht einfach zu viel dagegen.«

»Ayden«, sprach Estelle mit Nachdruck, doch dann breitete sich ein Kloß in ihrer Kehle aus, sodass sie gar nichts mehr sagen konnte. Seine Aussage hatte sie verletzt, in mehr als einer Hinsicht. Nie zuvor war sie einem Mann gegenüber so offen gewesen, doch jetzt …

»Estelle.« Sanft strich er ihr eine Strähne hinter das Ohr. »Wir dürfen nicht vergessen, wer wir sind.«

»Aber das tun wir doch nicht.« Nur mit Mühe unterdrückte sie ein Schluchzen. Sie presste sich die Faust vor den Mund. Zum Glück war es dunkel, sodass er nicht sehen konnte, wie sehr sie mit ihren Gefühlen kämpfte. »Wir sind doch vor allem zwei Menschen. Mann und Frau. Ich dachte immer, das reicht.«

Als er freudlos auflachte, brach ihr Herz in tausend Teile. »Du bist die Prinzessin. Du solltest diejenige sein, die genau weiß, dass es eben nicht reicht. Hast du nicht selbst gesagt, dass dein Vater …«

Estelle weinte still in sich hinein. Sie bereute es, überhaupt angefangen zu haben. Dass sie sich von ihren Gefühlen hatte überwältigen lassen. Dass sie ihn geküsst hatte … Warum hatte sie sich nur wie ein törichtes kleines Mädchen verhalten? Ihren Schwestern wäre das nicht passiert, sie wussten, was es hieß,

Contenance zu bewahren. Und Tatjana konnte von Männern gar nicht verletzt werden, weil sie es überhaupt nicht so weit kommen ließ.

»Ich …«, stammelte Ayden, aber auch ihm schien nichts Passendes einzufallen.

Estelle kroch in die hinterste Ecke des Zeltes. Am liebsten wäre sie weggelaufen, aber das würde sie noch unreifer erscheinen lassen. Wie dumm war sie, dass sie sich einem Jäger an den Hals warf?

Aber … hatte er es nicht auch gewollt?

Mit brennendem Schmerz im Herzen erinnerte sie sich an den Moment, in dem er … ihren Versuch, ihn zu küssen, erwidert hatte.

Zum ersten Mal, seit sie sich in Talario aufhielt, war sie froh darüber, als die Sonne am Horizont erschien und schon bald wie ein blutroter Ball am Himmel stand. Die Schwanengestalt erschien ihr tröstlich und sicher. Irgendwann schaffte sie es sogar, einzuschlafen.

Sie waren wieder zu fünft. Genevieve hielt sich am Rand der Kuppel auf und musterte Estelle aus der Ferne. Einen Augenblick überlegte diese, auf ihre Schwester zuzugehen und mit ihr über die Erlebnisse zu sprechen, aber Ginny sah so aus, als wollte sie die Nacht, in der sie Estelle angegriffen hatte, schnellstmöglich vergessen. Daher blieb die älteste der Schwestern dort, wo sie war.

Ihr gegenüber stand Tatjana, die beinahe verträumt in die Ferne schaute. Valyra hatte nach Estelles Hand gegriffen, sobald sie in der Kuppel erschienen war. Penelopé musterte ihre Zwillingsschwester Genevieve, aber als Estelles Stimme durch die Kuppel hallte, sah sie zu ihr.

»Ich habe euch versprochen, dass ich nicht aufgebe und es noch einmal versuche«, sagte sie und sah ihre Schwestern nacheinander an, die im Halbkreis vor ihr standen. »Das habe ich getan. Und … vielleicht gibt es Hoffnung.«

»Hoffnung?«, schrie Valyra. Sie klang beinahe wieder so, wie sie es als Kind getan hatte.

Estelle wurde schwer ums Herz. »Es ist noch nicht sicher«, erklärte sie, »aber ich bin weitergekommen.«

»Das ist wunderbar!«, rief Penelopé und klatschte vor Freude in die Hände. »Ginny, hast du das gehört?«, rief sie in Richtung ihrer Zwillingsschwester, doch Genevieve hob nicht einmal den Blick.

Estelle fuhr fort: »Es hat sich etwas geändert. Ich würde gern sagen, was es ist, aber …«

Tatjana unterbrach die Älteste: »Wirklich? Was ist es?« Sie trat einen Schritt auf ihre Schwester zu. »Ich weiß, dass unsere Zungen ihren Dienst versagen, wenn wir versuchen, es uns zu sagen«, sagte sie halblaut, als wollte sie nicht belauscht werden. »Aber vielleicht kannst du uns zeigen, woran du bist?«

Estelle brauchte einen Moment, um zu verstehen, was Tatjana meinte, aber dann war sie Feuer und Flamme für ihre Idee. Gleichzeitig fragte sie sich, wieso sie noch nicht selbst auf den Gedanken gekommen war.

»Das ist eine großartige Idee«, stieß sie hervor.

Penelopé stimmte ihr zu und Valyra wirkte ganz aufgeregt.

»Also, Estelle, was kannst du uns verraten?«, fragte Tatjana.

Die Älteste legte ihre Stirn in Falten. Es war so viel geschehen, dass sie das unmöglich in ein paar Gesten legen konnte. Und dennoch …

Sie breitete ihre Arme aus, als ob sie fliegen würde. Mit ihrer Hand formte sie einen Schnabel vor ihrer Nase.

»Ein Vogel?«, stieß Valyra hervor, woraufhin Estelle übermütig nickte.

Als Nächstes versuchte sie, Ayden nachzumachen, indem sie mit den Händen eine Armbrust formte und so tat, als würde sie einen Bolzen abfeuern.

Dieses Mal klappte die Vorstellung nicht. Penelopé hielt ihre Darbietung für ein gerupftes Huhn und Tatjana dachte, sie würde Harfe spielen.

Estelle versuchte es noch einmal, dann gab sie auf. Auch ihre Darstellungen von Rania und dem Sturz in die Tiefe trugen keine Früchte. Doch statt die Hoffnung zu verlieren, gewann sie neue dazu. Ihre Kommunikation durch Mimik und Gestik würde irgendwann besser werden.

»Erzählt mir auch etwas über euch!«, forderte Estelle ihre Schwestern auf.

Penelopé schlang die Arme um ihren Körper, als würde sie frieren.

»Da, wo du bist … da ist es kalt?«, riet Estelle, woraufhin Penelopé nickte. Anschließend deutete sie auf Genevieve, die noch immer am Rand der Kuppel stand.

Dieses Mal war Tatjana schneller. »Ihr seid zusammen am kalten Ort?«, mutmaßte sie.

»Ja«, brachte Penny hervor.

Aus Valyras Gesten wurde Estelle nicht schlau und auch von Tatjana erfuhr sie nichts. Ihre Schwestern gaben sich sichtlich Mühe, aber vielleicht waren die Orte zu komplex, um dargestellt werden zu können.

»Wisst ihr was?«, sagte Estelle. »Wir sind heute weitergekommen als in den letzten Monaten. Irgendwann schaffen wir es hier raus.«

»Tatjana? Kann ich mit dir reden?«, fragte Estelle ihre Schwester, nachdem Ruhe eingekehrt war und jede Prinzessin wieder ihren eigenen Gedanken nachhing. Das Triumphgefühl war verschwunden, stattdessen dachte sie nun wieder an Ayden und den Kuss.

Zögernd ging Estelle auf ihre Schwester zu, die sie neugierig ansah. Tatjana trug einen Traum aus rotem Samt, der bis zum Boden reichte und am Dekolleté mit gelben Blumen verziert war.

»Hast du ein Problem, Estelle?«, erwiderte sie. Es klang nicht unfreundlich, eher neugierig.

Traurig senkte die Älteste den Kopf. Sie hasste sich dafür, dass sie sich wie eine Idiotin verhalten hatte. Eigentlich wollte sie dieses Gespräch mit Tatjana gar nicht führen, aber sie fühlte sich so unsicher und ihre Schwester war vielleicht die Einzige, der es ebenfalls schon einmal so ergangen war.

»Was ist los?«

»Ich …« Nervös nestelte Estelle an den Ärmeln ihres himmelblauen Kleids und mied absichtlich den Blick ihrer Schwester. »Wenn ich einen Fehler gemacht habe, was einen … Mann betrifft …« Auch wenn sie Tatjana nicht ansah, wusste sie, dass sie spätestens jetzt ihre Aufmerksamkeit hatte.

»Ein Mann?«, wiederholte sie, fragend und ungläubig.

»Ich kenne mich nicht aus …«

»Estelle.« Entschlossen griff Tatjana nach ihrer Hand. »Sieh mich an.«

Nur ungern hob sie den Blick.

»Wir machen keine Fehler. Rede dir das gar nicht erst ein.«

»Doch, ich bin schuld, dass …«

»Nein.« Wut flackerte in ihren braunen Augen. »Nein. Du darfst dir keine Schuld geben. Manchmal versuchen Männer, dich um ihren Finger zu wickeln, aber sie haben keine Chance, wenn du auf dich achtgibst. Wenn du mit dem Feuer spielst, ist es wichtig, dass du Wasser dabeihast.«

»Wie … meinst du das?«

»Du darfst mit ihnen spielen, aber du musst ebenfalls in der Lage sein, sie zu brechen. Wenn sie wissen, dass du ihre Schwäche kennst, werden sie sich dementsprechend verhalten.« Die Lippen ihrer Schwester hatten sich in einen dünnen Strich verwandelt.

»Ach Tati, darum geht es doch gar nicht«, flüsterte Estelle. Trauer schnürte ihr die Kehle zu, aber ihre Schwester zeigte keinen Trost.

»Du kannst nur eine starke Frau sein, wenn du zu dem stehst, was du getan hast.« Sie reckte das Kinn und Estelle wusste, dass Tatjana nach genau diesem Motto lebte. Aber wie sollte sie sich verhalten?

Seufzend drückte sie die Hand ihrer Schwester und wandte sich ab.

Ayden

Unruhig warf er sich von der einen auf die andere Seite. Estelle hatte das Zelt verlassen, als sie zum Schwan geworden war, und hielt sich nun in der Nähe des kleinen Sees auf, der nicht unweit von ihrem Aufenthaltsort lag.

Er erwartete nicht, wieder einzuschlafen, denn er hatte zur Genüge ausgeruht. Er wollte nur … diesen Kuss aus seinen Gedanken vertreiben. Zuerst hatte er gedacht, dass es mit jeder Minute besser werden würde, aber momentan kam es ihm so vor, als würde sich der Kuss wieder und wieder abspielen.

Es machte ihn verrückt.

Wütend krallten sich seine Hände um die Decke. Am liebsten hätte er das Zelt aus der Verankerung gerissen und in alle Einzelteile zerlegt.

Estelle hatte ihm gezeigt, wie einfach es war, seinen Widerstand zu brechen. Anscheinend besaß er noch weniger als gar kein Rückgrat. Wie leicht er doch zu überzeugen gewesen war, wie einfach es gewesen war, diesen Kuss zu erwidern und alles andere außer Acht zu lassen.

Dieser Kuss.

Niemals hätte er gedacht, dass Lippen so perfekt sein konnten. So weich, so makellos. Nie zuvor hatte er geglaubt, dass das Seufzen einer Frau ihn so schwach machen könnte.

Zumindest in einem Punkt lag Estelle richtig: In diesem Moment hatte es keinen Jäger und keine Prinzessin gegeben. Sie waren einfach Mann und Frau gewesen, die sich nacheinander verzehrten.

In einem Anflug von Verzweiflung raufte sich Ayden die Haare! Es war zum Verrücktwerden! Zum Mäusemelken! Wieso war ihm das passiert?

Auf der einen Seite … war es alles, was er sich wünschte. Estelles Lippen, ihre Berührungen … all das hatte ihn so unheimlich glücklich gemacht, dass er sich dem für einen fatalen Moment hingegeben hatte.

Auf der anderen Seite wusste er, dass es falsch war. Nicht nur falsch, sondern sogar verboten. Estelle stand in der gesellschaftlichen Rangordnung Meilen über ihm und er hatte nicht einmal den Hauch einer Chance, diesen Unterschied jemals auszugleichen. Wäre sie ein Bauernmädchen oder eine Zofe, hätte er nicht aufgehört. Aber unter diesen Umständen … gab es für sie zusammen kein glückliches Ende.

Obwohl er wusste, dass er richtig gehandelt hatte, fühlte er sich miserabel. Die Art und Weise, wie Estelle sich zurückgezogen hatte, verletzte ihn. Nun war sie gar nicht mehr in seiner Nähe. Aber was hätte er tun sollen? Er hatte sich selbst schon viel zu viel erlaubt.

Er vergrub den Kopf in seinen Armen, schloss die Augen, aber die Bilder sperrte er so nicht aus. Nun würde es noch einen halben Tag dauern, bis Estelle wieder menschlich war und er mit ihr sprechen konnte. Vielleicht fiel ihm aber bis dahin ein, was er sagen sollte, um etwas wiedergutzumachen, das eigentlich richtig war.

Estelle

Sie nahm sich vor, stolz zu sein. Sich nicht für das zu schämen, was sie getan hatte. Aber sobald Ayden sich in der Dunkelheit

aus dem Zelt stahl, brach alles in ihr zusammen. Das verzweifelte bisschen Stolz, das sie hatte aufrechterhalten wollen, gesellte sich zu den unerfüllten Träumen ihres Lebens.
Nach dem Vorfall mit der alten Hexe – mit Rania – hatte sie ewig geschlafen, über einen halben Tag. Sie war nun wieder ein Mensch.

Zögernd trat Ayden auf sie zu. Estelle spürte regelrecht, wie sie rot anlief.

»Bist du so weit?«, fragte er mit leiser Stimme. Sie musste sich anstrengen, damit sie ihn verstehen konnte.

Da eine verbale Antwort nicht unbedingt nötig war, nickte sie nur.

Nach einer Weile hatte der Jäger das Zelt in seinem Rucksack verstaut. Wortlos griff Estelle nach ihrem. Gewaschen und umgezogen hatte sie sich bereits, bevor er aus dem Zelt gekommen war.

»Wenn wir uns beeilen, sind wir in zwei Tagen da. Spätestens«, sagte Ayden, woraufhin Estelle nickte. Je schneller es nun ging, desto besser war es. Sie konnte nur hoffen, dass der blutende Himmel wirklich die Lösung für ihr Rätsel war.

Schweigend verließen sie den Rastplatz und führten ihre Wanderung fort. Ab und an räusperte sich Ayden, als stünde er kurz davor, etwas zu sagen, doch jedes Mal brach er vorzeitig ab. Ihm war anzusehen, dass er sich ebenso unwohl fühlte wie Estelle. Den ganzen Weg über war seine Hand zu einer Faust geballt, außerdem sah er die Prinzessin nicht an, mied ihren Blick, wann immer es möglich war.

Estelle wollte so vieles sagen, aber immer schreckte sie davor zurück. Hatte sie mit ihrem Verhalten nicht schon genug ruiniert?

»Lass uns über das Rätsel reden«, schlug Ayden nach einer langen Zeit vor, die sie nur mit Schweigen verbracht hatten.

Die Prinzessin schaute ihn von der Seite an, entschied aber, dass es eine gute Idee war, sich auf neutrales Terrain zu begeben. »Wie viel davon kennst du noch?«

Er zuckte mit den Schultern. »Ich weiß lediglich, wo ich dich hinbringen muss. Mehr nicht.«

»In Ordnung.«

Sie atmete tief durch, dann rezitierte sie den Wortlaut dessen, was sie nun schon seit vielen Monaten beschäftigte.

»Im Schlund des Zitterns
Findet nur ein Sprung
Erlösung in beiderlei Facetten
Am Ort, wo Sterne bluten.«

Seufzend endete sie und sah ihn an.

»Wir haben ja bereits gesagt, dass es sich um einen Abgrund handelt«, meinte Ayden.

»Das haben wir gemutmaßt«, verbesserte Estelle ihn. »Sicher können wir uns nicht sein. Es ist nur eine Möglichkeit.«

Er nickte und kratzte sich nachdenklich am Kinn. »Im Schlund des Zitterns … vielleicht muss es kalt sein. Möglicherweise kann das Rätsel nur zu einer bestimmten Zeit gelöst werden. Vielleicht nur im Dezember oder …«

»Hör auf!«, unterbrach sie ihn, denn das, was er sagte, wog eine Tonne schwer. Der alleinige Gedanke daran, dass sie zu spät kommen würde, erfüllte sie mit so großer Frustration, dass sie kaum mehr klar denken konnte. »Sagen wir einfach, dass es kalt sein muss. Damit wäre ich einverstanden.«

Ayden erwiderte nichts.

»Jedenfalls gehe ich davon aus, dass ich springen muss«, fuhr sie daher fort. »Wenn wir nur sicher sein könnten, dass es tatsächlich der Ort ist, an den du mich bringst …«

Sie legte den Kopf in den Nacken, um das Sternenmeer über ihnen zu betrachten. Tausend kleine Punkte starrten vom Himmel auf sie herab.

»In beiderlei Facetten«, überlegte Ayden. Kurz sah er sie an, wandte aber sofort den Blick ab, als sie ihn erwiderte. »Hast du mittlerweile eine Ahnung, was das sein könnte?«

»Ich … bin mir nicht sicher. Es wäre möglich, dass zwei Dinge vereint werden müssen. In beiderlei Facetten … so etwas wie Sonne und Mond, Nacht und Tag …«

»Mensch und Schwan?«, beendete er ihre Reihe an Vorschlägen.

Estelle riss die Augen auf. »Mensch und Schwan«, wiederholte sie nachdenklich. »Das … das ist mir noch gar nicht eingefallen. Aber … was würde das bedeuten? Dass ich den Sprung einmal in meiner menschlichen Gestalt und einmal als Tier ausführen muss?«

Ayden zuckte mit den Schultern. »Gut möglich. Wir werden mehr wissen, wenn wir da sind.«

»Das hoffe ich.«

In Wahrheit begann ihre Hoffnung zu schwinden. Nach Aydens Zurückweisung in dieser Nacht fühlte sie sich schwach, wollte nur noch nach Hause. Ihr Wunsch, nach Brahmenien zurückzukehren, wuchs sekündlich. Sie wollte sich nicht mehr mit ihren Gefühlen beschäftigen, die einem Jäger galten und daher aussichtslos waren. Estelle schämte sich so sehr, dass sie ihn kaum anschauen konnte.

Der Weg schien kein Ende zu nehmen, mit jedem Schritt fühlte sie sich träger. Der immer gleiche Boden unter ihr machte ihr zu schaffen, verlieh ihr den Eindruck, dass sie nicht vorankam, sondern sich nur im Kreis bewegte. Ayden zu ihrer Linken war wieder verstummt. Nichts als seine gleichmäßigen Schritte durchbrachen die Stille.

»Wie stellst du dir das eigentlich vor?«, fragte er sie nach einer Ewigkeit.

Überrascht hob Estelle den Kopf. »Wie stelle ich mir was vor?«

»Der Fluch. Du löst das Rätsel und dann … sind deine Schwestern wieder zu Hause und alles ist wie früher?«

Sie schüttelte den Kopf. »Es wird nicht reichen, wenn ich mein Rätsel löse. Meine Schwestern haben alle ein Stück Pergament bekommen. Wenn nur ich es schaffe, meine Aufgabe zu lösen, ist uns damit noch nicht geholfen.« Sie bemühte sich um eine neutrale Stimme, auch wenn es ihr schwerfiel.

Ayden legte den Kopf schief. »Aber … was passiert dann mit dir? Musst du so lange … in einer anderen Welt warten, bis deine Schwestern so weit sind? Oder …«

»Ich habe keine Ahnung. Um ehrlich zu sein, habe ich mir darüber auch noch keine Gedanken gemacht. Zunächst ist es wichtig, dass wir überhaupt an den Ort kommen, den das Rätsel prophezeit.«

»Estelle …«, sagte der Jäger auf einmal und blieb stehen.

»Was ist?«, fragte sie forscher als beabsichtigt. Sie wollte nicht anhalten, wollte weitergehen, bis der schreckliche Weg endlich hinter ihnen lag.

»Die Situation im Zelt …«, fing Ayden an.

Estelle kam es vor, als hätte sich eine eiskalte Hand um ihr Herz gelegt. Ihr Blick gefror zu Eis. »Vergessen wir es einfach«, sagte sie. Das Letzte, was sie wollte, war, ihr Verhalten genau zu analysieren.

»Es … Ich glaube, ich muss mich …«

Automatisch ging sie schneller. Wenn sie nur genug Distanz zwischen den Jäger und sich brachte, würden seine Worte vielleicht nicht mehr an ihr Ohr dringen.

Aber Ayden holte sie ein, noch bevor sie sich anders helfen konnte. Er griff nach ihrer Hand und obwohl sie ihn abzuschütteln versuchte, ließ er nicht locker.

»Estelle, lass uns darüber reden«, flehte er.

Alles in ihr sträubte sich dagegen. Da half es auch nicht, dass er sie aus großen braunen Rehaugen ansah und sein Mund zitterte.

»Es gibt nichts zu besprechen«, fuhr sie ihn an.

Endlich schaffte sie es, sich von ihm loszureißen. Kurzerhand hob sie das Ende ihres Kleides an, sodass sie schneller war. Wegzulaufen kam ihr in mehr als einer Hinsicht kindisch vor, aber momentan fiel ihr nichts Besseres ein. Niemand mochte es, mit seinem falschen Verhalten konfrontiert zu werden, und sie bereute es längst.

»So warte doch!«, rief Ayden, aber dieses Mal holte er sie nicht ein.

Estelle rannte, so schnell es der Rucksack zuließ. Zwar hatte sie keine Ahnung, ob sie sich noch immer auf dem rechten Weg befand, aber im Augenblick stand dies nicht ganz oben auf ihrer Prioritätenliste.

Ihr Plan war erfolgreich. Irgendwann konnte sie zwar vor Seitenstechen nicht mehr laufen, aber selbst als Ayden sie einholte, schwieg er.

Gegen Morgen erreichten sie eine kleine Lichtung, auf der der Jäger das Zelt aufbaute. Nach einem stummen Essen suchte sich Estelle eine Stelle im Dickicht, an der sie ungestört schlafen konnte. Doch erst als Ayden wirklich im Zelt verschwunden war, erlaubte sie sich, aufzuatmen.

17

Ayden

Nachdem er die Prinzessin an den blutroten Himmel gebracht hatte, würde er wieder nach Hause gehen. Der Weg war weit, aber er bot ihm Zeit, über alles nachzudenken. Am Hofe zu Talario würde er als Erstes den König aufsuchen, die besonderen Umstände erklären und auf eine milde Strafe hoffen. Vielleicht würde es ihm gelingen, seine Position zu behalten oder zumindest nach einiger Zeit wieder aufzusteigen. In Talario würde er außerdem seine Eltern besuchen. Zu lange hatte er sie schon nicht mehr gesehen.

Als Ayden in seinem Zelt lag, lächelte er. Wahrscheinlich wäre es gar nicht so schlimm, zurückzukehren. Immerhin hatte er ein geordnetes Leben, musste nicht wirklich um seine Existenz bangen. Es gab deutlich schlimmere Schicksale, dahingehend konnte er mehr als zufrieden sein.

In Talario würde ihn die Realität schnell wieder einholen, sodass er nicht in Erinnerungen schwelgen musste. Wahrscheinlich hätte er die Prinzessin in wenigen Wochen vergessen.

Zumindest redete er sich das ein. Sein Kopf war großartig in solch rationalen Dingen, er unterstützte Ayden, wo es ging, und sprach ihm in logischen Entscheidungen gut zu. Sein Herz allerdings schlug währenddessen verräterisch gegen die Rippen und wollte ihm etwas anderes einreden.

Ayden aber presste entschlossen die Lippen aufeinander. Er war ein Mann und hatte in seinem Leben schon viele schwierige Entscheidungen treffen müssen. Da würde eine Frau ihn auch nicht daran hindern, sein Ziel vor Augen zu behalten.

Auch nicht Estelle.

Was war überhaupt so besonders an ihr?

Estelle

Sie hatte noch nie so unruhig geschlafen. Immer wenn sie kurz davor war, wegzudämmern, hielt sie irgendetwas wach. Normalerweise störte das Tageslicht sie nicht, sie fühlte sich sogar sicherer, wenn der Himmel hell erleuchtet war und nicht nur Dunkelheit sie umfing. Und doch war heute an Schlaf nicht zu denken.

Zweimal schon waren ihre Schwestern in der Kuppel aufgetaucht, aber immer war Estelle wieder aus ihrem Traum gerissen worden, sodass sie nur noch die Wiese vor sich sah.

An Müdigkeit fehlte es nicht, allein der Gedanke, weiterzugehen, kam ihr wie ein unüberwindbares Hindernis vor. War man zu müde, um einschlafen zu können? Seufzend vergrub sie ihren Kopf tiefer im Gefieder.

Zu Hause in Brahmenien hatte sie Valyra oft in den Schlaf gesungen. Ihre Stimme war nicht die schönste, aber es hatte ihrer Schwester geholfen, die Augen zu schließen. Nun wünschte sich Estelle jemanden, der ihr ein Lied sang oder eine Geschichte erzählte. Obgleich sie es sich nicht eingestehen wollte, fühlte sie sich mutterseelenallein.

Früher hatte sie die Einsamkeit geschätzt, da um sie herum immer viel los gewesen war, aber jetzt sehnte sie sich nach den lauten Stimmen ihrer Schwestern, die durch den Palast hallten und ihr ein Gefühl von Zuhause gaben.

18

Estelle

Es regnete, als sie aufbrachen. Die Nacht war noch jung, daher wollten sie keine Zeit verlieren. Dicke Tropfen prasselten vom Himmel und verwandelten den trockenen Boden in ein Feld aus Schlamm und Matsch. Estelle trug noch immer Aydens Mantel, auch wenn sie ihm diesen am liebsten zurückgegeben hätte. Allerdings war es so nass und kalt, dass sie sich nur schwer davon trennen konnte. Einzig eine Kapuze wäre besser gewesen. Seufzend blickte sie auf ihre langen blonden Haare, die von Sekunde zu Sekunde nasser wurden.

»Ich habe mich schon gefragt, wann es das nächste Mal regnen wird«, sagte Ayden abwesend und schaute gen Himmel. Obwohl auch er durchnässt war, wirkte er nicht so, als würde es ihm sonderlich viel ausmachen.

»Bei uns zu Hause regnet es vielleicht zehn Mal im Jahr«, seufzte Estelle, während sie versuchte, ihre Haare im Kragen der

Jacke zu verstecken. Den Regen begleitete eine gigantische Geräuschkulisse, sodass sie lauter sprechen musste. »Bei uns ist immer schönes Wetter. Warme Luft, trockener Boden, ein Paradies sozusagen.« Ihr Blick wurde sehnsüchtig, aber Ayden zog nur eine Augenbraue hoch.

»Wie kann man die Schönheit überhaupt noch genießen, wenn sie jeden Tag anwesend ist?«

»Was?« Verständnislos sah sie ihn an.

»Um die guten Dinge im Leben schätzen zu lernen, muss man auch die schlechten kennen. Ohne Trauer gibt es keine Freude, ohne Regen keine Sonne. Verstehst du, was ich meine?«

Estelle senkte den Blick zu Boden. Ihre Schuhe standen im Wasser, die Füße begannen, kalt zu werden. »Ungefähr«, murmelte sie.

»Was ich damit meine, Estelle«, fing Ayden erneut an und griff nach der Hand der Prinzessin. Für einen Augenblick hielt sie den Atem an, dann entspannte sie sich. »Wenn in Brahmenien jeden Tag gutes Wetter ist und die Sonne allgegenwärtig scheint, ist dies nichts Besonderes mehr. Wenn es bei uns einen warmen Tag gibt, freuen wir uns darüber. Wir begrüßen die Sonne wie einen lang verlorenen Freund, verbringen jede helle Stunde draußen. Falls es am nächsten Tag regnen sollte, ist es nicht so schlimm, denn wir können in den Erinnerungen an die schönen Momente schwelgen.«

Mit einer Mischung aus Faszination und Verständnis musterte die Prinzessin den Jäger. Sie glaubte jetzt, zu wissen, worauf er anspielte. Ohne die Kälte wüsste man die Wärme nicht zu schätzen. Die Sonne musste untergehen, damit man sich an ihrer

Wiederkehr erfreuen konnte. Vielleicht hatte er recht. Vielleicht durchlebte sie die dunklen Tage jetzt nur, um sich auf die hellen vorzubereiten.

»Auch der Regen hat sein Gutes«, gab Estelle zu bedenken. »Ohne ihn gäbe es kein Leben, kein Gedeihen, keinen Fortbestand.«

»Manchmal findet sich auch im Dunkeln Licht«, vervollständigte Ayden ihren Gedanken und sah ihr tief in die Augen.

Estelles Herz flatterte, ein bisschen fühlte sie sich wie in den Sekunden vor ihrem gemeinsamen Kuss. Der Jäger verhielt sich wieder normal, daher würde sie es ihm gleichtun und die Sache nicht mehr ansprechen.

Eine Weile liefen sie stumm nebeneinanderher. An den Regen hatte sich Estelle längst gewöhnt, außerdem fror sie nicht mehr.

»Auf was freust du dich am meisten, wenn du wieder zu Hause bist?«, fragte Ayden sie, als sie durch einen tiefen Wald gingen, in dem die Bäume so dicht nebeneinanderstanden, dass der Regen beinahe nicht durch sie dringen konnte.

»Auf meinen Vater«, antwortete Estelle, ohne nachzudenken. »Er hat uns mehr geliebt als sein eigenes Leben und uns stets alles gegeben. Ich vermisse ihn unheimlich.«

»Du fehlst ihm sicher auch.«

Traurig nickte sie. »Ich hoffe, dass es ihm gut geht und er an unserem Verlust nicht zugrunde gegangen ist. Wenn ich ihm nur sagen könnte, dass alles in Ordnung ist …«

Sie ließ die Schultern hängen. Normalerweise verbot sie sich solche Gedanken, aber immer wenn sie es doch schafften, an die Oberfläche zu dringen, verzagte sie.

»Er hat es nicht verdient … so zu leiden«, flüsterte sie, den Blick starr auf den Boden gerichtet. »Rania wollte mit ihrem Fluch *uns* schaden, letztlich hat sie meinem Vater damit wahrscheinlich mehr wehgetan.«

Als Ayden nach ihrer Hand griff, blickte Estelle ihn überrascht an. Fast glaubte sie, er wäre bloß in Gedanken gewesen und würde sie ihr gleich wieder entziehen, aber er hielt sie fest.

»Es wird alles gut werden, Estelle«, sagte er mit einer Stimme, die sie sicherlich trösten sollte.

Die Prinzessin aber seufzte nur traurig. »Das ist einfach gesagt«, entgegnete sie.

»Aber es stimmt.« Ayden drückte ihre Hand.

»Ich bin alt genug, um zu verkraften, dass es das sagenumwobene *Glücklich bis ans Ende aller Tage* nur in Märchen gibt und das echte Leben anders ist.«

Sie staunte nicht schlecht, als Ayden den Kopf schüttelte. Sein Mund verwandelte sich in einen strengen Strich. »Da hat dir das Leben etwas Falsches beigebracht«, behauptete er mit fester Stimme.

»Ach ja?«

»Ja.« Die Überzeugung, mit der er sprach, war schon beinahe beängstigend. »Alles nimmt ein gutes Ende. So oder so. Und wenn es schlecht ist, ist es noch nicht das Ende.«

»Das habe ich meinen Schwestern erzählt, als sie noch kleiner waren«, sagte Estelle freudlos.

»Wieso sagst du ihnen etwas, an das du nicht glaubst?«, wollte Ayden wissen und sah ihr durchdringend in die Augen.

Schwerfällig zuckte Estelle mit den Schultern. »Wahrscheinlich habe ich damals daran geglaubt«, gab sie dann zu.

In einer Kindheit, die von Sonnenschein und Liebe erzählte, war es auch nicht schwer, die Welt als guten Platz anzusehen. Ihre Nöte waren winzig gewesen, schnell zu lösen und ebenso schnell zu vergessen.

»Wieso hast du damit aufgehört?«, fragte Ayden. Es klang, als brannte er darauf, die Antwort zu erfahren. Eine Antwort, die Estelle gar nicht so sicher kannte.

Kurz dachte sie nach. »Ich glaube, ich habe die Hoffnung erst nach dem Fluch verloren. Selbst nach dem Tod meiner Mutter war ich noch immer zuversichtlich. Immerhin hatte ich noch meinen Vater und meine Schwestern. Aber … es ist nicht leicht, zuversichtlich zu bleiben, wenn man jeden Morgen als Schwan aufwacht.« Sie lachte auf, aber es lag keine Freude darin.

»Es *wird* gut werden«, sprach Ayden mit Nachdruck.

Kurz ließ sie sich von seinem Blick gefangen nehmen, versuchte, Trost aus ihm zu ziehen, auch wenn sie selbst alles andere als zuversichtlich war.

»Wie kannst du dir da so sicher sein?«, flüsterte sie, während der Regen auf sie niederprasselte.

Ayden zuckte mit den Schultern. »Ich weiß es einfach. Es ist, als wäre es mir seit meiner Geburt mit auf den Weg gegeben worden. Ich weiß es so sicher, wie feststeht, dass der Himmel blau ist und Wasser nass. Erklären kann ich es nicht.«

»Aber ist es nicht normal, die Hoffnung auch mal zu verlieren?«

»Oh, es *ist* normal«, bestätigte der Jäger und ließ ihre Hand los. »Und es ist auch nicht schlimm, solange man sie wiederfindet.«

Endlich gelang Estelle ein kleines Lächeln. So wie er es sagte, klang es einfach. Eine Spur *zu* einfach. Aber wenn es ihm gelang, daran zu glauben, würde sie es vielleicht auch irgendwann schaffen.

»Du bist wirklich bemerkenswert, Ayden«, sprach sie.

Der Jäger riss die Augen auf. »Ach ja? Ich selbst weiß das natürlich schon lange, aber bisher haben es noch nicht alle erkannt.« Es war offensichtlich, dass er herumalberte.

Sie kicherte leise, erleichtert darüber, dass die seltsame Stimmung endlich nicht mehr zwischen ihnen stand und sie wieder normal miteinander umgehen konnten.

»Aber ganz ehrlich, Estelle: Lass den Kopf nicht hängen, es sei denn, es gibt keine andere Möglichkeit mehr. Und bis das erreicht ist, wird es noch sehr lange dauern. Außerdem: Selbst wenn es dir nicht gelingt, den Fluch zu brechen, kannst du dir ... vielleicht auch hier ein schönes Leben aufbauen.«

»Was?« Ihre Kinnlade klappte herunter. Auf diesen Gedanken war sie noch nie gekommen und wenn sie ehrlich war, behagte er ihr überhaupt nicht.

»Menschen sind Gewohnheitstiere, ganz klar«, fuhr Ayden fort und kniff die Lippen zusammen. »Aber manchmal müssen wir uns auch auf Neues einstellen. Es dauert, sich daran zu gewöhnen, aber im Nachhinein ...«

»Nein«, unterbrach sie ihn entschieden. »Ayden, es tut mir leid, aber ... ich könnte das hier nie als mein Leben akzeptieren. Nicht etwa, weil ich eingebildet bin und mir eine einfache Existenz nicht genügt, sondern weil kein menschliches Wesen jemals dazu gezwungen sein sollte, die Hälfte seines Lebens als Schwan zu verbringen.«

Er schenkte ihr einen langen Blick und nickte. »Dann müssen wir wohl alles dafür tun, dass du dieses Rätsel endlich löst.«

Estelle seufzte, doch als sie auf den Boden zu ihren Füßen schaute, stutzte sie.

19

Estelle

Vor ihr saß ein Frosch. Ein dunkelgrüner, quakender, nicht gerade sehr ansehnlicher Frosch. An sich war das nichts Ungewöhnliches, traf man doch in Gefilden wie diesen häufiger auf kleine Wasserbewohner. Doch etwas an dem Tier irritierte Estelle dermaßen, dass sie stehen blieb.

»Was ist los?«, fragte Ayden und sah sie abwartend an. Dann hörte auch er das Quaken. »Wie es scheint, haben wir Besuch bekommen«, bemerkte er mit einem Lächeln. »Es wäre wohl am besten, wenn wir ihn auf eine Wiese setzen, damit er nicht totgetrampelt wird.«

Die Prinzessin schaute den sonderbaren Frosch noch immer an. Seine Augen, große schwarze Kugeln, schienen auf den Grund ihrer Seele zu blicken. Sie sah, wie Ayden sich bückte und den Frosch zwischen seine Hände nahm. Vorsichtig hob er ihn hoch.

»Was macht Ihr mit mir?«, erklang auf einmal eine quäkende Stimme.

Ayden zuckte zusammen und drehte sich blitzschnell um. »Wer ist da?«, rief er in den Wald hinein.

»Na, ich«, antwortete die Stimme abermals.

Wieder inspizierte Ayden alle Richtungen.

»Ich glaube, das war der Frosch«, sagte Estelle und fasste den Jäger beim Arm.

Dieser hob die Augenbrauen. »Der Frosch?«

Nun schauten sie beide das sonderbare Tier an, aber es war Estelle, die das Wort ergriff.

»Kannst du sprechen, kleiner Frosch?«

»Ich bin zwar kein Riese, aber das macht mich noch lange nicht klein!«, erwiderte dieser frech.

Ayden zuckte zusammen, ließ ihn beinahe fallen, doch im letzten Moment schaffte er es, Haltung zu wahren. Perplex blickte er zu Estelle, die mit den Schultern zuckte.

»Woher kommst du?«, fragte sie das grüne Tier, welches einmal laut quakte.

»Ich weiß es nicht«, sagte es dann und sah Estelle so traurig an, dass ihr schwer ums Herz wurde. »Ich bin einsam und allein«, quakte der Frosch und schien regelrecht in sich zusammenzufallen. »Ich stehe schon seit Ewigkeiten unter einem dunklen Bann, den ich nicht brechen kann.«

»Ein Bann?« Estelle wurde hellhörig. Sie trat einen Schritt näher auf den Frosch zu, sodass sie ihn in der Dunkelheit besser erkennen konnte.

Ayden schien noch skeptisch. »Was ist das für ein Bann?«

Und dann erzählte der Frosch. Es war eine lange, traurige Geschichte, die ihren Ursprung vor vielen Jahren genommen hatte. Mit jedem Wort wurde die Stimme des Frosches dunkler, jeder Satz machte ihn schwermütiger.

»Vor langer Zeit, ich weiß gar nicht, wie viele Monde vergangen sind, war ich ein ganz gewöhnlicher Mann. Ein Mann, der seine Familie über alles liebte.

Eines Tages wollte ich meiner Frau etwas zu essen besorgen. Die Ernte war schlecht ausgefallen, uns alle plagte der Hunger. Meine geliebte Gemahlin baute immer weiter ab und das konnte ich nicht mit ansehen.

In unserem Dorf lebte eine reiche Frau, die mehr als genug hatte. Ich ...«, die Stimme des Frosches versagte, »habe den Kuchen gestohlen, der auf ihrer Fensterbank stand. Leider wurde ich erwischt. Die Bewohnerin des Hauses war keine gewöhnliche Frau, sondern eine böse Zauberin, die mich in einen Frosch verwandelte.«

»Du wurdest verwandelt?«, wiederholte Estelle, die sich mit dem Tier verbunden fühlte. Sie wusste, wie es war, im falschen Körper zu stecken. »Bist du dauerhaft ein Frosch oder verwandelst du dich irgendwann zurück?«

Der Frosch quakte kläglich. »Ich weiß gar nicht mehr, wie sich das Menschsein anfühlt. Ich bin schon viel zu lange in diesem warzenübersäten Körper gefangen.«

»Können wir dir irgendwie helfen?«, fragte Estelle. Das Schicksal des Froschs machte sie traurig, gleichzeitig verstärkte sich das Bedürfnis, ihm aus der Patsche zu helfen.

Auch Ayden schien seine Zweifel beiseitegeschoben zu haben, denn er hörte dem Frosch aufmerksam zu.

»Die böse Zauberin setzte mich an einem Ort mitten im Wald ab. Ich muss einen tiefen Brunnen finden und in ihn hineinspringen, so kann ich den Fluch brechen. Das wurde mir mitgeteilt, kurz bevor man mich verwandelt hat.

Normalerweise wäre diese Aufgabe ein Klacks, denn als Mensch hatte ich immer einen guten Orientierungssinn. Aber das Gehirn eines Froschs ist klein. Und so irre ich seit vielen Jahren durch den Wald, betrachte Bäume, Wege und Büsche, aber nichts von alldem kommt mir bekannt vor.«

»Ayden, wir haben doch einen Brunnen gesehen!«, fiel es Estelle ein. Gleichzeitig breitete sich Euphorie in ihr aus. Mit einer Mischung aus Bitten und Drängen sah sie den Jäger an.

Dieser seufzte und schien zu ahnen, worauf Estelle hinauswollte.

»Können wir ihm helfen?«, fragte sie. »Bis zum Brunnen ist es nicht weit.«

»Dann müssten wir noch einmal umkehren«, entgegnete Ayden und betrachtete erst Estelle, dann den armselig wirkenden Frosch.

»Es wäre mir ein Wunsch«, meinte die Prinzessin und nickte, um ihre Aussage zu bekräftigen.

»Na schön.« Ayden zuckte die Schultern. »Dann bringen wir den Kleinen zu seinem Brunnen.«

Aufgeregt klatschte Estelle in die Hände. Ein warmes Gefühl durchflutete sie, weil sie wusste, dass sie dem Frosch helfen konnte. Es wäre ein Leichtes, ihn zurück zum Brunnen zu bringen.

»Lass uns keine Zeit verlieren.« Ayden ging los, den Frosch noch immer auf seiner Hand.

»Musst du nur in den Brunnen springen?«, erkundigte sich Estelle.

Der Frosch quakte einmal laut. »Es mag einfach klingen«, sagte er, »aber für einen Frosch ist so ein hoher Brunnen ein unüberwindbares Hindernis. Ich bin quasi auf die Hilfe von Fremden angewiesen. Doch auch das ist nicht leicht. Dutzende Wanderer sind an mir vorbeigegangen, ohne mich eines Blickes zu würdigen. Einer wollte mich sogar zertreten.«

»Wie furchtbar!«, rief Estelle und schlug sich die Hand vor den Mund.

Sie erklommen eine kleine Anhöhe und überquerten eine grüne Wiese. Ayden sagte kein Wort, schien dem Gespräch zwischen Estelle und dem Frosch aber zu lauschen.

»Ihr seid gute Menschen«, quakte dieser. Für einen Moment sah es so aus, als lächelte er.

Früher hatte sich Estelle vor seinesgleichen geekelt, doch nun, wo sie den kleinen grünen Körper näher betrachtete, entdeckte sie Schönheit zwischen all den Warzen.

Nach einer knappen Stunde erreichten sie den Brunnen, dem sie vorher keinen weiteren Blick geschenkt hatten, da ihre Feldflasche voll gewesen war. Ayden blieb stehen und erhob seine Hände, sodass der Frosch die Umgebung überblicken konnte.

»Wir sind da«, meinte er.

Estelle lief an ihnen vorbei, direkt auf den Brunnen zu. Er sah alt aus und war sicher seit vielen Jahren nicht mehr benutzt worden. Ein Eimer mit Loch im Boden hing an einem Seil und bewegte sich sanft im Wind. Estelle beugte sich nach vorn, um auf den Grund des Brunnens zu blicken, doch es war zu schwarz, um irgendetwas zu erkennen.

»Bist du dir sicher, dass du hineinspringen musst?«, fragte sie den Frosch.

Ayden stand mittlerweile neben ihr und wagte auch einen Blick in das Ungewisse. »Wir könnten dich auch einfach in den Eimer setzen und herunterlassen.«

Der Frosch ließ ein trauriges Quaken verlauten. »Flüche lassen sich nicht verhandeln. Ich muss springen, nur so kann ich den Bann brechen.«

Estelle runzelte die Stirn. »Was passiert, wenn du dort unten ankommst? Verwandelst du dich oder kommst du in dein altes Leben zurück oder ...?« In ihrem Kopf suchte Estelle nach weiteren Möglichkeiten, doch der Frosch unterbrach ihre Gedanken.

»Mir wurde gesagt, dass am Grund des Brunnens ein Licht brennt, dem ich nur zu folgen brauche. Es führt mich an den Ort, an den ich gehöre.«

Abermals beugte sich Estelle über den Brunnen, in der Hoffnung, das Licht zu finden, von dem der Frosch gesprochen hatte. Doch wieder war da nichts außer Dunkelheit.

Gerade wollte sie sich umdrehen, als sie spürte, wie sich eine Hand auf ihre Schulter legte. Im Glauben, es sei Ayden, wandte sie sich um – und erstarrte. Sie blickte in unnatürlich grüne Augen, unter denen eine spitze Nase und ein schmaler Mund lagen. Pechschwarze Haare umrahmten das knochige Gesicht.

»Rania?«, hauchte Estelle, und bevor sie sich recht versah, wurde sie unsanft nach vorn gestoßen. Die Prinzessin taumelte, verlor das Gleichgewicht und stürzte kopfüber in den tiefen Brunnen. Das Letzte, was sie hörte, war Ranias grässliches Lachen.

Ihr Kopf schmerzte, als sie aufwachte. Sie spürte steinernen Boden unter sich, auf dem sie ausgestreckt lag. Ihr Herz klopfte wie wild, auch wenn sie im ersten Moment nicht wusste, weshalb.

Vorsichtig erhob sich Estelle, ignorierte den Schmerz in ihrem Rücken und sah sich um. Nichts als Dunkelheit breitete sich vor ihren Augen aus, wohin sie auch sah. Sie streckte ihre Hände zur Seite, um auf mögliche Hindernisse zu stoßen – und tatsächlich: Sie traf auf eine Steinwand, wenn sie sich nach rechts lehnte. Doch nicht nur eine, da war auch eine hinter ihr und vor ihr und …

Der Brunnen! Natürlich!

Mit einem Schlag kehrten ihre Erinnerungen zurück. Der Frosch war kein gewöhnlicher gewesen, sondern erneut ein Trick ihrer Stiefmutter. Rania.

Estelle ballte die Hände zu Fäusten und spürte, wie Wut ihren Körper fesselte. Entweder hatte Rania die ganze Zeit in dem Frosch gesteckt oder dieser sollte Estelle nur zu ihr führen.

Die Prinzessin legte den Kopf in den Nacken und schaute nach oben. Es war noch immer Nacht, das bewies die graue Färbung des Himmels. Wie tief sie wohl gefallen war? Der Blick nach oben schien unendlich weit. Ob Rania noch da war? Und was war mit Ayden geschehen?

Hunderte ungeklärte Fragen lähmten Estelle, dabei wusste sie, wie wichtig es nun war, rational zu denken. Sie atmete tief durch und suchte ihren Körper nach Verletzungen ab, doch außer dem dröhnenden Kopf und dem Ziehen im Rücken ging es ihr gut. Was seltsam schien, angesichts der Tatsache, dass sie so tief gefallen war.

Es dauerte nicht lange, bis Estelle ihren Saphir bemerkte. Gleichzeitig spürte sie eine Wärme, die sich auf sie legte. Ein schwaches bläuliches Licht erhellte die Finsternis.

Der Saphir!

Ergriffen umfasste Estelle die Kette. Offensichtlich hatte der Stein ihrer Mutter ihr ein zweites Mal geholfen. Er machte sie nicht immun gegen böse Magie, doch hinderte Rania daran, sie zu besiegen. Wahrscheinlich dachte die böse Stiefmutter, dass sie den Sturz nicht überlebt hatte, und triumphierte nun.

So leicht mache ich es dir nicht, dachte Estelle und stand auf. Wenn der Saphir sie daran gehindert hatte, im Brunnen ihr Ende zu finden, würde er ihr vielleicht auch helfen, wieder herauszukommen.

In dem Moment, in dem sie die Kette umklammerte und die Wärme spürte, fühlte sie sich ihrer Mutter so nah wie schon lange nicht mehr. Estelle merkte, wie sehr sie sie vermisste, doch wie tröstlich es gleichzeitig war, zu wissen, dass ein Teil von ihr immer bei ihr bleiben würde. Sie hatte bislang nicht gewusst, welche Macht der kleine Stein besaß, doch nun würde sie nie mehr an ihm zweifeln.

Estelle befühlte die Steinwand mit den Händen. Gab es eine Möglichkeit, an ihr hochzuklettern? Bedauernd schüttelte sie den Kopf. Der Stein war glatt und besaß nichts, an dem man sich hätte festhalten können.

Angestrengt biss sie sich auf die Unterlippe und dachte nach. Sie wollte nicht nach Ayden rufen, für den Fall, dass Rania noch in der Nähe war und auf sie aufmerksam wurde. Hoffentlich hatte sie ihm nichts angetan! Die alleinige Vorstellung schmerzte Estelle so sehr, dass sie für einen Moment keine Luft bekam.

Sie untersuchte den Brunnen genau, ließ nicht einen Stein aus, klopfte Boden und Wände ab, doch nichts half ihr weiter. Ob sie bis zum Morgen warten sollte? Doch dann würde sie ihre Gestalt wechseln und es als Schwan noch schwerer haben. Hier unten gab es keinen Platz, um die Flügel auszubreiten.

»Mutter?«, flüsterte sie in die Stille, als ihr nichts mehr einfiel, was sie noch hätte machen können. Der Saphir leuchtete noch immer. »Mutter, du hast mir schon so oft geholfen, was soll ich tun?«

Angestrengt lauschte Estelle, wartete darauf, dass etwas geschah, doch nichts tat sich.

Würde Ayden kommen, um sie zu befreien? Oder war er gar nicht mehr in der Lage dazu? Estelles Verzweiflung gipfelte, als auch in den nächsten Minuten nichts geschah. Hoffentlich saß sie hier nicht bis in alle Ewigkeit fest.

Unverrichteter Dinge sank die Prinzessin zurück auf den Boden und lehnte sich gegen die Wand. Sie merkte, dass sie müde wurde, ihre Glieder schwer, und sie die Augen kaum offen halten konnte.

Bevor sie es sich recht versah, war sie eingeschlafen.

Estelle träumte, dass sie schwebte. Dass ihr Körper all seine Schwere verlor, sich von der Erde löste und immer mehr an Höhe gewann. Sie fühlte sich leicht, beinahe beschwingt, und spürte, wie sich ein Lächeln auf ihre Lippen legte.

Als die Prinzessin die Augen öffnete, war ihr Traum noch immer präsent. Sie gähnte und wollte ihre Schlafposition wechseln, sich umdrehen, als ihre Finger ins Leere griffen. Verwirrt setzte sie sich auf und tastete nach den Steinwänden, doch da waren keine. Da war … nichts. Weder neben ihr noch … unter ihr.

Estelle hing in der Luft! Ganz genau so, wie sie es geträumt hatte! Oder war das seltsame Erlebnis am Ende gar kein Traum gewesen, sondern die Wirklichkeit?

Erst jetzt sah sie, dass ihre Kette wie verrückt blinkte und sekündlich einen neuen Blauton heraufbeschwor. Estelle spürte, wie sie immer weiter nach oben stieg und schließlich den Brunnen verließ. Ihr Körper flog bis zur Wiese, auf der sie sanft niedergelassen wurde. Als sie das Gras unter sich spürte und endlich wieder sicheren Boden unter den Füßen hatte, erkaltete der Saphir in ihrer Hand.

Estelle stand auf, immer noch perplex. Der Brunnen lag nun hinter ihr. Es war Nacht, doch der Himmel wirkte nicht mehr ganz so dunkel wie vor ihrem Schlaf.

So gut es ging, sah sie sich auf der Wiese um. Rania konnte überall sein und auch wenn sie die Kette trug, musste sie sich vor ihr in Acht nehmen. Mit flinken Schritten lief sie auf einen Baum zu, hinter dem sie Zuflucht finden konnte und von wo aus sie die Szenerie genauer betrachten wollte.

Auf halbem Weg hörte sie eine Stimme. Estelle erstarrte, umklammerte den Saphir und drehte sich um.

»Ich bin hier!«, vernahm sie. »Hier drüben, Estelle!«

»Ayden?«, flüsterte sie in die Nacht. »Wo bist du?« All ihre Sinne waren geschärft.

»Bei den Baumstämmen!«, antwortete er, nun schon etwas lauter. »Du musst nach links schauen!«

Sie tat, wie er ihr aufgetragen hatte, kniff die Augen zusammen und konnte tatsächlich in der Ferne einige dicke Stämme erkennen. Hals über Kopf rannte sie zu dem Ort, an dem sie Ayden vermutete.

»Ist Rania noch hier?«, flüsterte sie im Laufen.

»Sie ist schon lange weg«, erwiderte der Jäger. »Als sie gesehen hat, wie du in den Brunnen gestürzt bist und dich nicht mehr gerührt hast, hat sie mich gefesselt und ist verschwunden.«

»Gefesselt?« Estelle blieb stehen, nun, da sie die Stämme erreicht hatte. »Oh nein!«

Sie sank auf das Gras, direkt vor das Netz, in dem Ayden lag. Er war an Händen und Füßen gefesselt, außerdem lag eine Mullbinde vor seinem Kinn, die wahrscheinlich einmal den Mund bedeckt hatte.

»Diese Hexe!«, rief Estelle und bemühte sich, Ayden aus dem Netz zu befreien. »Geht es dir gut?«

Der Jäger nickte. »Ich finde, ich bin noch glimpflich davongekommen. Rania beherrscht dunkle Magie, daher hatte ich Glück, dass sie mich nur gefesselt hat. Wahrscheinlich bin ich so uninteressant für sie, dass sie …«

Estelle hörte ihm nicht mehr zu, sondern sah sich nach etwas um, das ihr half, das Netz zu durchschneiden. Sie fand einen kleinen Stein, der eine spitze Seite hatte. Glücklicherweise waren die Seile nicht so reißfest, sodass sie schnell vorankam.

»Wir sollten uns beeilen«, meinte sie. »Nicht, dass Rania mir wieder auf die Schliche kommt. Es ist sicherer, wenn sie glaubt, dass ich tot bin.«

Estelle befreite Ayden aus dem Netz. Die Fesselstricke konnte sie mit der Hand lösen.

»Wie kommt es eigentlich, dass du lebst?«, fragte er sie nun, woraufhin die Prinzessin lächelte.

»Sagen wir es so: Ich hatte Hilfe.« Sie senkte ihren Blick und betrachtete den Saphir, der auf ihrer Brust ruhte.

»Die Kette?« Ayden schien sprachlos.

Estelle nickte. »Ich glaube, nun kann ich nicht mehr leugnen, dass sie magisch ist.«

Der Jäger setzte sich auf und löste die Knoten an seinen Füßen. Er seufzte wohlig, als er sich wieder bewegen konnte. »Versprich mir eins, Estelle: keine weiteren Frosch-Hilfsaktionen.«

Sie schaute ihn beschämt an. »Rania war der Frosch, richtig?«

Ayden nickte, stand auf und half Estelle hoch.

»Ich werde mich in Zukunft von allen quakenden Tieren fernhalten«, verkündete sie.

20

Estelle

Obwohl sie sich so tief im Wald befanden, prasselte der Regen nur so auf sie ein. Nicht weit weg donnerte es bereits. Der Geruch von Schlamm lag in der Luft.

»Wenn du eine Pause machen willst, sag Bescheid«, schlug Ayden vor, aber Estelle schüttelte den Kopf.

»Ich befürchte, dass sich Rania noch irgendwo in der Nähe aufhält und nur darauf wartet, uns aufzulauern. Lass uns weitergehen«, bat sie tapfer.

Mit jedem Schritt spürte sie das Wasser in ihren Schuhen. Es würde Stunden, vielleicht Tage dauern, bis sie wieder trocken wären. Ihre Finger hatte sie tief in Aydens Manteltaschen vergraben.

»Wann werden wir ungefähr da sein?«

»Der Frosch hat uns einiges an Zeit gekostet«, entgegnete Ayden. »Wir sind durch die Wetterverhältnisse ziemlich langsam und kommen nicht gut voran«, fügte er noch hinzu.

»Notfalls gehen wir einfach schneller«, schlug sie vor. Die Angst vor Rania trieb sie an. Hinzu kam, dass sie endlich das Ziel ihrer Reise erreichen wollte.

»Das wird kaum möglich sein. Wenn wir unser Tempo steigern, wir die Wahrscheinlichkeit, dass wir ausrutschen, nur höher. Das Risiko sollten wir nicht eingehen.«

Obwohl Estelle wusste, dass Ayden recht hatte, verzog sie das Gesicht. »Gibt es einen anderen Weg?«

Als der Jäger seufzte, wurde ihr bewusst, dass sie ihn nervte. »Ich habe dir doch gesagt, dass wir schon auf dem kürzesten Weg sind. Alle anderen führen durchs Tal und dauern mehrere Stunden.«

Mit düsterem Blick sah Estelle auf den Boden. Ihr schien es, als würden sie gar nicht vorankommen. Ihr Magen knurrte, von Aydens Vorräten war nicht mehr viel übrig. In einem anderen Monat hätte er sicherlich ein Tier schießen können, aber das war hier in der Kälte beinahe ausgeschlossen. Dennoch hatte er ihr versprochen, die Augen aufzuhalten.

Der Donner wurde immer stärker. Kurze Zeit später zuckte der erste Blitz über den Himmel. Der Boden, auf den Estelle ihren Blick gerichtet hielt, wurde für eine Sekunde taghell erleuchtet.

»Lass uns vernünftig sein und uns einen Unterschlupf suchen«, schlug Ayden vor, da er das herannahende Gewitter ebenfalls bemerkt hatte.

Estelle aber schüttelte den Kopf. »Rania könnte uns bemerken«, beharrte sie.

Ayden seufzte. »Ich verspreche dir, dass die alte Hexe über alle Berge ist. Als sie dich hat fallen sehen, war sie außer sich vor Freude, hat einen Tanz aufgeführt, über die Wiese geschrien und ist geflüchtet. Außerdem hast du mehrere Stunden geschlafen. Es ist nicht gut, sich bei Gewitter im Wald aufzuhalten«, fügte er hinzu und bedachte sie mit einem strengen Blick.

Estelle schaute ihn eine Weile an, aber sie wollte nicht nachgeben. Statt ihm also zuzustimmen, hob sie ihr Kleid etwas an und erhöhte ihr Schritttempo. Sie hatte fest vor, so früh wie möglich am blutenden Himmel anzukommen. In wenigen Stunden würde die Sonne aufgehen, was unweigerlich bedeutete, dass sie den Weg dann als Schwan zurücklegen musste.

Estelle schritt zügig an Ayden vorbei. Von hinten hörte sie nur noch sein Seufzen, aber es kümmerte sie nicht.

Eine ganze Weile behielt sie das Tempo bei, auch als sie Seitenstechen bekam und der Weg immer glitschiger wurde. Nach einem gemurmelten Fluch hatte auch Ayden sich dazu entschieden, ihr zu folgen, sodass er nun in sicherem Abstand hinter ihr herlief.

»Siehst du, so schaffen wir es«, rief Estelle, doch ihre Stimme wurde vom Donner unterbrochen.

Unweigerlich zuckte sie zusammen. Einen ängstlichen Blick gen Himmel konnte sie nicht vermeiden. Sie hatte Ayden absichtlich nicht erzählt, dass sie sich bei Gewitter nicht wohlfühlte. Hätte sie ihre Ängste mit ihm geteilt, hätte er nur beharrlicher darauf gedrängt, eine Pause einzulegen. Obwohl ihr Herz laut schlug, ging sie weiter. Vielleicht würde das Gewitter ja bald aufhören.

Aber das tat es nicht.

Blitz und Donner zeigten sich in immer kleineren Abständen. Die Erde schien durch die Naturgewalten regelrecht zu beben. Hinzu kam, dass der Regen sich noch einmal verstärkt hatte und man kaum mehr die Hand vor Augen sah.

Estelle biss die Zähne zusammen, dennoch musste sie sich eingestehen, dass es nicht mehr so schnell voranging, wie sie es beabsichtigt hatte.

Mehrere Male musste sie stehen bleiben, um nicht gegen einen Baumstamm zu prallen oder über eine Wurzel zu stolpern. Immer wenn sie kurz verharrte, gelang es Ayden, ein Stück aufzuholen, sodass ihr Vorsprung bald nur noch minimal war.

Irgendwann stand er wieder neben ihr und musterte sie mit einem Blick, den sie lieber nicht gesehen hätte.

Mit einem Mal kam sie sich wie ein kleines, unreifes Mädchen vor.

»Sei nicht kindisch, Estelle«, murmelte Ayden. »Auf einen Tag mehr oder weniger kommt es doch nicht an.«

»Ich will nicht länger warten«, flüsterte sie, war aber stehen geblieben. »Mir kommt es so vor, als hätte ich mein ganzes Leben lang nur gewartet.«

Der Donner, der die Erde zum Beben brachte, ließ sie zusammenzucken. Ängstlich wandte sie den Blick zum Himmel. Sofort zeichnete sich ein Blitz am Firmament ab.

Das Gewitter kam immer näher.

»Wir sind hier im Wald nicht sicher.« Ayden deutete auf die Bäume. »Es wäre dumm, unsere Leben aufs Spiel zu setzen, nur damit wir früher ankommen.«

»Man stirbt doch nicht gleich, nur wenn es gewittert«, widersprach Estelle, aber es klang leise und ihre Stimme bebte. Wenn sie ehrlich war, wollte sie so schnell wie möglich den unheimlichen Wald verlassen. Jeder Blitz verwandelte sie in ein Häufchen Elend.

»Bitte, Estelle«, drängte Ayden, appellierte mit seinem eindringlichen Blick ebenso an ihre Vernunft wie an ihren Verstand.

»Aber ... wo sollen wir denn hin?«

Sie ging davon aus, dass er das selbst nicht wusste, aber als sich ein vorsichtiges Lächeln auf seinem Gesicht ausbreitete, wurde sie neugierig.

»Ich kenne diesen Wald, ich war hier bereits zweimal, um zu jagen. Überhaupt wird er von Jägern oft besucht. Nicht weit von hier steht eine kleine Hütte, in der wir uns ausruhen können, bis das Gewitter vorbei ist.«

Überrascht sah Estelle ihn an. Ihr war es unvorstellbar, wie man einen Wald in der Nacht, mitten in einem Unwetter, wiedererkennen konnte, noch dazu, wenn er aussah wie jeder andere.

»Es wären ja nur ein paar Stunden«, fuhr Ayden fort. Regen tropfte von seinen Haaren. Von der Kälte waren seine Lippen blau angelaufen.

»In ein paar Stunden bin ich ein Schwan«, gab Estelle zu bedenken. Ihr Widerstand war noch nicht ganz gebrochen, auch wenn sie schon ins Grübeln kam.

»Bitte, Estelle. Es ist vernünftiger.«

Einen Moment lang blieb sie noch standhaft. Dann aber erschallte der bisher lauteste Donner, sodass sie einen Entsetzensschrei nicht unterdrücken konnte.

»Na gut«, stimmte sie zu. »Aber nur unter einer Bedingung.«

»Und die wäre?« Obwohl sie ihm zugestimmt hatte, sah Ayden nicht begeistert aus.

»Sobald das Gewitter vorbei ist, gehen wir weiter. Ob ich ein Schwan bin oder nicht. Notfalls fliege ich.«

Sein Blick wurde nachdenklich, schließlich aber nickte er. »Einverstanden.«

»Na schön.«

Da sie so lange stehen geblieben waren, begann Estelle zu frieren. Schutz suchend schlang sie die Arme um den Oberkörper.

»Wo ist diese Hütte?«

»Östlich von hier«, antwortete Ayden. »Folge mir einfach, dann kann nichts schiefgehen.«

Seufzend lief sie dem Jäger hinterher und spürte, wie sie sich immer mehr von ihrem eigentlichen Ziel entfernte. Ihr Weg war voller Gefahren gewesen, voller unangenehmer Überraschungen und Wendungen. Was würde noch alles auf sie zukommen?

Ayden

Obwohl er erst zweimal in diesem Wald gewesen war, kannte er ihn wie seine Westentasche. Besondere Bäume, seltsam verschlungene Wurzeln und einzelne Schilder verschafften ihm auch bei Nacht Orientierung. Bis zur Jagdhütte würde es nicht weit sein. Dort hatte er bereits einmal Rast gemacht, daher wusste er, wie es um sie bestellt war. Zu dieser Zeit würde sich sehr wahrscheinlich niemand dort aufhalten. Die Jagdsaison war vorbei.

Der Himmel war ein beunruhigendes Gemisch aus Grau und Schwarz. Das Firmament zeigte ihm, dass es höchste Zeit war, sich zurückzuziehen. Mit Gewittern war nicht zu spaßen.

»Kommst du hinterher?«, fragte Ayden über die Schulter.

Estelle keuchte, versicherte ihm aber, dass alles in Ordnung war. Aus diesem Grund behielt er sein Tempo bei.

Bis zur Hütte war es nicht mehr weit. Ayden kämpfte sich einen Weg durch Bäume, Äste und Hecken. Es war schon einige Jahre her, dass er das letzte Mal hier gewesen war, aber die Strecke hatte sich in seine Erinnerung gebrannt.

Von Weitem sah er das kleine Häuschen. Unberührt stand es auf erdigem Grund.

»Da müssen wir hin«, rief er Estelle zu.

In weniger als einer Minute hatten sie das Gebäude erreicht.

»Das ist die Hütte?«, fragte die Prinzessin. Ihrem Tonfall war zu entnehmen, dass sie alles andere als begeistert war.

»Für eine Nacht wird sie reichen«, meinte Ayden. Seine Hand lag bereits am Türknauf, den er zweimal drehen musste. »Immerhin können wir hier unterkommen, ohne dass das Gewitter uns Schaden zufügt.«

Knarrend öffnete sich die Tür. Dunkelheit schlug Ayden entgegen, als er das Innere der Hütte inspizierte. Den modrigen

Geruch wollte er zunächst ignorieren, aber Estelle meldete sich bereits.

»Hier riecht es aber komisch.«

»Das liegt daran, dass die Hütte nicht bewohnt ist. Würde es hier regelmäßig Menschen geben, die sich darum kümmern, gäbe es das nicht. Aber da das Haus gut versteckt liegt, kennen nur wenige es.«

Estelle sah nicht begeistert aus. Dennoch trat sie nach Ayden in die Hütte. Dieser hatte mittlerweile eine Kerze und Streichhölzer gefunden. Licht konnte unter Umständen Leben retten.

Der Jäger bat Estelle, die Tür zu schließen, dann entzündete er die kleine Kerze. Ihr Schein war nur schwach, dennoch konnten sie dadurch das Innere der Hütte erkennen.

Hier hatte sich nicht besonders viel verändert.

Der hölzerne Tisch stand noch immer an der rechten Seite neben der Kochstelle und links war ein Schrank platziert. Davor stand die Pritsche, auf der er damals die Nacht verbracht hatte.

»Es ist nicht viel, aber alles, was wir momentan brauchen«, verkündete der Ayden zufrieden.

Entschlossen ging er auf den Tisch zu, stellte dort die Kerze ab und wühlte sich durch die Schubladen des Schranks. Nach einer ausgiebigen Suche fand er schließlich Teelichter und weitere Kerzenreste. Diese verteilte er gleichmäßig im ganzen Raum und entzündete sie. Kurze Zeit später war die Hütte von Licht erfüllt.

»Das sieht doch gar nicht so schlecht aus«, meinte der Jäger zu Estelle, die frierend im Hauseingang stand. »Setz dich doch.« Er deutete auf die Pritsche.

Estelle stellte seufzend den Rucksack ab und nahm Platz.

»Soll ich Feuer machen?«

Sie nickte.

»Du musst aus den nassen Sachen raus«, riet Ayden. »Es ist nicht gut, wenn sie an deinem Körper trocknen.«

Schweigend sah die Prinzessin an sich hinab, machte aber keine Anstalten, sich umzuziehen. Bis Ayden bewusst wurde, weshalb sie sich zierte.

»Oh«, meinte er und kratzte sich an seinem Bart. »Verstehe. Weißt du was, ich muss eh noch mal raus, um … mir das Gewitter anzusehen. Der Himmel verrät viel darüber, wie lange es noch dauert. Dann kann ich vielleicht sagen, wann wir weitergehen können.«

Rückwärts schlich er sich aus der Hütte. Estelle nickte ihm dankbar zu.

Estelle

Wenn sie sich einmal im Leben gewünscht hatte, ein Schwan zu sein, dann war jetzt der richtige Zeitpunkt dafür. Unwohler konnte sie sich gar nicht fühlen. Sie saß fest – irgendwo im Nirgendwo, in einer verrotteten, kleinen Hütte, mit einem Jäger, den sie erst seit einigen Tagen kannte. Sie war bis auf die Knochen durchnässt und daher gezwungen, ihre Wäsche zu wechseln.

Besagter Jäger wartete draußen darauf, bis sie fertig war, konnte aber genauso gut jede Sekunde zur Tür reinkommen. In den letzten Tagen hatte sie immer Plätze aufsuchen können, die weiter entfernt lagen und an denen sie sich nicht so beobachtet fühlte.

Überstürzt stieg sie aus dem Kleid und fiel der Länge nach hin, da sie auf den Saum getreten war. Unsanft prallte ihr Körper auf dem dreckigen Boden auf.

»Herrje«, schimpfte Estelle sich selbst.

Unter Schmerzen stand sie auf, doch ihre größte Angst galt der Tür, die glücklicherweise noch geschlossen war. Hoffentlich hatte Ayden ihr Missgeschick nicht mitbekommen. Seine Hilfsbereitschaft würde ihn regelrecht dazu zwingen, nach dem Rechten zu schauen.

Ihr zweiter Versuch, das Kleid loszuwerden, gelang, auch wenn sie wieder schwankte und sich vergeblich um sicheren Halt bemühte. Zornig biss sie die Zähne zusammen, schlüpfte schließlich aus Kleid, Strumpfhose und Schuhen.

Unachtsam schob sie diese in eine Ecke und stürzte sich dann auf ihren Rucksack, immer noch in der Angst, dass die Tür jeden Moment aufgehen könnte. Wahllos griff sie nach einem der beiden Kleider, die Ayden für sie ausgesucht hatte, einer neuen Strumpfhose und zog sich beides an. Der Stoff fühlte sich durch den Regen, den der Rucksack nicht ganz hatte abhalten können, klamm an.

Etwas, um ihren Körper und die Haare zu trocknen, besaß sie nicht, weshalb sie nur hoffen konnte, dass der Regen bald aufhören würde.

Einerseits hätte sie sich gern im Spiegel angesehen, andererseits wollte sie nicht wissen, wie sie aussah. Viele Tage war sie nun schon unterwegs, schön anzusehen war sie gewiss nicht mehr. Seufzend stand sie also auf und öffnete die Tür, sodass Ayden wieder eintreten konnte.

Dieser bedachte sie erst mit einem prüfenden, dann mit einem freundlichen Blick und betrat die Hütte. »Besser?«, fragte er.

Sie nickte.

»Schön, dann werde ich jetzt Feuer machen.«

»Willst du … nicht auch …«, stammelte Estelle, während ihr Blick über Aydens nasse Kleidung glitt.

»Darum kümmere ich mich gleich.« Er ging zur Feuerstelle. Zielsicher griff er nach den Brennholzscheiten. »Hier oben«, sagte er, als er sich umdrehte, »können wir die nassen Sachen aufhängen, da werden sie schneller trocken.«

Estelle nickte. Als Ayden sie auffordernd ansah, sammelte sie ihr Kleid, die Strumpfhose, die Schuhe und seinen Mantel ein und reichte alles dem Jäger, der sich darum kümmerte.

Schon bald wurde die kleine Hütte durch das Feuer erwärmt. Estelle, der noch immer kalt war, griff nach einem Stuhl und schob ihn nah an die Flammen heran.

Für eine kurze Zeit verlor sie sich in dem Feuerspiel aus roten, orangen und gelben Nuancen. Die Hitze tat ihrem Körper gut, wärmte ihn auf. Dennoch musste sie, wie immer, wenn sie sich in der Nähe eines Feuers aufhielt, an Rania und das schreckliche Ereignis in den Stallungen denken. Estelle seufzte und verbannte die Erinnerung, so gut es ging.

Erst jetzt, als sie vor den Flammen saß, wurde ihr bewusst, wie sehr ihr ein trockener und vor allem warmer Platz gefehlt hatte, an den sie sich zurückziehen konnte. Auf einmal erschien ihr die Hütte gar nicht mehr so schlimm.

»Ich werde mich jetzt umziehen«, sprach Ayden in ihre Gedanken und erhob sich.

Estelle musterte ihn eine Weile. »Jetzt? Hier?«, fragte sie dann, woraufhin sie sich am liebsten geohrfeigt hätte.

»Wenn es dir nichts ausmacht«, sagte Ayden.

»Schon gut«, meinte Estelle schnell und hob beschwichtigend die Hände. »Ich … schau mir einfach solange das Feuer an.« Sie versuchte sich an einem Lächeln, aber es kam ihr vor, als würden ihr die Mundwinkel entgleiten.

Ayden wandte sich dennoch ab.

Wenn sie dachte, dass es ihr unangenehm gewesen war, sich selbst umzuziehen, während der Jäger draußen wartete, hatte sie diese Situation nicht in Betracht gezogen.

Denn das Ganze war … deutlich unangenehmer.

Wie eine Wahnsinnige starrte Estelle auf das Feuer vor ihr, versuchte verzweifelt, sich noch einmal in den Flammen zu verlieren. Aber alles, was sie mitbekam, war das, was hinter ihr vorging.

Ihre Ohren waren gespitzt, auch wenn sie das gar nicht wollte. Sie hörte genau, wie Ayden die Kleidungsstücke nacheinander auf den Boden warf. Sie realisierte den Augenblick, in dem er …

Nein! Entschieden schüttelte sie den Kopf. Und weil ihr keine Alternative einfiel, schloss sie die Augen und presste sich die Hände auf die Ohren.

»Estelle?«

Sie schreckte hoch, als er sich von hinten näherte. Ihre Wangen glühten. Natürlich hatte er etwas an, aber allein die Tatsache, dass er …

»Alles in Ordnung mit dir?«

»Alles in Ordnung«, beteuerte sie schnell. »Setz dich doch.«

Ayden schob seinen Stuhl näher an Estelle heran.

»Was denkst du, wie lange das Gewitter noch dauert?«, fragte sie.

Ayden blickte zum Fenster hinaus, zuckte dann mit den Schultern. »Sieht nicht so aus, als würde es gleich aufhören«, bemerkte er.

Estelle seufzte, obwohl sie nichts anderes erwartet hatte. Es kam ihr beinahe so vor, als wäre das Gewitter noch schlimmer geworden, seit sie sich in der Hütte aufhielten. Sie verschränkte die Arme im Schoß.

»Willst du etwas essen?«, fragte Ayden.

»Wenn noch etwas da ist, gern.«

»Schauen wir mal nach.« Ayden stand auf und durchsuchte seinen Rucksack. »Na bitte.« Wie eine Trophäe hielt er das Brötchen in die Höhe.

Estelles Lächeln missglückte. Schon gestern hatte das Gebäck wie Gummi geschmeckt, wie schlimm würde es heute sein? Doch ihr Magen brummte laut genug, um sich über den Ekel hinwegzusetzen.

»Ist sonst noch etwas da?«, fragte sie dennoch.

»Ein paar Scheiben Brot habe ich noch.«

Sie winkte ab. »Lassen wir das lieber für morgen.«

»Ganz wie Ihr wollt, Prinzessin«, entgegnete Ayden mit einem spöttischen Lächeln. »Wo möchtet Ihr dinieren?«, fragte er dann und vollführte einen angedeuteten Diener.

»Ich denke, ich esse es einfach hier«, murmelte sie unter einem Seufzen. Sie wollte nicht an die pompösen Abendessen in Brahmenien erinnert werden.

Ayden schien da aber anderer Meinung zu sein.

»Was ist deine Lieblingsspeise?«, fragte er. »Wenn du aus allen Speisen auswählen kannst, die du je gegessen hast.«

Traurig blickte Estelle auf das Brötchen. Wie sollte sie das herunterkriegen, wenn sie an all das Köstliche erinnert wurde, das sie am Hof gegessen hatte?

»Du machst es mir wirklich nicht leicht, dieses Brötchen zu genießen«, sagte sie in Aydens Richtung. »Aber wenn du es genau wissen willst: Ich liebe Süßspeisen. Alles in Kombination mit Quark oder Grieß. Außerdem habe ich eine Schwäche für Kaiserschmarrn.«

»Ich würde dir all das auftischen, wenn ich zu Hause wäre. All das und noch viel mehr. Aber ... vorerst musst du ...«

»Muss ich mit diesem ranzigen Brötchen Vorlieb nehmen. Ich weiß«, beendete Estelle seinen Satz und nahm den ersten Bissen.

»Wasser?«

Estelle nickte dankbar. Ayden reichte ihr die Feldflasche.

»Hast du keinen Hunger?«, fragte die Prinzessin, als sie die Hälfte ihres Brötchens gegessen hatte.

Ayden winkte ab. »Später. Noch ist es auszuhalten und wir müssen uns die Vorräte einteilen.«

»So lange sind wir ja nicht mehr unterwegs.«

»Wer weiß, wie lange dieses Gewitter noch dauert«, meinte Ayden lachend, Estelle versetzte sein Kommentar aber einen Stich.

»Ich hoffe sehr, dass wir nicht den ganzen Tag hierbleiben müssen.«

»Gewitter können hartnäckig sein«, erwiderte er schulterzuckend.

»Dann hoffen wir mal, dass dieses hier anders ist.« Als Estelle den Blick zum Fenster schweifen ließ, schwand ihre Hoffnung. »Wann wird es hell?«

»Wieso fragst du? Kannst du es nicht mehr abwarten, ein Schwan zu werden?«

»Ich wollte nur einen Richtwert haben«, entgegnete sie gereizt.

»Schon gut.« Entwaffnend hob er die Hände. »Zwei, drei Stunden haben wir sicher noch. Und sobald das Gewitter aufhört, brechen wir auf. Das habe ich dir versprochen.«

Sie nickte, aber auch seine Zustimmung machte es nicht besser. Sie kam sich vor, als würde sie festsitzen, während die Zeit davonraste und das Leben außerhalb der Hütte weiterging.

Ungeduldig spielte sie an ihren Fingern herum. Beinahe sekündlich schoss ihr Blick zum Fenster, nur um festzustellen, dass sich nichts geändert hatte. Ihr Seufzen ging durch den ganzen Raum.

Irgendwann nahm Ayden seinen Stuhl und stellte ihn so hin, dass er direkt vor Estelle saß. »Ich weiß, dass es dir nicht gefällt, hier festzusitzen, aber da wir momentan nichts anderes machen können, ist es doch das Beste, wenn wir die Situation so nehmen, wie sie ist, und sie zum Guten wenden.« Sein Optimismus war unerschrocken.

»Und wie soll das gehen?«

»Die Zeit vergeht schneller, wenn man sie nicht nur absitzt.«

»Aber was soll man in so einer Hütte schon machen? Nichts bringt mich meinem Ziel näher, alles ist Zeitverschwendung.«

»Estelle«, sagte er mit mahnender Stimme, »du hast viele Monate darauf gewartet, das Rätsel zu lösen. Was macht da ein Tag mehr oder weniger?«

In seinen Augen lag eine Wahrheit, die sie sich nicht eingestehen wollte. »Du hast ja recht«, gab sie dennoch seufzend zu.

»Außerdem schadet uns eine kleine Pause nicht. Wir sind stundenlang gelaufen. Ich denke, es ist besser, wenn wir ausgeruht zum blutenden Himmel gehen.«

Estelle nickte leicht.

»Gibt es eigentlich etwas Neues bei deinen Schwestern in der Kuppel?«

»Nicht wirklich«, antwortete sie. »Alles geht seinen Gang, nur nichts geht voran.«

»Daran wirst du bald etwas ändern«, meinte er zuversichtlich.

»Nicht, solange ich in dieser Hütte sitze und zusehe, wie mir die Zeit davonläuft.«

»ESTELLE!« Zum ersten Mal seit ihrer Bekanntschaft klang Ayden tatsächlich etwas zornig. Mit einer Mischung aus Furcht und Neugierde sah sie ihn an. »Ich glaube, das Thema haben wir ausreichend besprochen. Das Gewitter verschwindet nicht, nur wenn du schlechte Laune hast.«

»Jaja«, murmelte sie in sich hinein.

Trotzdem schaute sie sicherheitshalber in Richtung Fenster. Ein greller Blitz erhellte die Nacht, sodass sie den Blick sofort wieder abwandte.

Das Gewitter hielt noch eine Weile an, aber Estelle hatte aufgehört, dauernd in Richtung Fenster zu starren. Auch spürte sie nicht mehr die fortlaufende Zeit. Umso überraschter war sie, als sie feststellte, dass es nicht mehr regnete.

In den letzten Stunden hatte sie viel mit Ayden gesprochen. Zuerst widerwillig, dann war es ihr nicht mehr so schwergefallen. Sie hatte ihm von Brahmenien erzählt, er ihr von Talario, und so war die Zeit am Ende doch vergangen.

Verwundert hob sie den Kopf. Aydens Blick ruhte auf ihr.

»Es ist schon so spät?«, wollte Estelle noch sagen, aber da spürte sie bereits, wie die Sonne aufging und sich die Verwandlung vollzog.

21

Ayden

Als Ayden den Schwan neben sich sah, wurde er beinahe ein bisschen traurig. Aus großen schwarzen Augen musterte der Vogel den Jäger, der seinen Blick genauso unverhohlen erwiderte.

Es fiel ihm noch immer schwer, Estelle mit diesem Tier zu verbinden, obwohl der Schwan ihr in seiner Anmut in nichts nachstand.

»Schauen wir mal, wie lange das Gewitter noch anhält«, murmelte Ayden.

Da er wieder fror, legte er Holz nach. Am liebsten hätte er ein paar Stunden geschlafen, aber da er Estelle versprochen hatte, aufzubrechen, sobald das Gewitter vorüber war, erlaubte er sich keine Ruhe.

Estelle hingegen hatte ihren Kopf schnell in das Gefieder gesteckt und ihre Augen geschlossen. Eine Hütte im Wald war wohl ein seltsamer Schlafplatz für einen Schwan, aber so schlimm schien es nicht zu sein.

Gern hätte Ayden das Tier auf die Pritsche gehoben, sodass Estelle nicht auf dem kalten Boden nächtigen musste, aber die Tatsache, dass ihre Augen bereits geschlossen waren, hielt ihn davon ab, sie zu berühren. Stattdessen setzte er sich wieder auf seinen Stuhl vor dem flackernden Feuer und hing seinen Gedanken nach.

Mehrere Stunden vergingen, bis sich das Gewitter gelegt hatte. Selbst dann nieselte es noch ein wenig, aber als Ayden nach draußen trat, beschloss er, dass es Zeit war, weiterzugehen. Estelle würde ohnehin fliegen können und er musste zwar aufgrund des matschigen Bodens etwas aufpassen, aber alles in allem würde es gehen.

Weniger gut gefiel ihm die Tatsache, dass er nun zwei Rucksäcke würde tragen müssen und dies unweigerlich bedeutete, dass sie nicht so schnell vorankamen.

Da Estelle seine Jacke nun nicht brauchte, schlüpfte er in den Mantel, der dank des Feuers getrocknet war. Seine Schuhe schienen an den Sohlen noch etwas nass, aber waren in einem weitaus besseren Zustand als noch vor ein paar Stunden.

Umständlich hievte er sich die beiden Rucksäcke auf den Rücken und verstaute die Armbrust. In seiner rechten Hand hielt er eine Scheibe Brot, die ihm auf dem Weg als Proviant dienen würde. Langsam konnte er das Hungergefühl nicht mehr ignorieren, außerdem brauchte er Kraft für das letzte Stück des Weges.

Estelle flog durch den Ausgang, als Ayden ihr die Tür aufhielt. Ihr erster Weg führte zielstrebig in die Höhe, wo sie sich mehrmals im Kreis drehte. Fasziniert betrachtete Ayden ihre Pirouetten am Firmament. Auch wenn er es nicht mit Sicherheit bezeugen konnte, sah Estelle glücklich aus.

Er lächelte leicht, dann schloss er die Tür hinter sich.

Anfangs war es schwierig, mit einem Schwan unterwegs zu sein. Immer wieder musste er schauen, wo sich Estelle gerade aufhielt, und versuchen, sein Tempo dem ihren anzupassen. Ab und an landete der Schwan auf dem Boden und bewegte sich auf seinen Plattfüßen weiter, aber den Großteil der Zeit hielt sich Estelle in der Luft auf.

Irgendwann, als Ayden sich davon überzeugt hatte, dass der Schwan ihm folgte, hörte er auf, sich ständig nach ihm umzusehen. Stattdessen konzentrierte er sich auf den Weg, der vor ihnen lag. Er war es nicht mehr gewohnt, bei Tag unterwegs zu sein. Ab und an starrte er die Sonne an, als wäre sie ein Trugbild.

An einer besonders tiefen Stelle im Wald gelang es ihm, einen Hasen zu schießen. Beim Anblick des frisch erlegten Fleischs lief ihm das Wasser im Mund zusammen. Am Nachmittag würde er eine Pause machen und das Tier über einem Feuer braten. Estelle würde er die Hälfte übrig lassen.

Stolz klaubte Ayden den Hasen von seinem Bolzen und wickelte ihn in einen Stofffetzen, der lang genug war, um ihn ganz zu bedecken. Auf diese Weise würde die Beute länger frisch bleiben.

Kaum war der Hase in seinem Rucksack verstaut, setzte Ayden den Weg fort. Gern hätte er sich an der Schönheit der Natur erfreut, aber leider gab es auf dieser Strecke wenig, das sein Interesse weckte. Bäume reihten sich dicht aneinander, kahle Äste verdeutlichten ihm, dass es immer noch sehr früh im Jahr war. Der Boden war zwar nicht mehr gefroren, durch das Gewitter jedoch matschig und uneben.

Nach einer Weile schienen die Rucksäcke eine Tonne zu wiegen, sodass Ayden in regelmäßigen Abständen Pausen machen musste. Immer wenn es so weit war, setzte Estelle zum Landeanflug an und machte es sich neben ihm auf einem Baumstamm oder einfach auf dem Boden bequem.

Zunächst fiel Ayden nichts auf, aber schließlich erkannte er, dass der Schwan bei jedem Mal näher an den Jäger heranrückte. Welch groteskes Bild sie abgeben mussten! Normalerweise wäre Ayden derjenige, der Jagd auf das Tier machen würde, aber allein die Vorstellung, die Waffe gegen Estelle zu erheben, versetzte ihn in einen Zustand, in dem er nicht mehr denken konnte.

Seine Schuhsohlen lösten sich langsam auf, die Füße fühlten sich an, als hätten sie wochenlang keine Rast bekommen. Sehnsüchtig blickte Ayden zu dem Schwan zu seiner Linken, der nicht gehen musste, sondern einfach fliegen konnte.

Gedankenverloren streckte der Jäger eine Hand aus und strich dem Schwan über das Gefieder. Die weichen Federn gaben unter seiner Berührung nach, vorsichtig wanderten seine Finger hoch bis zum Kopf.

»Weiter geht's«, murmelte er schließlich, klopfte sich auf die Oberschenkel und stand auf.

Dieses Mal flog Estelle nicht weg, sondern watschelte neben ihm her. Ein Lächeln stahl sich auf Aydens Lippen. Er fühlte sich gar nicht mehr so allein.

Lange hatte er die Stille des Waldes nicht mehr genießen können. Immer war irgendetwas los gewesen, aber jetzt konnte er sich ganz auf sich selbst besinnen. In Gedanken ging er die Strecke ab, die noch vor ihm lag.

Wenn alles so ablief, wie er es sich vorstellte, würden sie den blutenden Himmel am Abend erreichen.

Estelle

Blut. Überall.

Rote Schwaden ergossen sich über ihr. Dicke Tropfen prasselten auf die Erde, hefteten sich auf ihr Gesicht, verbrannten sie.

Ein Eindruck von Feuer.

Verletzendes, alles verschlingendes Feuer.

Schänden, töten, erledigen.

Der Himmel über ihr blutete.

»Ayden?«

Sie schreckte hoch, stand von der Decke auf, auf der sie gelegen hatte, und sah sich panisch um. Sie befanden sich auf einem weitläufigen Feld.

Blut benetzte ihre Wangen. Estelle traute sich nicht, in den Himmel zu schauen. Aus den Augenwinkeln hatte sie schon genug gesehen.

»Ayden?«, rief sie panisch, aber die Nacht schien ihren Schrei zu verschlucken.

Wirr lief sie hin und her, aber das Feld war wie ausgestorben.

»Mist!«, fluchte sie leise und stampfte mit dem Fuß auf den Boden. Ihr kam der Gedanke, dass er sie allein gelassen hatte, nun, wo sie am Ziel angekommen war.

Bitte nicht!

Sie konnte das nicht … mutterseelenallein. Sie hatte keine Ahnung, wo sie anknüpfen sollte, und kannte diesen Ort nicht.

Tränen stiegen ihr in die Augen. War er zu so einer Tat fähig?

»Ayden!« Estelle formte ihre Hände zu einem Trichter.

Wo war er nur? Außer seiner Decke deutete nichts auf einen Verbleib des Jägers hin. Die Rucksäcke waren verschwunden.

Sollte es das wirklich gewesen sein? Befand er sich womöglich schon auf dem Heimweg und hatte sie hier zurückgelassen? In jedem Fall würde Estelle ihm dankbar sein, aber erst wollte sie ihm gehörig den Kopf waschen.

Er war doch sonst immer so zuverlässig, wieso ließ er sie jetzt im Stich?

Seufzend ließ sie sich auf die Decke sinken. Kurz überlegte sie, ob er vielleicht eine Notiz hinterlassen hatte, aber sie fand nichts dergleichen. Den Kopf in die Hände stützend, versteckte sie ihr Gesicht vor der Welt.

Fakt war, dass Ayden nicht mehr über das Rätsel wusste als sie. Aber bedeutete das zwangsläufig auch, dass sie auf seine

Gedanken verzichten konnte? In aussichtslosen Situationen war immer er derjenige gewesen, der einen kühlen Kopf bewahrt hatte.

Estelle schluchzte leise. Erst jetzt, wo sie ihn verloren hatte, verstand sie, wie wichtig er ihr gewesen war.

»Sieh einer an, du bist ja wach!«, drang auf einmal eine melodische Stimme an ihr Ohr.

Estelle schreckte auf und schaute den Jäger überrascht an. »Ayden?«, flüsterte sie in einem Tonfall voller Unglauben.

Breitschultrig stand ihr Begleiter vor ihr und grinste spitzbübisch. »Hast du jemand anderen erwartet?«

Von jetzt auf gleich kam das Leben zurück in ihren Körper. Überstürzt erhob sie sich und fiel ihm um den Hals. »Danke, Gott im Himmel«, schluchzte sie und presste ihn an sich. Ayden erstarrte kurz. »Ich dachte, du hättest mich allein gelassen!«, warf Estelle ihm vor.

»Ich soll dich allein gelassen haben?«, wiederholte Ayden ungläubig, als er die Prinzessin sanft von sich schob.

Sie wischte sich mit dem Ärmel über die feuchten Augen. »Wir sind angekommen und da dachte ich …«

»Was dachtest du? Dass ich mich aus dem Staub mache und dich mit dem Rätsel allein lasse? Estelle, ich bin ein Ehrenmann. Ich habe versprochen, dich auf dieser Reise zu begleiten, also werde ich es auch zu Ende bringen.«

Erleichterung machte sich in der Prinzessin breit. Es hätte nicht zu ihm gepasst, sich davonzustehlen. »Danke, dass du zurückgekommen bist.«

»Ich war nie weg, Estelle«, erwiderte er mit Beharrlichkeit. Kurz schaute er sie durchdringend an, dann verfinsterte sich sein Blick. »Was hast du da?« Er hob eine Hand und strich ihr mit dem rechten Zeigefinger über die Wange.

»Was meinst … Ach so. Dieser dumme Himmel hat etwas von seinem Blut auf mich herabgeworfen.« Böse funkelnd sah sie Ayden an, auch wenn er nicht der Grund ihres Ärgers war. Überhaupt schien er ihre düsteren Gedanken nicht zu teilen.

»Du sagst, der Himmel hat auf dich herabgeblutet?«, wiederholte er fragend.

»So zumindest bin ich aufgewacht.« Estelle nickte.

»Weißt du, dass das nur sehr selten vorkommt?«

»Oh, dann fühle ich mich ja gleich doppelt geehrt«, erwiderte sie nicht ohne Sarkasmus.

»Du verstehst das nicht, Estelle. Der blutende Himmel ist ein magischer Ort. Es ist, als würde man gesegnet werden, wenn das kostbare Blut einen berührt.« Aydens Stimme klang beinahe feierlich.

»Ach wirklich?« Perplex sah sie ihn an, aber der Jäger schien sicher.

»Ja. Du solltest dankbar sein.«

»Und ich dachte, jeden trifft das Blut, egal, um wen es sich handelt.« Estelle prustete.

»Nein.« Er stimmte in ihr Lachen ein.

»Ich hoffe sehr, dass es mir wirklich Glück bringt. Wie es aussieht, kann ich das gebrauchen.« Estelle lächelte, dann hielt sie auf einmal inne, weil ihr ein Gedanke gekommen war.

»Damals, als ich dir mein Rätsel gezeigt habe, hast du gesagt, dass du schon einmal hier gewesen bist. Wie ist es dazu gekommen?« Neugierig sah sie Ayden an.

Der Jäger seufzte, wich ihrem Blick aus und schaute auf die Narbe auf seinem Handrücken. Er räusperte sich.

»Ich war auf der Jagd und wurde von einem Bären angefallen. Zum Glück konnte ich weglaufen, aber dieses Zeichen wird mich immer an ihn erinnern. Ich bin durch den Wald gerannt, mir war ganz schlecht vor Angst – und irgendwann habe ich den blutroten Himmel gefunden. Dort konnte ich mich ausruhen.« Ayden versuchte sich an einem Lächeln. Estelle nickte nachdenklich.

»Und wo warst du eben?«

Ayden warf einen Blick über die Schulter. »Ich habe nicht weit von hier eine Schlucht gefunden. Da du ja …«

»Eine Schlucht?« Mit offenem Mund sah sie ihn an. »Das ist ja wundervoll!«

»Ich habe keine Ahnung, ob es *die* Schlucht ist …«

»Egal. Das ist zumindest ein Anhaltspunkt.« Estelle schien innerlich zu brennen. »Wo sind unsere Sachen?«

»Schon unten.«

»Führ mich hin.« Breit lächelte sie ihn an.

22

Estelle

Übermütig lief sie dem Jäger hinterher, fühlte sich auf einmal schwerelos und leicht wie eine Feder. Sie war dem Ziel noch nie so nah gewesen. Fast glaubte sie schon, dass die Schlucht nach ihr rief.

Der Weg ging steil nach unten und war von unterschiedlich großen Steinen übersät. Estelle musste aufpassen, dass sie nicht das Gleichgewicht verlor. Aus den Augenwinkeln fing sie Aydens Blick auf, der wie eine Mischung aus Spott und Skepsis wirkte.

»Ich weiß, ich sollte auf den letzten Metern nicht noch hinfallen«, alberte Estelle und grinste schief. Ihre Einsicht führte allerdings nicht dazu, dass sie langsamer lief.

»Wenn du hinfällst, fange ich dich schon auf«, erwiderte Ayden großspurig. Er war stehen geblieben und hatte die Hände in die Hüften gestemmt. »Ich habe eher Angst, dass du dir zu viel

Hoffnung machst. Ich habe eine Schlucht gefunden, ja, aber es muss nicht bedeuten, dass es die richtige ist und du in wenigen Minuten wieder zu Hause bist.«

Estelle blieb ebenfalls stehen, bemühte sich um einige gleichmäßige Atemzüge und meinte: »Das weiß ich doch, Ayden. Es ist nur so, dass wir nach unserer langen Reise endlich angekommen sind. Das gibt mir … Hoffnung.«

In Wahrheit war Estelle ein Nervenbündel. Die Aussicht, Brahmenien und ihren Vater in Kürze wiederzusehen, raubte ihr den Atem und stahl ihr alle klaren Gedanken. In ihrem Herzen brannte eine Sehnsucht nach ihrer Familie, die sie aufzufressen drohte. Sie wollte nicht mehr warten, wollte nicht mehr in Talario sein, sondern endlich an den Ort zurückkehren, an den sie gehörte.

Da sie Ayden ihre innere Zerrissenheit aber nicht länger zeigen wollte, ging sie langsamer weiter, ihre Schritte bedachter und voller Vorsicht. Eine Weile sah sie sich den neugierigen Blicken des Jägers ausgesetzt, doch danach führte dieser seinen Weg ebenso fort.

Nach kurzer Zeit waren sie angekommen. Der Pfad wurde ebener und gerader, riss aber plötzlich ab. Stattdessen klaffte ein Abgrund vor Estelles Augen, der zu weit war, um ihn zu überwinden.

»Ich vermute, das ist die Schlucht, von der du gesprochen hast«, flüsterte sie, während sie ängstlich den Abhang hinunterschaute.

Man konnte ihn unmöglich mit der Klippe vergleichen, die sie heruntergefallen war, denn dieser Abgrund war viele Meter tiefer, zudem gab es nichts, an dem man sich im Ernstfall festhalten konnte.

Ayden stellte sich neben Estelle und griff nach ihrer Hand. »Reine Vorsichtsmaßnahme«, murmelte er, schaute dann aber ebenfalls in den tiefen Schlund. »Es ist die einzige Schlucht weit und breit«, flüsterte er mit verklärter Stimme.

Estelle betrachtete ihn von der Seite und wurde aus seinem Blick nicht schlau. »Lass uns ein Stück nach hinten treten«, ordnete sie an.

Der Anblick nach unten löste eine unbekannte Angst in ihr aus. Wenn Ayden recht behielt und das Rätsel wirklich diese Schlucht meinte, würde sie mit ihr früher oder später Bekanntschaft machen. Estelle fröstelte.

»Wo sind unsere Sachen?«, fragte sie, um das Thema zu wechseln.

Ayden deutete über seine Schulter und zeigte Estelle die Rucksäcke, die sich an einem sicheren Platz in der Nähe der Schlucht befanden. Die Prinzessin nickte, ließ seine Hand los und ging auf das Gepäck zu. Ayden machte sich daran, das Zelt aufzubauen.

»Das wollte ich vorhin schon machen«, sagte er und wischte sich feine Schweißtropfen von der Stirn, »aber ich hatte Angst, dich zu lange allein zu lassen. Wer weiß, wer hier sein Unwesen treibt.«

Estelle schauderte, doch sie schüttelte die negativen Gedanken ab. Sie wollte jetzt nicht an Rania denken.

Obwohl der Boden staubig war, setzte sie sich. Unter ihrem Kleid verschränkte sie die Beine. Nachdem das Zelt aufgebaut war, nahm Ayden neben der Prinzessin Platz.

Während Estelles Blick wie gebannt an der Schlucht hing, fragte Ayden: »Spürst du irgendetwas, wenn du den Abgrund siehst?«

Sie wusste, worauf er anspielte. Er wollte wissen, ob ein Gefühl in ihr existierte, das ihr verdeutlichte, dass die Schlucht der richtige Ort war. Dass sie angekommen waren.

Zunächst tat Estelle unbestimmt, besann sich dann aber eines Besseren. Sie konnte Ayden vertrauen.

»Wenn ich ehrlich bin, nicht«, gab sie zerknirscht zu. Entschuldigend lächelte sie ihn an. »Und wenn ich mir vorstelle, dass ich da hinunterspringen muss, wird mir ganz anders.« Ihr entgleisten die Gesichtszüge.

»Fakt ist, dass du da nicht einfach so hinunterspringen wirst«, stellte Ayden klar und sah ihr tief in die Augen. »Wir werden nichts überstürzen, sondern alles genau abwägen.«

Estelle nickte. Gern hätte sie sich von ihm beruhigen lassen, aber in ihr wütete ein Gefühl, das sie beinahe wahnsinnig machte.

Was, wenn sie stundenlang einfach hier saßen und nichts herausbekamen? Was, wenn sie ihn wagen musste, den Sprung ins Nichts?

»Wie ist noch mal der genaue Wortlaut des Rätsels?«, erkundigte sich Ayden.

»Im Schlund des Zitterns

Findet nur ein Sprung

Erlösung in beiderlei Facetten
Am Ort, wo Sterne bluten«,
rezitierte Estelle das Rätsel, das sie auswendig kannte.

Eine Weile sah sie den Jäger an, aber als der nichts erwiderte, meinte sie: »Ich tue mich immer noch schwer mit dem Begriff des *Zitterns.* Die Temperatur ist hier nicht anders als sonst. Also muss es mit etwas anderem zusammenhängen.«

Ayden legte die Stirn in Falten, aber trotzdem schien er zu keinem Ergebnis zu kommen. Seufzend verschränkte Estelle die Arme vor ihrer Brust.

Mehr als zwei Stunden saßen sie stumm an dem Ort, jeder seinen eigenen Gedanken nachhängend. Sie teilten sich das, was von dem Brot noch übrig war, und stillten ihren Durst mit Quellwasser. Zwischendurch sahen sie sich immer wieder an, aber kein Gedanke schien stark genug, um ihn zu äußern.

Nach einer gefühlten Ewigkeit stand Estelle auf und trat an die Schlucht heran. Dieses Mal stellte sie sich noch näher an den Abgrund, aber nicht zu nah, dass sie Gefahr lief, zu fallen. Angestrengt schaute sie hinunter, in der Hoffnung, dass sie einen Anhaltspunkt fand.

Nach einer Weile hörte sie Aydens Schritte. Kurz darauf stand der Jäger neben ihr.

»Du springst jetzt aber nicht, oder?«, fragte er halb im Scherz, halb im Ernst.

Estelle schüttelte den Kopf, auch wenn sie tatsächlich mit dem Gedanken gespielt hatte. Irgendetwas musste sie schließlich tun!

»Ist es nicht lächerlich, dass wir endlich hier sind und doch nicht schlauer als vorher?«, sagte sie mehr zu sich selbst als zu Ayden. Dennoch antwortete der Jäger.

»Wir sollten dankbar sein, dass wir es bis hierhin geschafft haben«, merkte er an.

Hoffnungslos zuckte die Prinzessin mit den Schultern.

»Jetzt lass deine Zweifel nicht die Oberhand gewinnen, Estelle«, mahnte Ayden sie. »Schau nach oben. Dort hinten liegt der blutende Himmel. Eine Schlucht haben wir auch. Alles andere wird schon irgendwie kommen.«

Dankbar über den Versuch, sie aufzumuntern, sah Estelle den Jäger an. »Was sollen wir jetzt tun?«, fragte sie, woraufhin sie nur ein Schulterzucken erntete. »Dir fällt doch immer etwas ein, Ayden«, bettelte sie, obwohl sie innerlich wusste, dass sie nicht als Einzige mit ihrem Latein am Ende war. »Vielleicht sollte ich doch springen.«

»Auf keinen Fall.«

Ayden hatte seinen Arm so schnell um ihre Taille gelegt, dass Estelle kurz schwankte.

Nach einer Sekunde des Schocks sah sie den Jäger an.

»Ich lasse nicht zu, dass du dein Leben leichtfertig aufs Spiel setzt«, verkündete er.

Estelle lächelte, auch wenn er sie durch seine groben Bewegungen erst zum Schwanken gebracht hatte. »Danke, dass du mich auf meinem Weg begleitet hast, Ayden«, flüsterte sie.

Noch immer hielt der Jäger sie fest. »Wir schaffen das. Jetzt sind wir so weit gekommen.«

Estelle dachte an Brahmenien und all das, was vor ihr lag. »Ja, wir schaffen das«, sagte sie dann.

Rückblickend war es nicht die klügste Idee gewesen, sich schlafen zu legen. Aber das Zelt hatte wie eine offene Einladung ausgesehen. Gedanklich waren sie immer wieder um dieselben Ideen gekreist, hatten nichts Neues herausgefunden und sich müde und erschöpft gefühlt. Aydens Vorschlag, kurz auszuruhen, war ausgeartet.

Das merkte Estelle, als sie aus dem Schlaf hochschreckte. Panisch blickte sie an sich hinab. Noch war sie ein Mensch, aber wie lange würde es dauern, bis sie sich verwandelte?

Ohne auf Ayden zu achten, stand sie auf und kämpfte sich ihren Weg bis zur Öffnung des Zeltes frei. Mühsam griff sie nach dem Stofffetzen, der ihr den Ausblick nach draußen versperrte, und ging mit unsicheren Schritten in die Nacht hinaus.

Ihr erster Blick richtete sich direkt in den Himmel, der nicht mehr so dunkel schien. Estelle war nicht gut darin, die Tageszeit abzuschätzen, aber es würde sicher nicht mehr lange dauern, bis sie ihre Gestalt wechselte.

Eher beiläufig sah sie in Richtung Abgrund.

Aber das, was sie dort erkannte, ließ ihr das Blut in den Adern gefrieren.

Feuer.

Überall.

Rote, gigantische, gefährliche, erdrückende Flammen.

Panisch starrte Estelle auf das Flammenmeer, das aus der Schlucht emporstieg. Das Feuer schien lebendig zu sein, beinahe menschlich. Wild züngelten die Flammen.

Estelle schauderte. Die Narbe auf ihrem Arm brannte und alle Erinnerungen an den Tag im Stall kamen in ihr hoch. Ihre Kehle wurde trocken, Schwindel überkam sie.

»Ayden!«, rief sie mit letzter Kraft.

Wahrscheinlich dauerte es nur wenige Sekunden, bis er neben ihr stand, aber Estelle kam es wie eine Ewigkeit vor. Mit verschlafenem Blick musterte er sie, realisierte anscheinend gar nicht, was los war.

»Schau!«, rief die Prinzessin und deutete auf das Feuer.

Ayden folgte ihrem Blick, dann wurden seine Augen groß. »Was zur Hölle«, murmelte er.

Estelle streckte noch ihre Hand nach ihm aus, aber er war schneller. Mit großen Schritten eilte Ayden auf die Schlucht zu.

»Pass auf dich auf«, wollte Estelle ihm mit auf den Weg geben, aber die Angst lähmte sie und ihre Stimme.

Ihr Herz schlug ihr bis zum Hals, die Narbe auf ihrem Arm kribbelte. Aus sicherer Entfernung betrachtete sie Ayden, der vor der Schlucht stand. Weit genug weg, als dass das Feuer ihm etwas antun könnte, aber nah genug, um sie in Todesangst zu versetzen. Als er endlich zurückkam, war sie vor Furcht beinahe erstarrt.

»Beruhige dich, Estelle«, sagte Ayden und griff nach ihrer Hand, um sie sanft zu drücken. »Das Feuer wird nicht auf uns übergreifen, es scheint aus der Schlucht zu kommen. Ich weiß nicht, was es bedeuten soll, aber …«

Estelle schüttelte den Kopf. Denn auf einmal wusste *sie*, was es bedeutete. »Das Rätsel«, stammelte sie und schaute mit verklärtem Blick an Ayden vorbei. »Das Zittern. Damit ist nicht … die Temperatur gemeint. Sondern meine Angst.«

Ihre Zunge fühlte sich schwer an, aber es auszusprechen, wirkte befreiend.

»Was meinst du?« Aydens Stirn hatte sich in Falten gelegt.

Estelle krallte sich an seiner Hand fest. »In dem Rätsel steht etwas vom Schlund des Zitterns. Der Schlund ist der Abgrund und mit dem Zittern ist meine größte Angst gemeint. Ayden, seit Rania mich in den Pferdestall geführt hat, habe ich panische Angst vor Feuer. Es bringt mich sprichwörtlich zum *Zittern.*«

Für eine Sekunde sah Ayden Estelle weiterhin fragend an, dann zeichnete sich Verständnis auf seinen Zügen ab. »Du meinst, das Feuer brennt wegen des Rätsels?«

Estelle nickte. »Du hast selbst gesagt, dass es aus der Schlucht kommt. Das ist … doch ungewöhnlich für ein Feuer.«

»Es sei denn, es ist ein magisches Feuer«, vollendete Ayden Estelles Gedanken.

Mit weit aufgerissenen Augen blickte die Prinzessin ihn an. »Ich glaube, ich muss da hinunterspringen«, flüsterte sie mit belegter Stimme.

Die Angst machte sie bewegungsunfähig, ihr Herz klopfte so laut, dass sie Gefahr lief, er könnte es hören.

»Estelle, triff keine voreiligen Entscheidungen«, mahnte Ayden schnell.

Ein bisschen kam es ihr so vor, als würde er sich vor sie stellen. Aber das half auch nichts mehr. Ihre Aufmerksamkeit galt ganz dem Feuer.

»*Im Schlund des Zitterns findet nur ein Sprung Erlösung*«, wiederholte Estelle mit Nachdruck. »Das ist doch genau das, was das Rätsel von mir verlangt, oder?«

Mittlerweile zitterte sie am ganzen Leib. Ihr Atem ging stoßweise. Das Letzte, was sie wollte, war, sich in das Feuermeer zu stürzen, und doch spürte sie, dass sie genau das tun musste, um endlich erlöst zu sein.

»Estelle.« Irgendwie gelang es Ayden, selbst jetzt die Ruhe zu bewahren. »Wir dürfen nicht den Rest des Rätsels vergessen. Du darfst nicht einfach springen. Es geht noch um die zwei Facetten.«

Damit holte er sie in die Wirklichkeit zurück. Ihr Blick ruhte auf seinem markanten Gesicht.

»Du hast gesagt, dass damit ich gemeint bin. Einmal als Schwan und einmal als Mensch.«

Überstürzt schüttelte Ayden den Kopf. »Gesagt habe ich gar nichts«, verbesserte er sie. »Zumindest nichts Endgültiges. Es war eine Idee. Und für die solltest du auf keinen Fall dein Leben aufs Spiel setzen.«

»Ayden, ich habe Angst«, hauchte sie.

»Natürlich hast du Angst. Ich hätte auch Angst, wenn ich da runterspringen müsste.« Seine Augen wurden groß, als er zu der Schlucht starrte.

»Ich habe aber im Gefühl, dass es keinen anderen Weg mehr gibt. Entweder mittendurch oder ...«

»Ich lasse nicht zu, dass du da einfach so hinunterspringst!«, eröffnete Ayden entschieden.

»Warum?«

23

Ayden

Warum?

Weil er wahnsinnig werden würde, sie gehen zu lassen. Weil es ihn töten würde, wenn sie in ein Meer aus Flammen sprang, ohne den Hauch einer Sicherheit, dass es der richtige Weg war. Weil er den Gedanken nicht ertrug, dass jetzt schon Zeit zum Abschiednehmen war.

Weil er sie liebte.

»Wie gesagt, wir wissen es nicht sicher. Riskieren wir lieber ein paar Minuten mehr und denken noch einmal nach, als dass du dich voreilig in die Tiefe stürzt.«

»Glaub mir, ich kann mir Schöneres vorstellen, als mich mit dem Feuer zu verbinden« erwiderte Estelle sarkastisch, allerdings ohne jede Kraft in der Stimme.

Wenn Ayden sie ansah, bekam er es mit der Angst zu tun. Jegliche Farbe war aus ihrem Gesicht gewichen. Ihr Körper schien erstarrt, Mimik und Gestik vollkommen eingefroren. Gern hätte er sie in den Arm genommen.

Aber vielleicht würde er sie dann nie mehr loslassen.

»Wir müssen uns noch einmal an das Rätsel erinnern, Estelle«, entschied Ayden. »Was sagt es über deine Gestalt? Was war das mit den Facetten?«

Obwohl die Prinzessin ihn ansah, kam es ihm so vor, als würde ihr Blick durch ihn hindurchgehen.

»*Erlösung in beiderlei Facetten*«, wiederholte sie das Gedicht mit stockender Stimme. Sie hielt seine Hand so fest, dass ihre Knöchel weiß hervortraten.

»Das muss nicht unbedingt Mensch und Schwan sein, das kann auch ...« Verzweifelt versuchte er, einen klaren Gedanken zu fassen, aber die Umstände machten es ihm unmöglich.

Auf einmal blickte Estelle nach oben. Ayden folgte ihrem Blick, der voller Erkenntnis war.

»Es wird langsam hell«, verkündete sie, aber nicht so, wie man eine Tatsache aussprach, sondern so, wie man etwas ansprach, das einem erst in dem Moment klar geworden war.

Sie atmete plötzlich heftiger. Ihre blauen Augen begannen zu funkeln.

»Ayden, ich weiß jetzt, was ich tun muss«, rief sie.

Röte überzog ihre Wangen – langsam nur, als würde das Leben Stück für Stück in ihren Körper zurückkehren.

Während ihr Blick noch am Firmament hing, sprach sie: »Ich muss nicht zweimal springen. Ich muss einmal springen, aber in dem Augenblick, in dem ich mich verwandele.« Sie schaute

Ayden in die Augen. »Denn nur so ist es Erlösung in beiderlei Facetten. Als Mensch und als Schwan.«

In Ayden breitete sich Angst aus. »Bist du dir da auch ganz sicher?«, fragte er nervös.

Es gefiel ihm nicht, dass Estelle nickte. Überhaupt nichts gefiel ihm, das mit diesem Abgrund zu tun hatte.

»Ich kann nicht sagen, woher diese Sicherheit auf einmal kommt, aber es ist das Einzige, das einen Sinn ergibt. Viele Monate habe ich über diesem Rätsel gesessen, aber jetzt weiß ich, was damit gemeint ist.« Sie nickte, als würde sie sich selbst Mut zusprechen. »Ich muss da runter, Ayden.«

In diesem Moment wirkte es, als sei alle Angst von ihr abgefallen. Übrig geblieben war eine entschlossene junge Frau, die bereit war, ihrer Furcht ins Gesicht zu sehen. Die bereit war, alles zu tun, um den Fluch zu brechen.

Alles in Ayden sträubte sich dagegen, sie gehen zu lassen. Verzweifelt blickte er gen Himmel. Sie hatten noch wenige Minuten, bis die Sonne aufging.

Wie … sollte er sie jetzt schon gehen lassen?

»Estelle …« Seine Stimme war heiser. Auch als er sich räusperte, wurde es nicht besser.

»Ayden, ich muss das tun«, sprach sie.

Das wusste er längst.

Aber musste er es gutheißen?

»Mir ist nicht wohl bei dem Gedanken, dass du in eine Grube aus Feuer springst.« Er bemühte sich um ein Lächeln, doch es misslang ihm gründlich.

Anstatt auf seine Befürchtung einzugehen, trat Estelle einen Schritt näher auf ihn zu. »Ich muss mich bei dir bedanken, Ayden«, sagte sie und wich seinem Blick nicht aus. »Ich hätte es ohne dich nie geschafft. Wärst du nicht an den Schwanensee gekommen, würde ich heute noch in der Einsamkeit leben. Tag für Tag würde ich mein Schicksal verfluchen, ohne etwas daran zu ändern. Der Fluch wäre unabdingbar für mich. Aber du bist gekommen und ich habe gelernt, dir zu vertrauen. Nur wegen dir sind wir jetzt hier.«

Ihre Worte schnürten ihm die Kehle zusammen.

»Ich werde dir mein Leben lang dankbar sein. Und wenn ich es nach Brahmenien schaffen sollte, werde ich jedem von dem tapferen Jäger Ayden erzählen, der mir das Leben gerettet und die Hoffnung zurückgebracht hat.«

Sie stoppte kurz. Ayden erkannte, dass in ihren Augen Tränen schimmerten.

Dieser Anblick war es, der das Fass in ihm zum Überlaufen brachte. In diesem Moment war ihm alles andere egal. Er vergaß, was er sich vorgenommen hatte, vergaß, was sich gehörte. Stattdessen sah er in Estelles makelloses, reines Gesicht.

Ayden näherte sich ihr. Auf ihrem Gesicht zeichnete sich Überraschung ab, vielleicht wollte sie zurückweichen. Doch dazu gab er ihr nicht die Gelegenheit.

Er wollte diese Frau küssen.

Und genau das tat er.

Weil es längst überfällig war.

Er presste seine Lippen auf ihre. Wie selbstverständlich legte er seine rechte Hand um ihren Nacken und zog Estelle an sich.

Ihr Kuss war kurz und doch voller Leidenschaft. Er schmeckte nach Verlangen, Hoffnung und bittersüßer Liebe.

Doch all das wurde überschattet von der unangenehmen Note des Abschieds, die in jeder Berührung mitschwang.

Es riss ihm das Herz aus der Brust, als er Estelle von sich drückte.

»Mach's gut«, flüsterte er in ihr Ohr. Sanft schob er sie in Richtung Schlucht.

Obwohl er wusste, dass es besser so war, hätte er gewollt, dass sie sich noch ein letztes Mal nach ihm umdrehte. Ein kleiner Blick hätte ihm gereicht. Aber dann sah er hinauf zum Himmel und merkte, dass dafür nicht mehr genügend Zeit blieb. Die Sonne war im Begriff, aufzugehen, und würde Estelle bald in einen Schwan verwandeln.

Langsam folgte er ihr. Er wollte nicht wie erstarrt stehen bleiben und ihr hinterherschauen. Im Ernstfall würde er für sie da sein.

Schwere legte sich um sein Herz.

Als die Prinzessin den Kopf in den Nacken legte, wirkte sie vollkommen ruhig.

Ayden presste die Lippen aufeinander. Er holte absichtlich nicht auf, sondern blieb in sicherem Abstand.

Ein grotesker Gegensatz ergab sich, als Estelle vor der Feuerwand stand. Ihr Körper wirkte so zart und unbefleckt, die Flammen schienen böse und alles vernichtend. Was würde geschehen, wenn sie sich miteinander vereinten?

Noch sprang die Prinzessin nicht, noch stand sie vor der Schlucht und schaute nach unten.

Als er sah, wie Estelle zitterte, erkannte Ayden, dass sie alles andere als entspannt war. Sie hatte Angst. Berechtigte Angst. Ihm wurde schon schwindelig, wenn er nur an ihren Plan dachte.

Aber die Sonne ging ihren Gang und ließ den beiden keine Zeit mehr. Unbeirrt kämpfte sie sich ihren Weg durch die dicke Wolkendecke, fest entschlossen, ihr Gesicht zu zeigen.

Schon bald wurde Estelles Haut durch die ersten Strahlen erhellt. Ayden sah, wie sich Gänsehaut auf ihren Armen ausbreitete. Er schluckte schwer.

Die Prinzessin trat noch einen Schritt näher an die Schlucht heran. Ein weiterer Meter würde sie unweigerlich in die Tiefe zwingen. Alles in Ayden brannte darauf, sie zurückzuhalten. Aber er wusste, dass es an der Zeit war, Abschied zu nehmen.

In dem Moment, in dem die Sonne aufging, stellte sich Estelle ihrer größten Angst. Mit angehaltenem Atem erkannte Ayden, wie sie die Arme ausstreckte und zum Sprung ansetzte. Leichtfüßig trennte sie sich vom steinernen Boden und sprang in die Tiefe.

Ayden hätte schwören können, dass sein Herz einen Schlag aussetzte, als Estelle sich in der Luft befand und im Begriff war, mit den Flammen Bekanntschaft zu machen.

Aus einem Reflex heraus rannte er bis an den Abgrund, streckte seine Arme nach ihr aus, doch es war zu spät. Aus den Augenwinkeln erkannte der Jäger gerade noch, wie sich Estelles Körper in ein weißes Federkleid verwandelte.

Sie hatte den richtigen Moment abgepasst.

Kurze Zeit später verschwand sie im Flammenmeer, das sie verschluckte, als hätte es sie nie gegeben. Noch eine Weile starrte Ayden in die Schlucht, dann wandte er sich schweren Herzens ab.

Er würde wohl nie erfahren, ob sie es nach Brahmenien geschafft hatte.

Mit einer seltsamen Mischung aus Trauer und Freiheit blickte er auf das Zelt. Er würde es abbauen und seine Habseligkeiten zusammenpacken.

Nachdenklich kniete er sich auf den Boden und begann damit, die Haken aus der Erde zu ziehen. Nach und nach sank das Zelt in sich zusammen, bis es nur noch eine massige Ansammlung von Stoff war, die zusammengerollt werden musste.

Er hatte die beiden Rucksäcke noch nicht fertig gepackt, als ihn ein seltsames Geräusch innehalten ließ. Erschrocken drehte Ayden sich um, fühlte sich urplötzlich beobachtet. Allerdings sah er niemanden.

Paralysiert schaute er zur Schlucht, in der noch immer die Flammen loderten. Kurz verstummte das Geräusch. Lange genug, dass er dachte, es sich nur eingebildet zu haben.

Dann aber wurde es lauter.

Und plötzlich konnte Ayden auch einordnen, woher es kam.

Wie von der Tarantel gestochen sprang er auf und stürzte auf den Abgrund zu.

»Estelle!«, schrie er panisch. »ESTELLE, hörst du mich?«

Ihre Schreie wurden durchdringender, lauter und klangen, als würde sie die größten Qualen ausstehen. Sie drangen ihm durch Mark und Bein, sodass er schier verrückt wurde.

»Estelle!«, schrie er abermals und schaute in die Schlucht hinab. Doch sosehr er sich auch anstrengte, er sah nichts als wild züngelnde Flammen.

»Estelle!«

Panik breitete sich in ihm aus, nackt und gefährlich. Sein Herz schlug ihm bis zum Hals. Ihre Schreie waren jetzt nicht mehr so laut, hatten aber nicht an Intensität verloren.

Ayden wurde schlecht. Er presste sich eine Faust gegen den Magen, aber das machte es nicht besser. Angstschweiß brach ihm aus.

Estelle hatte es nicht geschafft!

Sie verendete in den Flammen und er konnte nichts dagegen tun!

Sich die Haare raufend, drehte er Kreise. Immer wieder schaute er ängstlich auf das Feuer.

Ihre Schreie zerstörten ihn. Was sollte er nur tun? Er konnte nicht hinterherspringen! Das würde es nicht besser machen.

Tränen stiegen ihm in die Augen, als er realisierte, dass er hilflos war. Dass er mit ansehen musste, wie sie starb. Ihr Todeskampf würde für immer in ihm nachhallen.

Aus Angst biss er sich auf die Zunge und schmeckte Blut. Sein Kopf war wie leer gefegt, er brachte keinen klaren Gedanken zustande.

»Verdammt, verdammt«, murmelte er wiederholt, während Estelle um ihr Leben kämpfte.

Es musste doch etwas geben, das er tun konnte!

Zitternd sank er auf die Knie. Wieso hatte er sie springen lassen, wieso hatte er ihr erlaubt, ihren Dickkopf durchzusetzen?

Natürlich war es keine gute Idee, sich in ein Meer aus Flammen zu stürzen!

Mit der flachen Hand schlug er sich gegen die Stirn. Einmal, zweimal, dreimal, viermal. So oft, bis er nicht mehr zählen konnte. So oft, bis sein Kopf kurz vor dem Zerplatzen war.

Ayden schrie, aber er war nicht laut genug, um Estelle zu übertönen. Ihr wimmerndes Wehklagen hallte in seinen Ohren wider.

Verzweifelt schlug er seinen Kopf gegen den harten Boden. Er wollte sich bestrafen, wollte die gleichen Schmerzen empfinden, die sie in der Hölle durchstehen musste.

Heiße Tränen rannen ihm die Wangen hinab. Estelle schrie noch immer, doch nun klang es eher, als würde sie weinen.

Als hätte sie den Kampf aufgegeben und …

Nur für einen Moment hob Ayden den Kopf. Nur kurz klärte sich sein Sichtfeld. Aber diese Schrecksekunde reichte, um das zu sehen, was vor ihm lag.

Er riss die Augen auf und schüttelte mehrmals den Kopf.

Estelles Halskette, der blaue Saphir an der silbernen Schnur, lag vor ihm auf dem Boden. Sie musste das Schmuckstück verloren haben, als sie zur Schlucht gegangen war. Ayden sah, dass das feine Band gerissen war.

Panisch griff er nach der Kette, deren Stein wie verrückt leuchtete. Es war ähnlich wie damals, als er Estelle unter den Schwänen gesucht hatte, mit dem Unterschied, dass der Stein jetzt regelrecht glühte.

Überstürzt erhob sich Ayden und trat näher an die Schlucht heran. Schrie Estelle vielleicht, weil sie die Kette verloren hatte? Konnte der Saphir ihrer Mutter sie auch dieses Mal retten?

Ayden war felsenfest davon überzeugt, dass die Prinzessin ihre Kette brauchte. Dieses Schmuckstück hatte schon so viel Gutes getan. Vielleicht könnte es der Prinzessin auch jetzt noch helfen.

Der Jäger dachte gar nicht daran, was wäre, wenn er zu spät käme. Kurzerhand stellte er sich so dicht an die Schlucht, dass ihn nur noch wenige Schritte vom Abgrund trennten. Er umfasste den Saphir mit beiden Händen, holte aus und wollte ihn gerade in das Feuer werfen, als er innehielt.

Aus irgendeinem Grund … schaffte er es nicht, sich von der Kette zu befreien. Es kam ihm vor, als wäre sie festgewachsen, als hätte jemand sie mit Klebstoff an seiner Handfläche befestigt.

»Verdammt«, fluchte er, wohlwissend, dass ihm nicht mehr viel Zeit blieb. Jede Sekunde konnte über den Zustand der Prinzessin entscheiden, jede Sekunde war kostbar.

Erneut startete er einen Versuch, holte so viel Schwung wie möglich und wollte die Kette dem Feuer schenken.

Nichts von alldem geschah.

Stattdessen verlor er den Boden unter den Füßen und wurde in die Luft geschleudert. Ayden entwich ein Entsetzensschrei, aber der Schock dauerte nicht lange an, denn kurz darauf stand er wieder auf seinen Beinen. Nun lag der Abgrund etwa zwei Meter vor ihm.

Fassungslos starrte er auf den Saphir in seiner Hand. Für einen Moment vergaß er sogar Estelles Schreie. Was geschah hier mit ihm? Die Kette hatte doch vorher nicht die Kontrolle über ihn besessen!

Mit der linken Hand versuchte er, das Schmuckstück zu lösen, aber noch immer schien es wie festgeklebt. Probeweise wagte er einen weiteren Sprung, nur um festzustellen, dass er erneut den Boden verlor und in luftige Höhen getrieben wurde.

Nachdenklich legte Ayden die Stirn in Falten. Nun, wo er sich ein Stück von der Schlucht entfernt hatte, blinkte der Saphir nicht mehr. Wie ein kalter Stein lag er in seiner Handfläche. Doch sobald er sich dem Abgrund zuwandte, leuchtete der Edelstein in unregelmäßigen Abständen hell auf. Zudem wurde er so warm, dass Ayden für einen Moment glaubte, seine Haut würde in Flammen aufgehen.

»Was willst du mir nur damit sagen?«, murmelte er, während er die Lippen zusammenkniff. Doch ihm blieb keine Zeit, ernsthaft darüber nachzudenken.

Eben hatte er die Flugkraft des Steins durch einen Sprung auslösen müssen. Nun war dergleichen nicht mehr nötig.

Wie von selbst begann Ayden zu schweben. Panisch erkannte er, dass der Boden unter ihm immer kleiner wurde und er keinen Halt mehr hatte. Angstschweiß brach ihm aus, als er sich an der Kette festklammerte, die ihn zielgenau zur Schlucht flog.

Verzweifelt versuchte er, abzuspringen, aber der Wille der Kette schien stärker zu sein.

So geschah es, dass Ayden absolut nichts tun konnte, als das Schmuckstück die Gewalt über seinen Körper hatte und mit ihm direkt in das Flammenmeer flog.

Von jetzt auf gleich wurde es erschreckend heiß, dann sah er nichts mehr als grelles Feuer, das sich in ihm und um ihn ausbreitete.

24

Ayden

Er spürte, wie sich die Flammen in seinen Körper bohrten. Der Schrei erstickte auf seinen Lippen. Es war zu heiß.

Unaufhörlich hustete er, sah, wie seine Haare Feuer fingen. Überall, wo der rote Tod ihn traf, begann seine Haut zu kribbeln.

Verzweifelt versuchte er, die Augen offen und nach Estelle Ausschau zu halten, aber es war unmöglich, dem Feuer zu widerstehen. Japsend holte er Luft, doch im Kampf gegen die Flammen konnte er nur verlieren.

Zehn Sekunden.

Neun Sekunden.

Acht Sekunden.

Sieben Sekunden.

Sechs Sekunden.

Fünf Sekunden.

Vier Sekunden.

Drei Sekunden.

Zwei Sekunden.

Eine Sekunde.

Auf einmal änderte sich die Temperatur. Statt der wüstenähnlichen Hitze legte sich jetzt eine angenehme Kühle auf seinen Körper. Irritiert schaute Ayden sich um, den Saphir noch immer umklammernd.

Zehn Sekunden.

Neun Sekunden.

Acht Sekunden.

Sieben Sekunden.

Sechs Sekunden.

Fünf Sekunden.

Vier Sekunden.

Drei Sekunden.

Zwei Sekunden.

Eine Sekunde.

Das Feuer verschwand vor seinen Augen. Nicht plötzlich und schnell, sondern eher wie der Übergang in eine neue Jahreszeit. Ayden fühlte sich, als hätte er die heißesten Tage des Sommers hinter sich gebracht und würde nun auf den Herbst zusteuern.

Zehn Sekunden.

Neun Sekunden.

Acht Sekunden.

Sieben Sekunden.

Sechs Sekunden.

Fünf Sekunden.

Vier Sekunden.

Drei Sekunden.

Zwei Sekunden.

Eine Sekunde.

Mit rasanter Geschwindigkeit bewegte er sich nun vorwärts. Die Kette zog ihn mit sich fort, doch ging das Ganze so schnell, dass er sich nicht umschauen konnte. Konturlos ergab sich die Welt um ihn herum, während er von der Macht des Schmuckstücks mitgerissen wurde.

Zehn Sekunden.

Neun Sekunden.

Acht Sekunden.

Sieben Sekunden.

Sechs Sekunden.

Fünf Sekunden.

Vier Sekunden.

Drei Sekunden.

Zwei Sekunden.

Eine Sekunde.

Dann auf einmal wurde das Tempo gedrosselt. Nun schwebte Ayden beinahe immer weiter nach unten. Ängstlich öffnete er seine Augen. Der Boden war nicht weit entfernt. Je näher er kam, desto deutlicher erkannte er die Massen an Sand unter ihm.

Zehn Sekunden.

Neun Sekunden.

Acht Sekunden.

Sieben Sekunden.

Sechs Sekunden.

Fünf Sekunden.

Vier Sekunden.

Drei Sekunden.

Zwei Sekunden.

Eine Sekunde.

In dem Moment, in dem er den Sand berührte, passierten zweierlei Dinge.

Erstens: Er war wieder Herr seiner selbst, konnte nicht nur seine Beine, sondern auch seinen ganzen Körper bewegen.

Zweitens: Die Kette löste sich aus seiner Hand und fiel in den warmen Sand.

Reflexartig griff Ayden nach dem Schmuckstück und verstaute es in seiner Hosentasche. Erst dann wagte er einen Blick in die fremde Welt.

Die Luft um ihn herum war warm, sodass er sofort zu schwitzen begann. Der Sand breitete sich meterhoch um ihn aus. Ein

Blick gen Himmel verriet, dass die Sonne im Zenit stand. Er hatte keine Ahnung, wo er sich befand, aber er würde Wasser brauchen, wenn er hier überleben wollte.

Zehn Sekunden dauerte es, bis sein Blick weit genug schweifte, um den leblosen Körper im Sand zu entdecken.

Seine Gesichtszüge entgleisten.

Ihr Name ein stummer Schrei auf seinen Lippen, überbrückte er die Distanz rennend. Schnell und doch viel zu langsam war er bei ihr.

Estelle lag reglos auf dem Boden, die Beine in einer grotesken Weise ineinander verschränkt. Ihre Augen starrten ihn leblos an, das Kleid war von Sand und Schmutz übersät.

Doch das Schlimmste war ihr Gesicht.

Tiefe Brandwunden zogen sich durch die einstige Makellosigkeit. Das Feuer hatte seine Spuren hinterlassen. Dagegen sah die Narbe auf ihrem Arm lächerlich aus.

Ayden sank auf die Knie. Sanft strich er der Prinzessin über das Gesicht, machte auch nicht vor den unschönen Stellen Halt. Seine Tränen benetzten ihren Körper. Vorsichtig beugte er sich über sie, um zu hören, ob ihr Herz noch in ihrer Brust schlug.

Er war zu spät gekommen.

Seine linkischen Versuche, ihr zu helfen, waren gescheitert. Wäre er nur schneller gewesen, hätte die Halskette zügiger entdeckt und …

Die Halskette!

Blindlings griff Ayden nach dem Schmuckstück in seiner Hosentasche.

Vielleicht …

In dem Moment, da der Saphir Estelles vom Feuer geschundene Haut traf, leuchtete er zweimal auf.

Anspannung machte sich in Ayden breit, während er darauf wartete, was geschah.

Es war, als würde die Prinzessin in ein kaltes Licht gehüllt, das ihren gesamten Körper umgab. Überrascht wich Ayden zurück und betrachtete das Spektakel gebannt.

Langsam wurde die Prinzessin in die Höhe gehoben, beinahe so wie er, als er sich an der Kette festgekrallt hatte. Einen Moment schwebte ihr Körper in der Luft, dann wurde das Licht undurchsichtig, sodass Ayden Estelle nicht mehr sehen konnte. Hinzu kam, dass er von den Strahlen dermaßen geblendet wurde, dass er seinen Blick mit den Händen abschirmen musste.

Estelle

Ihr Körper fühlte sich seltsam leicht an, als sie die Augen aufschlug. Sie blinzelte mehrmals, dann erkannte sie die große Glaskuppel, in der sie immer ihre Schwestern getroffen hatte. Diese sah sie nun auch, aber irgendetwas war anders.

Estelle kniff die Augen zusammen und streckte ihre Hände aus, die auf Glas trafen. Da wurde es ihr bewusst: Sie befand sich nicht in der Kuppel, sondern konnte ihre Schwestern von außerhalb betrachten.

Tatjana, Ginny, Vivi und Valyra standen in einem Halbkreis und unterhielten sich miteinander.

Estelle ballte die Hand zur Faust und schlug damit gegen die Glaskuppel. Sie rief die Namen ihrer Schwestern, aber sie wurden nicht auf sie aufmerksam. Verwirrt runzelte die Stirn. Wieso konnte sie nicht zu ihnen durchdringen? Wieso war sie hier draußen?

Eine Erinnerung formte sich in Estelle. Sie war … gesprungen. In die Schlucht. Um das Rätsel zu lösen. Konnte das bedeuten, dass …

Sie hatte keine Zeit, den Gedanken zu Ende zu führen, denn die Glaskuppel verschwamm vor ihren Augen.

Ayden

Kurze Zeit später landete die Prinzessin wieder sanft auf dem Boden. Ayden eilte zu ihr, kniete sich vor sie und betrachtete ihr Antlitz. Um was auch immer es sich bei diesem Licht handelte, es hatte ihre Brandwunden geheilt. Nur blasse Narben waren geblieben.

Ayden streckte eine Hand aus und streichelte Estelle über das Gesicht. Der Saphir ruhte in ihrer Halskuhle.

»Estelle«, flüsterte er und ließ sie keine Sekunde aus den Augen. Ihre Haut war kalt. »Estelle, hörst du mich?«

Aydens Finger wanderten ihren schlanken Hals hinab. Mit der anderen Hand strich er ihr die Strähnen aus dem Gesicht.

»Ich bin bei dir«, versicherte er ihr.

Wo auch immer sie hier gelandet waren, er wollte sie nicht mehr allein lassen.

»Estelle.« Seine Stimme war so sanft wie ein Hauch.

Kurz bevor seine Finger ihre Lippen berühren würden, hielt er inne. Sein Körper spannte sich an.

Der erste Kuss war aus dem Nichts gekommen, überstürzt und hatte ihn überrumpelt.

Der zweite Kuss hatte so bittersüß nach Abschied geschmeckt, dass es ihm die Kehle zuschnürte.

Der dritte Kuss sollte anders werden.

Ayden schloss die Augen. Schon lange hatte er sich ihr Antlitz eingeprägt, keine Facette würde er mehr vergessen.

Wie in Zeitlupe näherte er sich ihrem Gesicht. Auf seinen Lippen breitete sich ein nervöses Kribbeln aus, das er der Vorfreude verdankte. Nur noch wenige Zentimeter trennten ihn von Estelle.

Der Augenblick, in dem sich seine Lippen mit ihren vereinten, war pure Magie.

Ayden riss die Augen auf, weil er spürte, dass sich etwas geändert hatte. Überrascht sah er, wie eine schüchterne Röte Estelles Wangen überzog. Mit der Hand strich er ihr darüber, sie wirkten nicht mehr so kalt.

Zärtlich hob er Estelles Hinterkopf an und verstärkte seinen Kuss.

Die Prinzessin schlug die Augen auf.

25

Estelle

Sie blinzelte. Einmal, zweimal, dreimal. So lange, bis das Bild vor ihren Augen nicht mehr verschwommen war. Noch bevor sie den Jäger erkannte, sah sie etwas anderes.

Die Sonne.

Mit uneingeschränkter Kraft strahlte sie vom Himmel.

Estelle stützte sich mit den Armen links und rechts ab und richtete sich auf. Ihr war schwindlig, außerdem schmerzte ihr Gesicht.

»Estelle!« Aydens Stimme drang zu ihr.

Die Prinzessin blinzelte ein weiteres Mal, dann sah sie den Jäger an.

»Ayden«, flüsterte sie und fand sich einen Moment später schon in seiner Umarmung wieder. Sie hatte keine Gelegenheit, seine Berührung zu genießen, denn da gab es etwas Wichtigeres, das sie herausfinden musste.

Sich entschuldigend, stieß sie den Jäger von sich und kämpfte sich auf die Füße. Die ersten Schritte gelangen ihr nur mit Mühe, aber schnell wurde sie sicherer.

Sand unter ihren Füßen.

Sonne auf ihrer Haut.

Und als sie den Blick gen Horizont wandte, sah sie die dunkelblauen Türme des Palastes.

Tränen der Freude liefen ihre Wangen hinab. Sie drehte sich zu Ayden um.

»Ich habe es geschafft. Ich bin zu Hause«, schluchzte sie und sank in seine ausgebreiteten Arme.

Wärme breitete sich in ihr aus. Zu ihr gesellte sich das Triumphgefühl, es geschafft zu haben.

»Ist das Brahmenien?«, fragte Ayden, während er ihr über den Rücken strich.

Estelle nickte. »Das ist es. Hier wohne ich. Und bis zum Schloss ist es gar nicht mehr weit.« Sehnsüchtig ließ sie ihren Blick zum Palast schweifen.

Erst als sie realisiert hatte, dass sie wieder zu Hause war, setzte ihr Verstand ein.

»Was machst du hier, Ayden?«, fragte sie perplex. Sie konnte sich an ihren Sprung erinnern. Außerdem an die seltsame Begegnung mit ihren Schwestern. Das Nächste, was sie wusste, war, dass sie hier aufgewacht war. Alles dazwischen lag in tiefer Dunkelheit.

»Du bist die Klippe hinuntergesprungen, aber irgendetwas ist schiefgelaufen«, erzählte der Jäger. »Ich habe deine Schreie gehört, als würdest du bei lebendigem Leib verbrennen.«

Fragend legte Estelle den Kopf schief. Sie hatte *gebrannt?* Irgendetwas auf ihrer Wange schmerzte, aber es fühlte sich längst nicht so schlimm an wie damals, als Rania im Stall ein Feuer entzündet hatte.

»Ich habe gesehen, dass du deine Kette nicht trägst«, fuhr Ayden fort.

Reflexartig griff sich Estelle an den Hals.

»Die Kette … also der Stein hat wie wahnsinnig geblinkt, daher dachte ich, dass sie dir vielleicht helfen kann. Ich wollte sie dir in die Schlucht werfen, aber … meine Hand ist am Stein festgeklebt.«

Ihr Blick wurde ungläubig.

»Es klingt seltsam und das war es auch. Seltsamer wurde es, als die Kette mich in die Höhe getrieben hat. Sie … ist mit mir davongeflogen, auf die Schlucht zu … bis in diese Wüste.«

Unter anderen Umständen hätte Estelle seine Geschichte angezweifelt, aber Ayden sah selbst so perplex aus, dass sie ihm glaubte. Außerdem: Welche andere Erklärung gab es dafür, dass er jetzt bei ihr war?

Estelle nahm den Saphir zwischen ihre Hände.

»Ich glaube, du hättest es ohne ihn nicht geschafft«, sagte Ayden mit belegter Stimme. »Erst als ich auch gesprungen bin, haben deine Schreie aufgehört.«

»Vielleicht hat Rania das Feuer so gestaltet, dass ich es nie nach Hause geschafft hätte«, mutmaßte die Prinzessin. »Vielleicht ist sie hinter das Rätsel gekommen und wollte alles daransetzen, dass ich es nicht lösen kann.«

»Sieht so aus, als hätte deine Mutter dir geholfen.«

»Nicht meine Mutter«, verbesserte Estelle sogleich und schenkte ihm einen tiefen Blick. »Du.«

Mit großen Augen schaute sie ihn an. Nervosität flackerte in seinem Blick.

»Ayden!«, rief sie auf einmal aus und presste sich die Hand vor den Mund. »Was ... Du bist hier ... Ich habe keine Ahnung, wie es zurück nach Talario geht. Mir kommt es so vor, als wären die Länder voneinander abgegrenzt und der einzige Durchgang war dieses Feuer ...« Sie sprach noch eine Weile zusammenhangslos vor sich hin.

Irgendwann griff Ayden nach ihrer Hand. »Ich habe mich längst damit abgefunden, dass ich nicht mehr nach Hause komme«, sagte er traurig und entschlossen zugleich. Er blickte der Prinzessin fest in die Augen. »Steht dein Angebot noch?«

Für einen Moment glaubte Estelle, sich verhört zu haben.

»Das Angebot, dass ich als Jäger im Dienste deines Vaters stehen darf«, erklärte Ayden. »Meine Armbrust musste ich leider in Talario lassen, so weit habe ich nicht gedacht. Aber vielleicht ...«

Estelle schüttelte den Kopf. Sofort breitete sich Enttäuschung auf dem Gesicht des Jägers aus.

»Ayden«, ergriff sie das Wort und sah ihm direkt in die braunen Augen, »du hast mich geküsst, bevor ich in diese Schlucht gesprungen bin«, stammelte sie. Kurz wandte sie den Blick ab, dann fuhr sie fort: »Außerdem hast du mich soeben geküsst. Ich kann deine Lippen noch auf meinen spüren. Wieso hast du das getan?«

Ihr Herz klopfte ihr bis zum Hals. Estelle konnte nicht mit vollkommener Sicherheit sagen, ob sie eine Antwort auf ihre

Fragen haben wollte. Aber ein unbestimmtes Gefühl nagte schon so lange an ihr, dass sie es nicht mehr ignorieren konnte.

Die Sekunden, in denen er nichts sagte, zogen sich in die Länge. Am liebsten hätte Estelle ihre Worte zurückgenommen, da öffnete sich endlich Aydens Mund.

»Ich habe kein Recht, zu empfinden, was ich fühle«, sagte er mit gepresster Stimme. Sein Augenlid zuckte vor Nervosität. »Trotzdem bin ich nur ein Mann und gegen meine Gefühle machtlos.«

Estelle hing an seinen Lippen, als würden sie ihr Überleben sichern.

»Ich habe mich in dich verliebt. Lange bevor ich erfahren habe, dass du eine Prinzessin und für mich verboten bist. Ich habe mich in die Frau verliebt, die am Schwanensee lebte und ein dunkles Geheimnis hütete …«

Sie ließ ihn nicht zu Ende reden. Dafür war sie zu glücklich. Dafür fühlte sie sich zu frei.

Übermütig zog sie ihn an sich und hauchte ihm einen Kuss auf die Stirn.

Aydens Widerstand schien nicht besonders groß, aber bedeutsam genug, um die Prinzessin von sich zu drücken. »Estelle, wir dürfen das nicht.«

»Nein!«, entgegnete sie entschieden und sah ihn an. »Jetzt, wo ich weiß, was du für mich empfindest, lasse ich dich nicht mehr gehen. Wir werden nun zusammen den Palast aufsuchen, wo ich dich meinem Vater vorstelle.«

Alle Farbe wich aus Aydens Gesicht. »Estelle, ich wäre gern ein Jäger …«

Sie schüttelte den Kopf. Auf einmal war sie sich ihrer Sache ganz sicher. »Ayden, du bist so viel mehr als nur ein Jäger. Von mir aus kannst du dein Leben lang jagen gehen, wenn es dir Freude bereitet. Ich will aber, dass du mehr bist. Dass du mehr für *mich* bist. Du sollst der Mann an meiner Seite sein.«

In seinen Augen stand ein Strahlen, aber seine Zweifel waren schneller. »Wärst du keine Prinzessin, würde ich annehmen, du seist verrückt geworden.«

»Nenn mich verrückt, damit komme ich zurecht. Überhaupt darfst du mich nennen, wie du willst. Dein ganzes Leben lang, denn du wirst genügend Zeit haben. Aber versprich mir, dass du mit mir kommst.« Flehend sah sie ihn an.

Ayden schnaubte, schüttelte mehrmals scheinbar ungläubig den Kopf. »Der Jäger und die Prinzessin«, murmelte er. »Das hat es noch nie gegeben.«

»Dann ist es an der Zeit, dass sich daran etwas ändert«, entgegnete Estelle entschlossen. Sie griff nach Aydens Hand und zog ihn mit sich, aber er kämpfte noch immer gegen sie an. »Was hast du?«

»Estelle. Das können wir nicht machen. Dein Vater wird dich verbannen und mich töten lassen. Lass mich Jäger werden.«

»Damit ich dich jeden Tag sehe, ohne dass ich zu dir durchdringen kann?« Ihre Stimme wurde schrill. »Nein, Ayden. Das will ich nicht. Ich habe meine Entscheidung getroffen.«

»Aber … habe ich nicht auch das Recht, zuzustimmen?«

»Natürlich hast du das.« Sie nickte. »Aber du solltest deine Entscheidung nicht abhängig von der Angst machen, die in deinem Herzen wohnt. Du sollst frei wählen.«

»Diese Freiheit wird mir nie gewährt sein«, bedauerte er. »Ich habe als Jäger …«

»Hör doch endlich damit auf!«, rief sie. »Es kümmert mich nicht, dass du ein Jäger bist! Es würde mich auch nicht kümmern, wenn du dir ein Zimmer mit den Ratten teilst oder von der Gesellschaft ausgestoßen wirst. All das ist mir egal, solange du nur bei mir bleibst.«

»Dein Vater …«

»Mein Vater ist kein dummer Mensch. Er wird sehen, dass du der Richtige bist, auch wenn du mit einer Armbrust umgehen kannst. Ich werde ihm erzählen, was du für mich getan hast und dass ich es nur deinetwegen hierher geschafft habe. Ohne dich wäre ich verloren gewesen! Mein Leben hätte ich am Schwanensee gefristet, ohne die Möglichkeit, jemals auszubrechen. Du hast mein Leben gerettet.«

Tränen stiegen ihr in die Augen, als sie erkannte, wie sehr sie Ayden brauchte.

»Mein Vater hat an einem Tag nicht nur seine sechs Kinder, sondern sehr wahrscheinlich auch seine Freude verloren. Nun kann ich ihm etwas davon zurückgeben. Er wird nicht nur seine Älteste wiederhaben, sondern auch einen stolzen Mann an ihrer Seite. Mein Vater hat sich immer gewünscht, dass ich den Richtigen finde.«

»Bestimmt hat er unter dem Richtigen keinen …«

»Sag noch einmal, dass du Jäger bist, und …« Böse funkelte sie ihn an. Gleichzeitig aber nahm sie wahr, dass sein Widerstand nicht mehr so groß schien. »Wir gehen nun zu meinem Vater und ich werde dich ihm vorstellen. Und sobald er dich als den

Mann an meiner Seite akzeptiert hat, begeben wir uns auf die Suche nach meinen Schwestern. Ich muss sie einfach finden! Ich hatte eben eine seltsame Begegnung mit ihnen. Da war die Glaskuppel – aber ich stand davor und konnte sie nur sehen, nicht aber mit ihnen reden. Vielleicht war das ein Zeichen dafür, dass wir den Fluch gebrochen haben.«

Kurz wurde sie traurig, aber schnell besann sie sich eines Besseren, denn Ayden sah noch immer alles andere als überzeugt aus.

»Ayden, ich stelle dir eine einfache Frage.«

»Keine deiner Fragen war je einfach, Estelle.«

Mahnend sah sie ihn an. »Eine Frage.«

Ergeben seufzte er.

»Willst du mit mir zusammen sein?«

Ayden seufzte nochmals.

»Beantworte bitte nur diese Frage.«

»Du klingst richtig herrschsüchtig, genau wie eine Prinzessin«, merkte er lachend an.

»Ayden, bitte.« Sie verzog das Gesicht und stemmte die Hände in die Hüfte. »Willst du mit mir zusammen sein?«

In diesem Moment stand die Zeit still. Wie gebannt starrte Estelle den jungen Mann an.

»Ich will«, sagte dieser schließlich.

Der Prinzessin fiel ein Stein vom Herzen. »Du kannst mir vertrauen, wenn ich dir sage, dass wir es schaffen. Mein Vater wird so glücklich sein, wenn er mich wiedersieht, dass er deine Herkunft überhaupt nicht infrage stellt.«

Endlich lächelte Ayden. Zögerlich und klein, aber es war da.

»Vertraust du mir?«

»Ich vertraue dir«, antwortete er. »Aber du bist wahnsinnig. Absolut durchgedreht. Völlig verrückt.«

Sie schenkte ihm ein breites Lächeln. »Ich liebe dich auch, Ayden.«

Ende Teil 1

Dank

Ich habe kein Problem damit, lange Geschichten zu schreiben, Tausende Wörter zu tippen und eigene Welten zu erschaffen, doch wenn es darum geht, eine Danksagung zu verfassen, fehlen mir immer die Worte. Ich habe Angst, jemanden zu vergessen, Angst, nicht alle zu nennen. Dennoch möchte ich es versuchen.

»Schwanenfeuer« ist der erste Teil einer Tetralogie. Die Idee dazu entstand Anfang 2016, als ich mit einer Freundin im Zug auf dem Weg nach Frankfurt war. Wir redeten über dies und das, vor allem aber über das Schreiben. Ich wollte schon länger einmal eine Märchenreihe schreiben, weil mich Geschichten wie »Dornröschen«, »Aschenputtel« und »Schneewittchen« an meine Kindheit erinnern. Allerdings sollte es nicht eine Protagonistin geben, die in allen vier Bänden die Hauptrolle spielt, sondern unterschiedliche. Band 1 ist Estelle gewidmet, Band 2 wird sich um Tatjana drehen – um sie und ein Schloss in den Wolken. Auf dem Weg nach Frankfurt entstand die Grundidee. Franziska und ich haben uns ausgetauscht, die Prinzessinnen erschaffen und den groben Plot besprochen.

Der Schreibprozess von »Schwanenfeuer« war mit vielen Höhen und Tiefen verbunden. Lange war ich mir nicht sicher, ob die Geschichte »gut genug« ist, aber ich blieb dran. Durch das

Feedback zweier Testleser (danke an Michelle und Jaqueline) schöpfte ich den Mut, weiterzuschreiben. Dennoch landete das Manuskript zunächst ein Jahr lang in der imaginären Schublade. Ich wusste, dass ich »Schwanenfeuer« irgendwie veröffentlichen wollte – aber war mir nicht sicher, auf welchem Weg. Zudem hatte ich den Eindruck, dass die Geschichte erst noch ein wenig wachsen musste.

Im Jahr 2017 nahm ich all meinen Mut zusammen und schickte das Skript an den Sternensand Verlag. Der Tag, als die Zusage kam, war einer der glücklichsten der letzten Monate. Ich danke dir, Corinne, dass du an meine Prinzessinnen glaubst und ihnen ein so tolles Zuhause gegeben hast. Sie – und auch ich – fühlen sich dort sehr wohl.

Vielen Dank an Martina für das tolle Lektorat. Ich bin mir sicher, dass wir die Geschichte sehr viel besser gemacht haben. Durch deine Anmerkungen habe ich viele Dinge hinterfragt und konnte meine Protagonisten noch einmal besser kennenlernen.

Ich danke Melina von *Melis Art* für die wunderschönen Illustrationen. Du malst hinreißend – und hast meine Estelle genau so auf das Papier gebracht, wie ich sie im Kopf hatte. Ich hoffe, dass wir noch oft zusammenarbeiten werden.

Ein Dank geht an meine grandiose Bloggercrew! Ihr seid super! Danke, dass ihr mich immer unterstützt und meine Bücher rezensiert.

Ich danke meiner Familie, meinen Freunden und meinem Freund für das Verständnis. Für die vielen Tage, an denen sie mich schreiben lassen, und für all die abgesagten Termine, weil ich noch einmal nach Talario reisen musste. Manchmal ist es schwierig, das soziale Leben mit dem literarischen zu vereinen – ich gebe mein Bestes.

Danke an meine Autorenfreundinnen – für die Motivation, die Unterstützung, das Feedback und den Glauben an mich selbst. Ich habe vieles von euch gelernt.

Zum Schluss geht ein großer Dank – wahrscheinlich der größte – an Estelle und Ayden. Ihr habt mir eure Geschichte erzählt und ich durfte sie aufschreiben. Ohne euch gäbe es »Schwanenfeuer« nicht.

Fan werden:

Facebook:

https://www.facebook.com/reginameissnerautorin

BONUSMATERIAL

Regina Meißner

1) **Das sagt die Autorin über sich und das Schreiben**
2) **Blogger fragen – Regina Meißner antwortet**

1) Das sagt die Autorin über sich und das Schreiben

Das Schreiben und ich – das ist etwas, das zusammengehört. Ich glaube nicht, dass man uns trennen kann. Ich bin jedes meiner Worte und jedes Wort ist ein Teil von mir.

Ich schreibe nun seit elf Jahren, mal mehr, mal weniger, aber aufgehört habe ich nie. Ich lebe in meinen Geschichten, in meinen Charakteren, in jeder vergangenen und künftigen Idee.

2) Blogger fragen – Regina Meißner antwortet

Jasmin

»Bücherleser«

Welches Märchen magst du am liebsten?

Da kann ich unmöglich eins nennen! Ich mag ›Die Gänsemagd‹ sehr gern, ebenso wie ›Die Schöne und das Biest‹ oder ›Die sieben Raben‹.

Wann am Tag bist du am kreativsten und kannst am besten schreiben?

Je später es ist, desto mehr Ideen bekomme ich. Daher nutze ich am liebsten die Nacht zum Schreiben.

Wie weit kennst du eine Geschichte, wenn du mit dem Schreiben beginnst? Kennst du schon das Ende oder erzählen dir deine Charaktere ihre Geschichte auch mal beim Schreiben?

Das kommt tatsächlich auf das Projekt an. Viele Manuskripte plotte ich vorher kleinschrittig, bei anderen schreibe ich einfach, wenn ich eine Idee habe. ›Schwanenfeuer‹ hatte einen groben Rahmen, mehr aber nicht.

Doris

»Thoras Bücherecke«

Was hat dich veranlasst, diese Adaption zu schreiben?
Märchen habe ich schon immer sehr gemocht, außerdem wollte ich eine Reihe mit unterschiedlichen Protagonistinnen schreiben. ›Schwanensee‹ hat mir in meiner Kindheit – und auch jetzt – sehr gut gefallen, daher beschloss ich schnell, dass dies das erste Märchen werden sollte. Mit einer Freundin habe ich schließlich Estelle und Ayden erschaffen.

Welche Charaktere waren am schwierigsten zu schreiben?
Estelles Schwester Tatjana ist immer eine Herausforderung, weil sie einen eigenen Kopf hat und oft auf ihren eigenen Vorteil aus ist. Sie hat mich, wenn sie in ›Schwanenfeuer‹ auch nur am Rande vorkommt, oft zur Weißglut getrieben. Auch Rania war nicht einfach, weil ich es immer schwierig finde, die ›Bösen‹ ausreichend darzustellen.

Wie viel Zeit ist von der ersten Idee bis zum fertigen Werk vergangen?
Die erste Version habe ich im Januar 2016 angefangen und relativ schnell geschrieben. Danach lag das Manuskript recht lange in der imaginären Schublade, bevor ich mich mit der Verlagssuche auseinandergesetzt habe. Natürlich musste ich es davor noch einmal gründlich überarbeiten. Von der ersten Idee bis zum fertigen Werk hat es also etwa 21 Monate gedauert.

Veronika

»Lila Bücherwelten«

Wie sind die Namen der Figuren entstanden? Haben sie eine spezielle Bedeutung?

Ich mag den märchenhaften, zarten Klang des Namens Estelle und finde, dass er gut zu einer Schwanenprinzessin passt. Wie ich auf Ayden gekommen bin, weiß ich gar nicht mehr, der war irgendwann einfach da. Die Namen der Schwestern habe ich sorgfältiger ausgesucht und darauf geachtet, dass sie immer auch zu ihren Persönlichkeiten passen. In der ersten Fassung hießen Penelopé und Genevieve noch Amber und Vivienne, aber damit konnte ich mich nie richtig anfreunden.

Kannst du dich mit einer der Schwestern besonders identifizieren bzw. ist dir eine ganz besonders ans Herz gewachsen?

Ich liebe Tatjana! Über alles. Teil 2 ist bereits geschrieben und es war eine aufregende Reise. Sie hat es mir nicht leicht gemacht, aber dafür durfte ich sie von einer ganz anderen Seite kennenlernen.

Wie würdest du ›Schwanenfeuer‹ im Vergleich zu deinen bisherigen Büchern einordnen?

Meine Bücher brauchen immer eine Liebesgeschichte – das ist mir sowohl beim Schreiben als auch beim Lesen wichtig. ›Schwanenfeuer‹ ist märchenhafter als beispielsweise ›Seductio‹ – und ein bisschen verträumter.

Anna

»Fuchsias Weltenecho«

Was verbindest du selbst mit dem Märchen, dass du eine Adaption dazu schreiben wolltest?

Wenn ich ehrlich bin: Ich habe den Barbie-Film zu ›Schwanenfeuer‹ immer geliebt. Über die Jahre hat er mich begleitet – und irgendwann inspiriert.

Was war dein allererster Gedanke, als du diese Geschichte schreiben wolltest (der erste Gedanke, der dir durch den Kopf spukte)?

Ganz genau kann ich mich nicht mehr daran erinnern, aber ich wollte auf jeden Fall eine Reihe schreiben, die in jedem Band ein anderes Märchen thematisiert.

Gibt es eine Szene, die vorher in deinem Kopf ganz anders aussah?

Eigentlich nicht. Ich hatte immer einen groben Plan, an den ich mich gehalten habe, und bin davon auch nicht abgewichen. Details unterscheiden sich immer, aber im Großen und Ganzen ist dann doch alles so passiert, wie ich es haben wollte.

Manja

»Manjas Buchregal«

Wenn du einen Tag in einem Märchen verbringen dürftest, welches wäre das?
Schwierige Frage. Ich liebe so viele Märchen, doch die meisten spielen in gefährlichen und dunklen Welten. Sehr gern würde ich mal einen Tag in ›Die Schneekönigin‹ verbringen, weil ich ein riesiges Winterkind bin und die weiße Pracht über alles liebe. Ansonsten reizt mich ›Die kleine Seejungfrau‹ aufgrund meiner Liebe zu Wasser und Meer.

Wie viel von dir selbst steckt in Estelle und Ayden?
Estelle hat einen großen Traum – genau wie ich. Ayden ist beinahe furchtlos, aber er fürchtet menschliche Entscheidungen. Auch davon trage ich etwas in mir.

Magst du eher die klassischen Märchen der Gebrüder Grimm lieber oder doch auch andere (beispielsweise von Hans Chr. Andersen)?
Ich mag Grimms Märchen sehr gern, aber auch die von Hans Christian Andersen gefallen mir, weil sie meistens ein wenig ernster, dunkler sind und nicht immer gut enden.

Liza

»Liza's Bücherwelt«

›Schwanenfeuer‹ ist ja bereits deine zweite Märchenadoption. Sind noch weitere Märchenadoptionen geplant?
Die ›Der Fluch der sechs Prinzessinnen‹-Reihe wird insgesamt vier Teile haben. Was danach ansteht, kann ich noch nicht sagen, aber ich bewege mich sehr gern im Märchengenre.

Hast du Erwartungen an dein Buch ›Schwanenfeuer‹? Also: Gibt es bestimmte Ziele, die du mit diesem Buch erreichen willst oder Ähnliches?
Ich würde mich freuen, wenn viele Menschen zum Taschenbuch greifen und es sich in ihr Regal stellen würden. Natürlich hoffe ich auch auf viele Rezensionen und positives Feedback.

Identifizierst du dich auf irgendeine Weise mit der Märchenadoption?
Die Grundproblematik des Buches, der Fluch, hat natürlich nichts mit meinem Leben zu tun, aber ich finde mich in jedem Charakter ein bisschen wieder – sie alle haben irgendetwas von mir bekommen.

Nadine

»Selection Books«

Die verschiedenen Weltwunder in Schwanenfeuer sind wunderschön. Was hat dich dazu inspiriert?
Ich hatte die Idee, dass Estelle eins dieser Wunder aufsuchen sollte. Da habe ich den Einfall bekommen, dass es noch mehrere geben könnte. Teil 2 wird auch eines der Wunder thematisieren.

Estelle trifft ihre Schwestern im Traum in der Glaskuppel. Gibt es einen Traum, der wichtig für dein Leben war?
Tatsächlich haben mich viele meiner Träume inspiriert, auch zu Geschichten. An einen bestimmten, der besonders wichtig war, kann ich mich nicht erinnern, aber ich denke, dass sie alle zusammen für mein Schreiben zentral geworden sind.

Welche sind deine drei liebsten Märchen der Brüder Grimm und könntest du dir vorstellen, zu einem eine weitere Adaption zu schreiben?
Von den Brüdern Grimm mag ich ›Rapunzel‹, ›Die sieben Raben‹ und ›Die Gänsemagd‹ sehr gern. Ob ich nach dieser Reihe weitere Adaptionen schreiben werde, weiß ich noch nicht, aber ausschließen kann man es nie.

Yvonne

»Yvi's kleine Wunderwelt«

Welche Szene hat dir beim Schreiben am meisten Spaß gemacht?
Ich mochte die Szenen sehr gern, als die Schwestern im Traum aufeinandergetroffen sind. So konnte ich meine kommenden Protagonisten schon mal ein bisschen kennenlernen – und abschätzen, was ich ihnen alles zumuten darf.

In deinem Buch geht es um Flüche. Was hat dich an diesem Thema fasziniert?
Flüche sind ein gängiges Motiv in Märchen und tauchen häufig auf. Ein Fluch ist meistens grausam – aber die Tatsache, dass er gebrochen werden kann, hat mich fasziniert.

Verrätst du uns schon etwas über deine nächsten Projekte?
Teil 2 der Reihe ist bereits geschrieben, an Teil 3 setze ich mich wahrscheinlich im Dezember. Ich kann es kaum erwarten, die Schwestern wiederzusehen.

Santina

»Lina's Büchertraumwelt«

Mit welcher Szene hat ›Schwanenfeuer‹ begonnen, Gestalt in deinem Kopf anzunehmen?
Ich habe einen Schwan gesehen, der ganz allein auf einem See seine Runden dreht – dieses Bild hat mich inspiriert.

Ist Schwanenfeuer am Ende so geworden, wie du es dir anfangs vorgestellt hast?
Details haben sich geändert, aber alles in allem ist es so geblieben. Oftmals ändern sich meine Pläne während des Schreibens, aber hier konnte ich meine anfänglichen Ideen umsetzen.

Wieso ein Schwan? Was verbindest du mit diesem Tier?
Schwäne sind majestätisch, elegant und sehr hübsch anzusehen. Sie strahlen etwas Königliches aus, das sehr gut zu Estelle passt.

Katja

»Katjas Bücherwelt«

Bei Adaptionen gibt es ja immer Menschen, die das Original sehr mögen. Hast du Angst, dass deine Geschichte den Erwartungen dieser Menschen nicht gerecht wird?
Solche Gedanken sind normal, doch ich hoffe, dass sich viele Leser mit meiner Version der Geschichte anfreunden können und bereit sind, das Original – zumindest ein bisschen – loszulassen.

Gibt es etwas, das du im Nachhinein an der Geschichte noch ändern würdest?
Vielleicht hätte ich Estelle ein wenig mehr Selbstbewusstsein gegeben und sie nicht ganz so verschlossen beschrieben. Doch alles in allem bin ich mit ihrer Entwicklung zufrieden.

Wie viele eigene Ideen sollten deiner Meinung nach in eine Adaption?
Ich mag es, wenn der Grundgedanke des Märchens übernommen wird, man dies als Rahmen verwendet und darum seine eigene Geschichte schreibt.

Kurzgeschichte »Vergangen« von Regina Meißner

Hrsg. C.M. Spoerri

Beteiligte Autoren: Jasmin Aurel, Jamie L. Farley, Tara Florents, Christina Krüger, Juliane Maibach, Regina Meißner, Anne Neuschwander, Janine Prediger, Madeleine Puljic, Miriam Rademacher, Veronika Rothe, Maya Shepherd, Nele Sickel, Henrik Sturmbluth, C.M. Spoerri, Sabrina Weisensee

Winterstern (Anthologie)

12. Februar 2017, Sternensand Verlag

362 Seiten, broschiert

€ 12,95 [D]

Als Taschenbuch und E-Book

Klappentext:

Was ist ein Winterstern?
Ein magisches Artefakt? Ein verwunschener Ort? Eine verzauberte Person?
Oder etwas, das gar nicht greifbar ist?
Lasst euch in fremde Welten entführen, lernt fantastische Legenden kennen, kämpft für die Gerechtigkeit, Liebe oder Freiheit, erlangt Ruhm und Ehre, erfahrt, was wirklich zählt im Leben.
Dies ist eine Fantasy-Anthologie, die euch zum Lachen, Lieben, Gruseln, Träumen, Hoffen und Bangen einlädt.

Weitere Verlagstitel aus unserem Fantasy-Programm

C. M. Spoerri & Jasmin Romana Welsch
Conversion (Band 1): Zwischen Tag und Nacht
28. August 2016, Sternensand Verlag
424 Seiten, broschiert
€ 12,95 [D]

Jugendroman-Dystopie
Als Taschenbuch und E-Book

Jasmin Romana Welsch
Absolution: Wie man eine Sünde überlebt
28. Februar 2016, Sternensand Verlag
224 Seiten, broschiert
€ 12,95 [D]

Urban Fantasy
Als Taschenbuch und E-Book

C. M. Spoerri
Die Legenden von Karinth (Band 1)
25. September 2016, Sternensand Verlag
448 Seiten, broschiert
€ 12,95 [D]

High Fantasy
Als Taschenbuch, Hardcover und E-Book

Carolin Emrich

Elfenwächter (Band 1): Weg des Ordens

15. Januar 2017, Sternensand Verlag

308 Seiten, broschiert

€ 12,95 [D]

High Fantasy

Als Taschenbuch und E-Book

Fanny Bechert

Countdown to Noah (Band 1): Gegen Bestien

17. September 2017, Sternensand Verlag

300 Seiten, broschiert

€ 12,95 [D]

Jugendroman-Dystopie

Als Taschenbuch und E-Book

Nadine Roth

Bloody Mary: Du darfst dich nicht verlieben

12. März 2017, Sternensand Verlag

560 Seiten, broschiert

€ 14,95 [D]

Paranormal Romance

Als Taschenbuch und E-Book

Besucht uns im Netz:

www.sternensand-verlag.ch

www.facebook.com/sternensandverlag